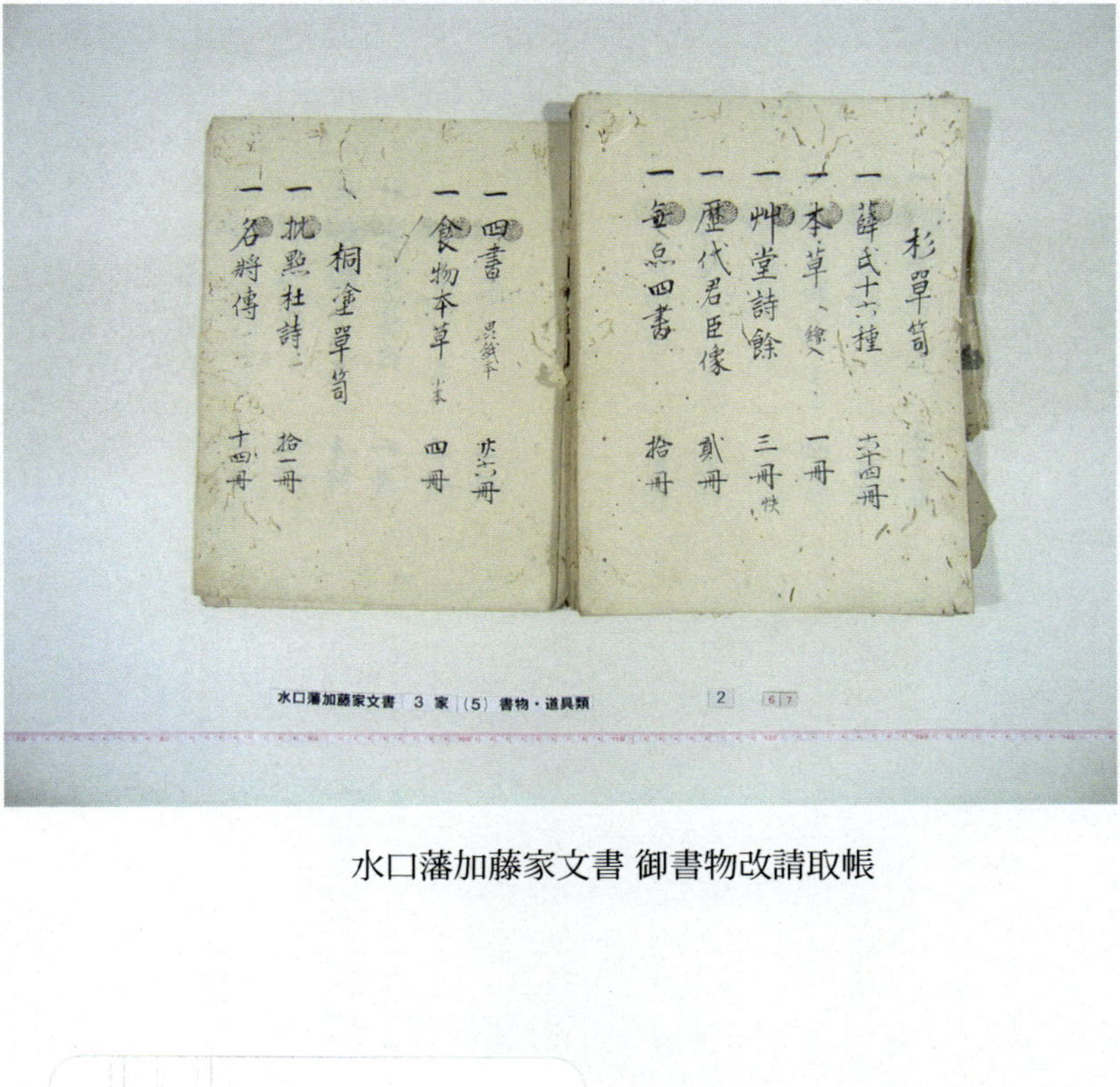

水口藩加藤家文書 御書物改請取帳

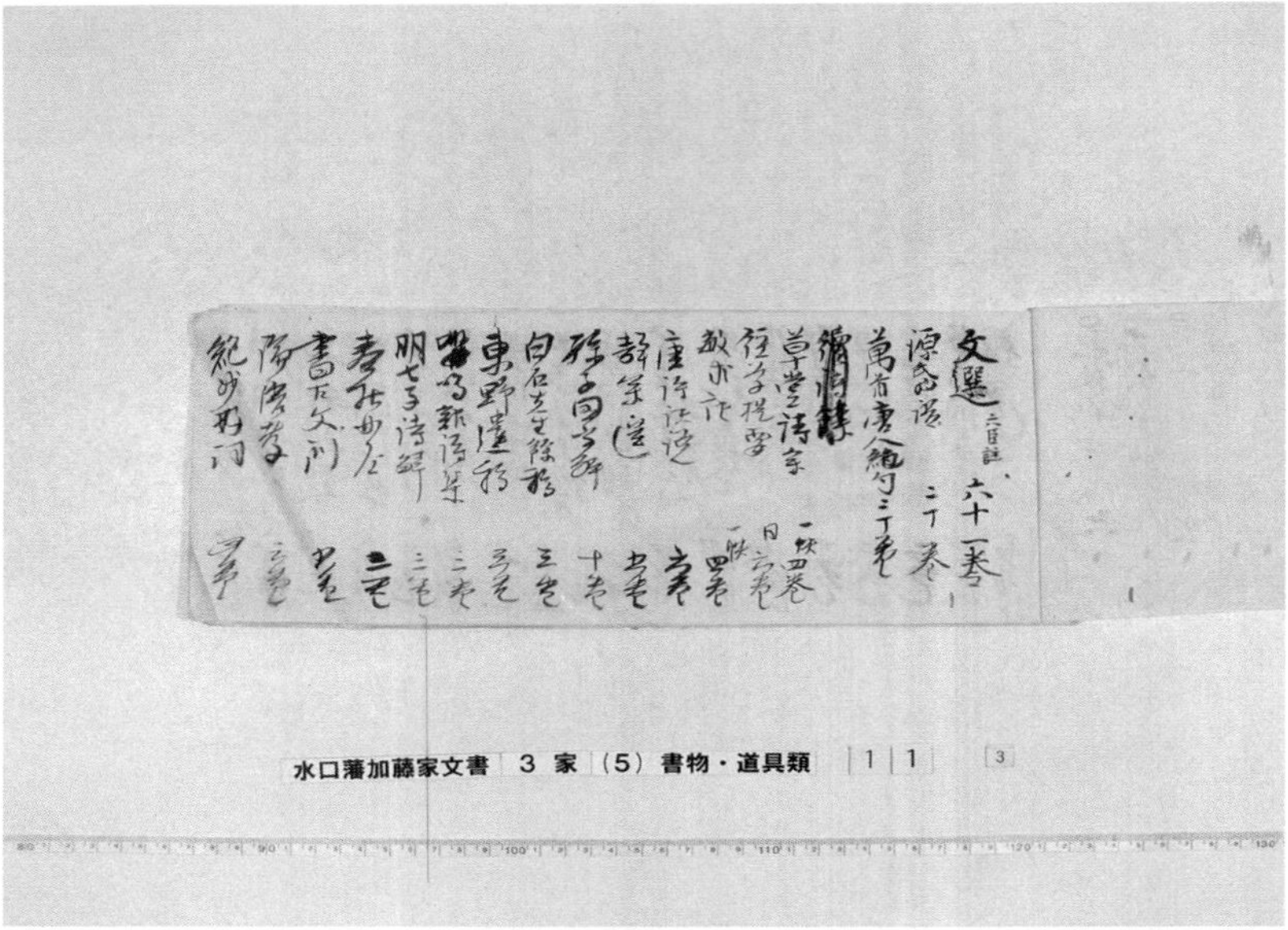

水口藩加藤家文書［書籍目録］第三頁

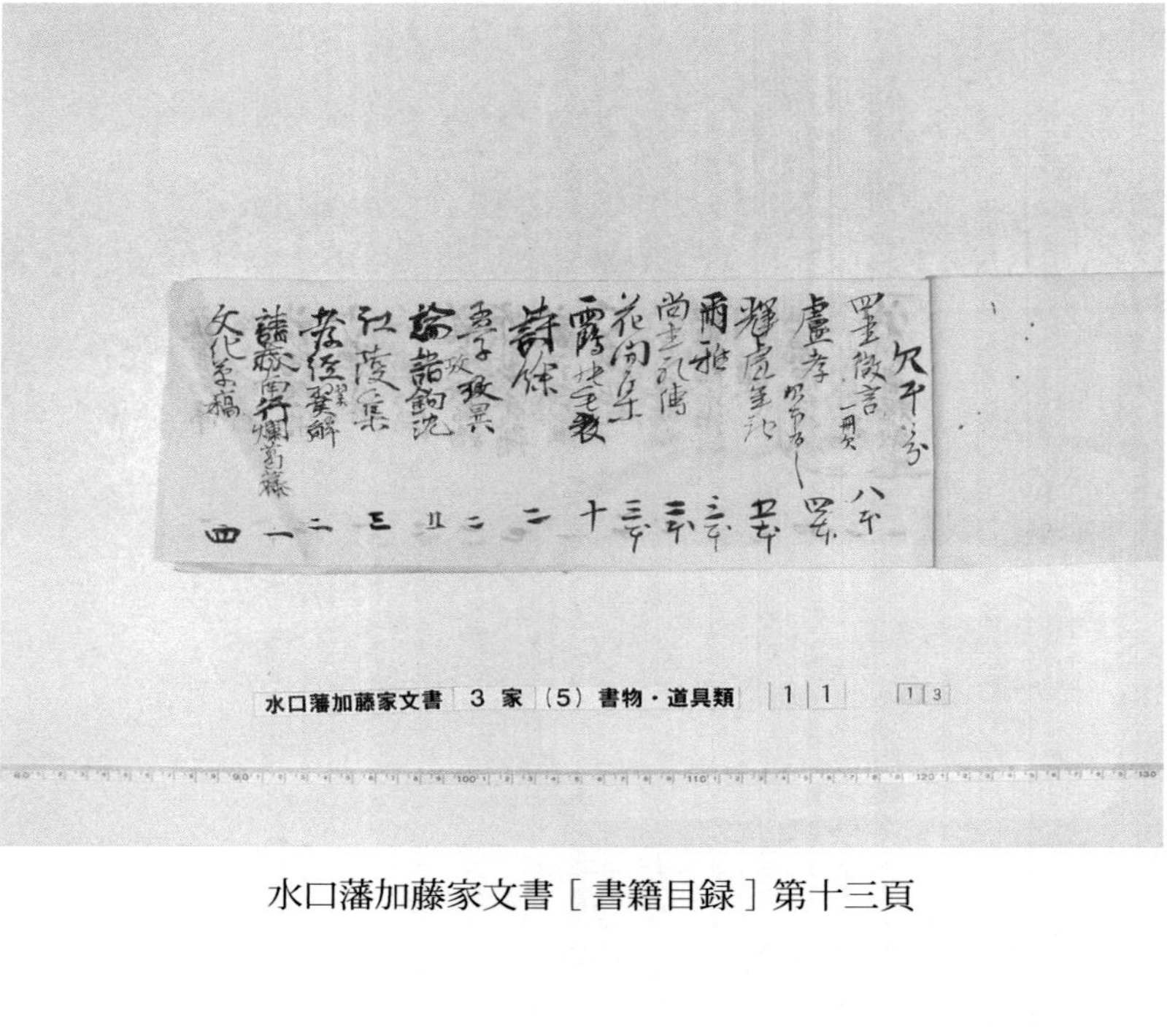

水口藩加藤家文書［書籍目録］第十三頁

風絮　第十五号　目次

朱敦儒「水龍吟」詞後闋の解釈について
―三国志物語の一資料―

池田　昌広

一、問題の所在

本誌の「龍楡生編選『唐宋名家詞選』訳注稿」（以下、「訳注稿」）に、拙訳注にかかる北宋末南宋初の朱敦儒「水龍吟（放船千里淩波去）」詞が収載されている（本誌一九八～二〇五頁）。その後闋について、わたしの解釈は近人の諸注と異なる。小文は、あえて通解と異なる解釈をほどこした所以を述べようとするものである。参照の便のため、くだんの詞の後闋すべてを訓読とともに挙げておけば左記のごとし。韻字ごとに改行してしめす。

回首妖氛未掃、問人間英雄何処
　首を回せば妖氛未だ掃われず、問う　人間　英雄　何れの処にかある
奇謀報国、可憐無用、塵昏白羽
　奇謀もて国に報ぜんとするも、憐む可し　用いらるる無く、塵　白羽に昏きを
鉄鎖横江、錦帆衝浪、孫郎良苦
　鉄鎖　江に横たえ、錦帆　浪を衝《つ》けども、孫郎　良に苦しむ
但愁敲桂櫂、悲吟梁父、涙流如雨
　但だ愁いて桂櫂を敲き、悲しんで梁父を吟ずれば、涙の流るること雨の如し

該詞は、靖康の変（一一二六～二七年）によって南渡を余儀なくされた朱敦儒の失意を詠んでいる。[1] 後関も自身の悲嘆が主題である。妖氛すなわち金軍が中原を占拠している現状に対し、その恢復を望みながら果たせぬ悲嘆である。この大局的理解に異見はない。

諸注と私見との相違は、後関の背景に小説『三国志演義』（以下、『演義』）[2] に結実する物語——いま「三国志物語」と呼んでおこう——をみとめるか否かによって生じた。私見によれば後関の叙述は三国志物語を下敷きにしている。諸注の解釈は部分的に小異があるものの、三国志物語の影響を重視しない点で一致する（後述）。それによって「鉄鎖横江、錦帆衝浪、孫郎良苦」の解釈は、諸注と私見とでまったく異なることとなった。

それでは何ゆえ私見が成立するのか。行論のあらすじを述べておこう。手掛かりは、後関に見える諸葛亮を想起させる複数の語句である。これらを分析し、朱詞の念頭にあったのが史実の諸葛亮ではなく、天才軍師という虚構

のかれであることを導く。ついで章をあらため、「鉄鎖横江」云々の解釈問題をあつかう。後述するように、諸注の解釈にはふたつの難点があった。くだんの難点は、該句が虚構の赤壁の戦いを詠んでいると理解して初めて解消する。果たして、後関全体が民間に伝承されていた三国志物語を下敷きに組み立てられていると諒解されるはずである。従来の三国志演義研究は当該朱詞を見のがしてきたようだ。[3] くだんの朱詞が三国志物語成立の有用な資料になることは、おそらく小文によって初めて指摘される。

小文は「訳注稿」の拙訳注と相いおぎなう関係にある。史料の掲出も「訳注稿」との重出を避けるため、あえて省略したところがある。乞うらくは並覧されんことを。

二、諸葛亮を想起させる語句

後関には諸葛亮を想起させる語句がある。分かりやすいのは「梁父」、ついで「白羽」の二語だろう。問題は、これらの語でしめされた諸葛亮が史実のかれであるのか、それとも三国志物語中のかれであるのか、ということである。諸葛亮の美化はすでに北宋時代にははじまっていたらしく（次章参照）、最終的に『演義』に見える圧倒的な智謀をもった天才軍師として描かれることとなった。しかし実際の諸葛亮は実直な内政家というべく、むしろ合戦は不得手と言わねばならない。

私見を述べるまえに、「梁父」「白羽」の二語を諸注がどう訓んでいるか概観しておく。今回わたしが参照したのは近人の注釈十種である。[4] それらをいちいち紹介するのは煩瑣だから、要点だけを述べよう。「梁父」については、諸注ほぼ例外なく諸葛亮の愛誦した梁父吟であることを言う。典拠をしめすものは『三国志』巻三十五、諸葛亮伝を引く。「白羽」については、軍の指揮にもちいる白羽扇とする点でほぼ一致するが、さらに踏みこんで諸葛亮が使用したそれに擬する注とそれに無言の注とに分かたれる。⑤

梁父吟と諸葛亮とのかかわりは陳寿の『三国志』に見える話だから、「梁父」だけでは朱詞の諸葛亮が史実のかれか虚構のかれか分らない。⑥しかし、白羽扇は天才軍師たる諸葛亮を想起させる道具だてである。⑦白羽扇と諸葛亮とのかかわりは正史に見えず、古い文献では「訳注稿」に引いた裴啓『語林』の故事（『太平御覧』巻七百二「扇」ほか所引）が知られる。諸葛亮が司馬懿と会戦したおり白羽扇を手に三軍を指揮したというはなしである。白羽扇について諸葛亮に言及する諸注は、虚構の諸葛亮をイメージしたのかもしれない。そうだとすれば、その解釈は正しいと思われる。

着目すべきは、「白羽」の直前に配された「奇謀」の語である。「奇謀報国、可憐無用、塵昏白羽」のくだり、ここでは朱敦儒が自らを諸葛亮になぞらえ「奇謀もて国に報いんと」するのだから、諸葛亮は「奇謀」の実践者でなければならない。しかし、史実の諸葛亮はそうではなかった。『三国志』諸葛亮伝に載る陳寿の上奏文に「然亮才、於治戎為長、奇謀為短、理民之幹、優於将略（然れども亮の才、治戎に於いて長と為し、奇謀は短と為す、理民の幹、将略より優る）」とある。現実の諸葛亮は「奇謀は短と為す」と評されている。これでは文脈にまったくそぐわない。宋代すでに諸葛亮の神格化がすすんでいた。⑧朱詞の諸葛亮は、「奇謀」を自在にあみだす神格化された軍略家でなければならない。したがって「梁父」と「白羽」とについても、朱敦儒の念頭にあったのは天才軍師・諸葛亮のはずなのである。直前の「英雄」の語も曹操に対峙した三国志物語の英雄を想起させるだろう。

果たして、「奇謀報国、可憐無用、塵昏白羽」と「但愁敲桂櫂、悲吟梁父、涙流如雨」とには諸葛亮が詠まれ、それは三国志物語中の天才軍師のかれであったことが諒解されよう。ついで問うべきは、この両句にはさまれた「鉄鎖横江、錦帆衝浪、孫郎良苦」の解釈である。

三、諸葛亮と赤壁の戦い

まずは、諸注が「鉄鎖横江、錦帆衝浪、孫郎良苦」をどう訓んでいるのか紹介しておく。[9] これの典拠として、諸注は例外なく、太康元年（二八〇）、西晋の王濬軍が孫呉に侵攻した史事を挙げる。くだんの史事は『晋書』巻四十二、王濬伝に見える。それに従えば「鉄鎖横江」は、鉄のくさりが長江にわたされているさま、すなわち西晋水軍の長江進撃を阻止するため鉄鎖などで水上封鎖した孫呉の軍事作戦ということになる。王濬伝には左記のごとくある。

太康元年……呉人於江険磧要害之処、並以鉄鎖横截之、又作鉄錐長丈余、暗置江中、以逆距船（太康元年……呉人は江の険磧要害の処に、並に鉄鎖を以て之を横截し、又た鉄錐長さ丈余を作りて、暗に江中に置き、以て船を逆距す）。

ついで「錦帆衝浪」は、「錦帆」を王濬軍の船団と解し、王濬軍の快進撃の表白とする。王濬軍の船は蜀で製作されたが、それを王濬伝はつぎのごとく描写する。

武帝謀伐呉、詔濬修舟艦。濬乃作大船連舫、方百二十歩、受二千余人、以木為城、起楼櫓、開四出門、其上皆得馳馬来往、又画鷁首怪獣於船首、以懼江神。舟楫之盛、自古未有（武帝呉を伐たんと謀り、濬に詔して舟艦を修めしむ。濬乃ち大船連舫を作り、方は百二十歩、受くること二千余人、木を以て城と為し、楼櫓を起て、四を開き門を出だし、其の上に皆な馬を馳せ来往するを得、又た鷁首怪獣を船首に画き、以て江神を懼す。舟楫の盛んなること、古え自り未だ有らず）。

そもそも「錦帆」は文字どおり錦の帆をもった船の意である。王濬伝に「錦帆」の語は見えないが、用例[10]を通覧するに、船の豪壮ぶりを称揚する言辞と思われる。「古え自り未だ有らず」と言われる壮麗な軍船を「錦帆」と呼ぶことに不審はない。王濬はその年の三月に建業に入城し、呉主の孫皓はこれに降り呉は滅ぶ。諸注は「孫郎良苦」の「孫郎」をこの孫皓に、「苦」を自動詞にとって、孫皓はおおいに苦しんだの意に解する。⑪

つまり諸注によれば、朱敦儒は金軍を晋軍になぞらえ、金の侵攻によって宋が南渡した危機を比喩的に詠んだということになる。しかし、諸注の解釈は問題を抱えていると思しい。問題はつぎの二点に整理できようか。第一に文脈の問題である。諸注にしたがえば、「鉄鎖横江」云々が後闋で浮いてしまう。上述のように、前後の語句は三国志物語を下敷きに詠まれている。孫呉滅亡の史事はかろうじて三国志物語の終末に配されるが、前後に諸葛亮が詠まれる文脈ではやはり異質と言わねばならない。第二に「孫郎」の比定について。諸注の解釈で懸念されるのは、南宋の高宗が孫皓に比せられかねないことである。諸注のみとめる「西晋＝金」の等式を敷衍すれば、南宋は孫呉に、さらに高宗は孫皓に比せられる。南宋の臣たる朱敦儒が今上を亡国の君に比することなどありえるだろうか。沙霊娜『樵歌注』（前掲）は「〝孫郎良苦〟四字、是対高宗的深刻風刺」（六五頁）というが、そうだろうか。この二つの問題点は、上記「鉄鎖横江」云々の句が、虚構の赤壁の戦いを詠んでいると見なして初めて解決する。

第一の文脈の問題からそれを説こう。赤壁の戦いは、華北の曹操軍を江南の孫権・劉備の連合軍が撃退した戦いである。史実では時に建安十三年（二〇八）。中原健二によれば、勝利の功績を周瑜にもとめるのが、明代までの士大夫の基本的理解であったようだ。⑫しかし『演義』では諸葛亮が主役、周瑜はその引き立て役としてえがかれる。諸葛亮を赤壁の戦いの最大の功労者とみなす説話が民間にあって、それを『演義』が取り入れたと考えられる。じつは、そのような説話が朱敦儒のころすでにあった。

鎮江市の東北に北固山がある。⑬『演義』では山上の甘露寺にて、孫権の妹との縁談のため呉地に入った劉備が孫権と会見したことになっている。そのおり両者は宿願成就を願って石に切りつけ、十字紋の刻まれた「恨石」ができたという。むろん虚構であろう。恨石のもとになったのは、甘露寺の「很石」の逸話であったと推される。很石は「狠石」とも書かれ、羊の形をした石らしい。逸話にはいくつかのパターンがあるが、基本的に劉備と孫権とが很石に坐して天下を論じたと語られる。しかし、北宋の蘇軾「甘露寺」詩を契機に、劉備に代わって諸葛亮が孫権と語りあった詩跡に変じていった。[14] 長編の「甘露寺」詩に「狠石臥庭下、穹窿如伏羱、緬懐臥龍公、挟策事琱鑽、一談収猘子、再説走老瞞（狠石　庭下に臥し、穹窿　伏羱の如し、緬に懐う臥龍公、策を挟みて琱鑽を事とし、一たび談じて猘子を収め、再び説く老瞞を走らすを）」のくだりがある。「臥龍公」こと諸葛亮が「猘子」こと孫権に対し、「老瞞」こと曹操を敗走させる策を説いたという。蘇軾の自注にも「云諸葛亮孔明坐其上、与孫仲謀論曹公也（諸葛亮孔明　其の上に坐し、孫仲謀と曹公を論ずるを云うなり）」とあって、諸葛亮が狠石にすわり孫権と、曹操について議論したという逸話をつたえる。「甘露寺」詩のつたえる逸話には、「赤壁」の語が見えず、赤壁の戦いの主役たる諸葛亮像の創出まであと一歩というところである。

しかし、おそくとも北宋末南宋初には、そのような諸葛亮像の出現を確言できる。程俱（一〇七八～一一四四）の「北固懐古」詩にかくいう。

阿瞞長軀圧呉塁、飲馬長江投馬箠
阿瞞　長軀して呉塁を圧せんとし、馬に飲《みずか》い長江に馬箠を投ぜんとす
英雄祇数大耳児、彷彿芒碭赤龍子
英雄　祇だ大耳児を数うるのみ、彷彿たり芒碭の赤龍子
幄中況有南陽客、布衣躬耕無甑石

幄中 況や南陽の客有り、布衣にして躬ら耕し甔石無し
当時鼎足計未成、聊此一奇空赤壁
当時 鼎足の計 未だ成らず、聊か此の一奇もて赤壁を空しくす
人随流水去不還、臥羊頑石留空山
人 流水に随い去りて還らず、臥羊の頑石 空山に留まる
如今留石亦煨燼、山与長江相向閑
如今 留石も亦た煨燼し、山と長江と相い向いて閑かなり

第十句の「臥羊頑石」は佷石を指す。注目すべきは、「幄中況有南陽客、布衣躬耕無甔石、当時鼎足計未成、聊此一奇空赤壁」のくだりである。「南陽客」すなわち諸葛亮の立てた奇策によって赤壁にて曹操軍に大勝したというのである。それまで赤壁の戦いに結びつけて語られることのほとんどなかった諸葛亮が、ここでは主役に遇せられている。朱敦儒の生年は元豊四年（一〇八一）、歿年は紹興二十九年（一一五九）という（鄧子勉校注『樵歌』（前掲）の「年譜簡編」）。程俱は朱敦儒の同時代人であった。

ところで、やや時代がくだるが、明の正徳十四年（一五一九）に甘露寺で佷石が発見されたおり書かれた滕謐「佷石記」（『京口三山志』巻十二）に、「云諸葛孔明坐其上、与孫仲謀論曹操也。及其計定、兵交赤壁、挫老瞞之鋒、成鼎足之形（云えらく諸葛孔明其の上に坐し、孫仲謀と曹操を論ずるなり。其の計の定まるに及び、兵赤壁に交わり、老瞞の鋒を挫き、鼎足の形と成る、と）」とある。孫権を相手に佷石に座した諸葛亮が謀計をめぐらし、赤壁で曹操軍を一掃したとの逸話がつづられている。角谷聡は、北宋末南宋初にすでに「佷石記」にいうような甘露寺伝説があったと推測している。角谷説の蓋然性はたかい。朱敦儒はひさしく布衣の身であり、正規の官途にあった人物ではない。周瑜に赤

壁の功を帰す士大夫の価値観から比較的自由だったのかもしれない[15]。

朱詞にもどろう。赤壁の戦いと諸葛亮とが結びつくのであれば、「鉄鎖横江」云々を赤壁の話柄と解して、前後のつながりに無理がなくなる。金軍は曹操軍に、南宋は孫呉に比せられ、曹操の侵略を排した孫呉のごとく金に勝利し中原を恢復することを朱敦儒は夢想したと訓める。しかしなおそれは実現されていないから、「但愁敲桂櫂」云々と嘆きの言葉が続くのである。

第二の「孫郎」の比定について説こう。赤壁の戦いで孫姓の人物となれば、必然的に孫権となる。孫権は曹操軍を破った名君であり、かれを高宗に比することに何ら問題はない。さきの「徂石記」が記した逸話で、諸葛亮と赤壁での対曹操戦を論じたのは孫権であった。「孫郎」を孫権に擬すれば、後闋に詠みこまれた史上の人物は、赤壁の戦いを勝利にみちびいた二人の英雄——諸葛亮と孫権ということになる。その意味でも「孫郎」には孫権こそふさわしい。

四、「鉄鎖横江、錦帆衝浪、孫郎良苦」の解釈

「鉄鎖横江」云々を民間文学の赤壁の戦いの話柄と解して矛盾が生じないか、具体的に詞句にそって点検してみよう。行論の都合上、「鉄鎖横江」は後回しにして「錦帆衝浪」から。諸注は王濬の軍船の疾走するさまと解したが、孫呉の猛将・甘寧の軍船が疾走するさまと解すべきである。『演義』は、甘寧らについて「更以西川錦作帆幔、左右皆披錦繍、時人皆呼錦帆賊（更に西川の錦を以て帆幔と作し、左右皆な錦繍を披る、時人皆な錦帆賊と呼ぶ）」といい、甘寧一味を「錦帆賊」と呼んでいる（葉逢春本巻四「孫権跨江破黄祖」）。これは『三国志』甘寧伝の裴松之注に「呉書曰

…住止常以繒錦維舟（呉書曰く…住止するに常に繒錦を以て舟を維ぐ）」とあるのが典拠だろう。史実の赤壁の戦いでは周瑜にしたがい曹操を烏林で破っている。[16] 虚構のほうでは、すでに元の至治年間（一三二一～一三二三）に刊行された『至治新刊全相平話三国志』（以下、『平話』）巻中に、「曹操欲走、北有周瑜、南有魯粛、西有陵統・甘寧、東有張昭・呉范、四面言殺（曹操走らんと欲するも、北に周瑜有り、南に魯粛有り、西に陵統・甘寧有り、東に張昭・呉范有りて、四面殺を言う）」とあって、甘寧の活躍をえがく。[17]

ついで「孫郎良苦」について。「孫郎」は、孫姓の男子であればよいわけで、孫権に擬して故障はない。[18] 問題は「苦」字である。赤壁の戦いで孫権は曹操軍をおおいに苦しめたのだから、「苦」は他動詞にとって「苦しませる、悩ませる」と解したいところだ。しかし目的語をともなわない「苦」を他動詞に訓むのは、それこそ苦しい。韻字であることによる稀用の可能性も考えてはみたのだが、常識的には自動詞にとるべきだろう。つまり「孫郎良苦」は「孫権はおおいに苦しんだ」と理解するほかない。

最後は「鉄鎖横江」である。結論からいえば、孫権が赤壁の戦いにおいて実施した対曹操軍防御策としての水上封鎖と解する。虚構の赤壁の戦いで「鉄鎖」とくれば、だれしも龐統が曹操に献策した「連環計」を想起しよう。兵士の船酔い対策として軍船同士を鉄の鎖で繋げ、曹操軍の船が容易に動けないようしむけた、『演義』ではよく知られた話柄である（張尚徳本巻十・葉逢春本巻四）。ここでは葉逢春本「龐統智進連環策」の文章を引いておく。

若以大舟小舟各皆配合、或三十為一排、或五十為一排、首尾用鉄環連鎖、下載糧上鋪闊板、休言人可渡、馬亦可走矣（若し大舟小舟各おの皆な配合し、或いは三十もて一排と為し、或いは五十もて一排と為し、首尾鉄環を用いて連鎖し、下は糧を載せ上は闊板を鋪かば、人の渡る可きは言う休かれ、馬も亦た走る可し）。

わたしは当初、「鉄鎖横江」の句は「連環計」を描写していると考えた。つまり、曹操軍の船団が鉄の鎖でつながれ長江に居ならぶさまと理解した。しかし、朱敦儒のころそのような説話がすでにあったか、然るべき資料をまだ見い出していない。

鉄の鎖で曹操の軍船を繋げるというこの話は、いつごろ成立したのか。話柄の存在を確認できる最早の文献は、ほかでもない『演義』のようである。『平話』巻中には、唐突に「却説曹操百三十万軍、船上如登平地（却って説く曹操百三十万の軍、船上平地を登るが如し）」とあるのみ（『三分事略』でも同様）。たんに曹操軍は船の上を平地のごとく往来できると言うにすぎず、これだけでは「連環計」の話柄があったとは言えない。胡小偉によれば、「連環計」は南宋と元との現実の水上戦を参考にしている。⑲ 船をつないで陣のように固定するには錨碇の高い技術が必要とい う。これが実際の戦闘で使用されたのは南宋末期、対元戦で南宋水軍が実施したのが文献で確認できる最早の事例とされる。胡説にしたがえば、「連環計」の話柄の成立は南宋末以降ということになる。そうかもしれない。しかし可能性の一つにとどまる。錨碇の技術にしても、北宋末にすでに高度な水準に達していたとの説もある。⑳ そうであれば、南宋末をまたず、たとえば軍事訓練の一環で軍船の連結が実現されたという想像もできなくはない。くだんの話柄は『演義』成立以前のある段階で創作されたと推されるが、それがいつなのかは結局分からないということになりそうである。したがって、朱敦儒のころそのような説話があったとも、なかったとも言いにくい。

わたしは、まず次の二案を考えてみた。一つは当初考えたとおり、鉄鎖で繋がった曹操軍のさまととる。「連環計」に引きつけた解釈である。『三国志』巻五十四、周瑜伝にかくある。

（周）瑜等在南岸、瑜部将黄蓋曰、今寇衆我寡、難与持久。然観操軍船艦首尾相接、可焼而走也（（周）瑜等南岸に在り、瑜の部将黄蓋曰わく、今寇衆く我寡く、与に持久すること難し。然れども操軍の船艦首尾相い接するを観る、焼いて走らしむ可し）。

このくだりは『資治通鑑』の赤壁の戦いの描写でもほぼ踏襲されている。㉑「連環計」は傍線部分から着想されたのだろう。「連環計」が案出されるには、曹操軍の船団が密集隊形をとっていたという史実に、鉄鎖という要素が結びつかねばならない。換言すれば、鉄鎖というヒントさえ得られれば、案出は容易ではないか。そうであれば、明代をまたずもっと早い時期、朱敦儒のころに「連環計」の原型になるような逸話があった、という可能性も考えられてよい。

もう一つは、孫権が赤壁の戦いにおいて実施した水上封鎖ととる。詩詞において「鉄鎖」云々の用例は少なくないが、王濬伝に典拠する例が多いようである。[22] 防御のため長江を封鎖したのは、この王濬伝の史事と、開皇八年（五八八）に隋が南朝陳に侵攻したおり陳が実施した防御策とが知られる。[23] しかし、孫権のころの孫呉も同様の防御を実施していた。『三国志』巻五十一、孫奐伝の裴松之注にかくある。

> 江表伝曰、初（孫）権在武昌、欲還都建業、而慮水道泝流二千里、一旦有警、不相赴及、以此懐疑。及至夏口、於塢中大会百官議之。詔曰、諸将吏勿拘位任、其有計者、為国言之。諸将或陳宜立柵柵夏口、或言宜重設鉄鎖者、権皆以為非計（江表伝に曰わく、初め（孫）権武昌に在り、都を建業に還さんと欲するも、而して慮るに水道は流れを泝ること二千里、一旦警有らば、相い赴及せず、此を以て疑を懐く。夏口に至るに及び、塢中において大いに百官を会して之を議せしむ。詔して曰わく、諸将吏位任に拘ること勿かれ、其れ計有る者は、国の為め之を言え、と。諸将或いは宜しく柵を立て夏口を柵すべしと陳べ、或いは宜しく重ねて鉄鎖を設くべしと言う者あり、権皆な以て計に非ざると為す）。

傍線部分に注目されたい。夏口を守備するため鉄鎖を長江に張りめぐらせよ、との献策である。夏口は漢水が長江に合流するところ、赤壁の東に位置する。敵の長江東侵をふせぐ要所であった。「重ねて」とあることから、それ以前すでに同様の鉄鎖による防御策が実施されていたと判明する。孫権が武昌に遷都していたのは、西暦の二二一年から二二九年のこと。この献策の時点で赤壁の戦いから十年以上経過しているが、史実の赤壁の戦いのおり、孫権が夏口において鉄鎖による水上封鎖をおこなった可能性はみとめてよいと考える。赤壁の戦いは孫呉にとって存亡の危機であったのだから、できうる作戦はみな実施したはずだ。これが民間文学でも踏襲され、朱敦儒の耳に達したと考えるのである。

以上、二つの試案を述べた。いずれも文献的徴証を欠き推測の域を出ないが、小文では第二案を採用したい。より推測の少ないのは第二案であるからだ。赤壁の戦いでか否かはともかく、孫権による水上封鎖の史実が確言できるのに対し、曹操軍の鉄鎖による連結は史実はむろん虚構においても『演義』以前に確認できない。第二案にしたがえば、「鉄鎖横江、錦帆衝浪」はともに孫呉軍の軍事行動ということになる。

ついで問題になるのは、この三句の文脈である。「孫郎良苦」を孫権が苦しんだと訓むのは動かないので、「鉄鎖横江、錦帆衝浪」と「孫郎良苦」との関係は逆接にとるしかない。果たして、長江を封鎖し防備をととのえ勇敢な甘寧軍が戦ったものの孫権はおおいに苦しんだ、という解釈になる。朱敦儒の主意は、大勝した孫権ではなく、孫権に譬えられている高宗の苦悩にあるのだろう。そして、諸葛亮とちがい高宗のために何もできない自分は、自らの不甲斐なさを嘆くしかない、と詞はつづくのだろう。

以上で小文が主張すべきことは書き終えた。確定的な解釈をくだすのはなかなか難しいのだが、くだんの朱詞後闋が『演義』に収斂する三国志物語の一資料、とくに諸葛亮の神格化を追跡するうえで有用な資料であるとは言ってよいだろう。後闋において朱敦儒はみずからを諸葛亮に比している。そして諸葛亮が赤壁の戦いで曹操軍を撃破したように、みずから金軍を破り中原を恢復する夢想を詠んだ。朱敦儒の念頭にあったのは赤壁の戦いの主役としての神格化された諸葛亮であった。朱詞後闋は、さきの程俱詩とおなじく、赤壁の戦いの主役たる天才軍師・諸葛亮像の成立をつげる比較的早い資料とみとめられるのではなかろうか。㉔

注

① 鄧子勉は、該詞を建炎元年（一一二七）の秋冬の間の詠作と推定している。前年の靖康元年当時、朱敦儒は、やや不確かながら故里の洛陽周辺にいたと推される。明くる建炎元年に南渡をはじめ、秋には淮陰、金陵そして呉地方に至っている。その後、長江に沿って江南西路の彭沢に入り、秋冬のころに江州に達して該詞を詠んだとされる。鄧子勉校注『樵歌』（上海古籍出版社、一九九八年）の該詞注（一）。鄧説の是非はともかく、詞の内容から靖康の変以降の詠作であることは間違いなかろう。

② 小文が参照した『演義』の版本を依拠した影印本とともに示せば以下のとおり。嘉靖元年（一五二二）序刊の張尚徳本は、『三国志通俗演義』（人民文学出版社、一九七四年）に、嘉靖二十七年（一五四八）序刊の葉逢春本は、井上泰山編『三国志通俗演義史伝』（関西大学出版部、一九九七〜九八年）にそれぞれよった。羅貫中の原本があったとすれば、この両本はそれに最もちかい版本とされる。金文京『三国志演義の世界　増補版』（東方書店、二〇一〇年）「七、『三国志演義』の出版戦争」が『演義』の版本問題を簡潔にまとめ、井上泰山ほかの「座談会　『三国志演義』研究をめぐって」（『未名』第二四号、二〇〇六年）が両本の版本研究における重要性を平易に説いている。

③ たとえば、王瑞功主編『諸葛亮研究集成』（斉魯書社、一九九七年）、朱一玄・劉毓忱編『三国演義資料滙編』（南開大学出版社、二〇〇三年）の両資料集にも、該詞は収載されていない。また、伯勛選注『歴代歌詠諸葛亮詩歌選注』（五丈原諸葛廟、一九八四年序）、譚良嘯選注『歴代詠賛諸葛亮詩選注』（四川人民出版社、一九八八年）にも見えない。

④ ⑴沙霊娜『樵歌注』（貴州人民出版社、一九八五年）六三〜六五頁、⑵鄧子勉校注『樵歌』（前掲）二九〜三三頁、⑶洪永鏗『朱敦儒集』（浙江大学出版社、二〇〇五年）一八〜二一頁、⑷唐圭璋ほか『唐宋詞選注』（北京出版社、一九八二年）二九二〜二九四頁、⑸

周篤文『宋百家詞選』（広東人民出版社、一九八三年）一七七～一七八頁、⑹艾治平『宋詞的花朶』（北京出版社、一九八五年）一八二～一八五頁、⑺唐圭璋主編『唐宋詞鑑賞辞典』（江蘇古籍出版社、一九八六年）六一七～六一八頁（執筆：馬興栄）、⑻賀新輝主編『宋詞鑑賞辞典』（北京燕山出版社、一九八七年）五二〇～五二二頁（執筆：林従龍）、⑼周篤文ほか主編『全宋詞評注』第三巻（学苑出版社、二〇一一年）二〇七～二〇八頁、⑽胡昭著ほか主編『全宋詞名篇精注佳句索引』上巻（当代中国出版社、二〇〇一年）四七一～四七二頁。

⑤　さきの十種の注が「梁父」「白羽」をどう解釈しているか、番号でしめす。「梁父」については、いっさい諸葛亮の名の出ない⑻をのぞき、すべて諸葛亮とのかかわりに言及する。「白羽」については、⑵⑷⑸⑽が諸葛亮の白羽扇と解している。ほかの六注は「白羽」に施注しないものもふくめ、諸葛亮に言及しない。

⑥　なお諸葛亮の梁父吟愛誦のことは、『演義』張尚徳本巻八に見える。葉逢春本では巻三「徐庶走薦孔明」にあっただろうが、いま欠巻のため確認できない。

⑦　詩詞において白羽扇が諸葛亮をイメージする道具立てになっていく過程は、中原健二「蘇東坡「羽扇綸巾」とその変容」、同「「羽扇綸巾」の誕生」（ともに『宋詞と言葉』汲古書院、二〇〇九年）の記述が参考になる。

⑧　諸葛亮の神格化の過程については多くの先行研究がある。いま、陳翔華『諸葛亮形象史研究』（浙江古籍出版社、一九九〇年）、同「諸葛亮形象演変史論綱」（『三国志演義縦論』文津出版社、二〇〇六年）をあげるにとどめる。

⑨　金啓華主編『全宋詞典故考釈辞典』（吉林文史出版社、一九九一年）七六二頁「鉄鎖横江」条を十一種目の諸注にくわえても結論はおなじ。

⑩　たとえば、隋の煬帝が錦で帆をつくったという、顔師古『大業拾遺記』巻上に見える故事など。

⑪　張清玲「朱敦儒《樵歌》析論」（国立屏東教育大学中国語文学系碩士論文、二〇〇七年）は、「孫郎」を呉の武将の孫瑜に擬し

ているようである（三〇頁）。論拠は不明。

⑫　中原健二「蘇東坡「羽扇綸巾」とその変容」（前掲）一三八頁。

⑬　以下の論述は、角谷聡「『三国志物語』における赤壁の戦いと甘露寺説話」（『中国中世文学研究』第四五・四六合併号、二〇〇四年）によるところが多い。

⑭　吉永壮介「甘露寺縁起考」（『芸文研究』第八八号、二〇〇五年）。

⑮　言うまでもないことだが、朱敦儒がくだんの士大夫の標準的赤壁理解を知らないわけではない。『樵歌』未載の朱敦儒「秋霽（壬戌之秋）」詞に「追想孟徳、困於周郎」の句が見える。鄧子勉校注『樵歌』（前掲）四〇〇〜四〇三頁。これは赤壁で周瑜が曹操を撃退したという句意だから、従来の士大夫の赤壁理解に準じている。「秋霽」詞は「檃括東坡前赤壁」の詞序をもつ。内容からも蘇軾「前赤壁賦」をふまえて詠まれているのが分かる。

⑯　甘寧伝に「後随周瑜拒破曹公於烏林（後に周瑜に随い曹公を烏林に拒破す）」とある。

⑰　『平話』とほぼ同内容の『三分事略』でも同文。小文は、ともに古本小説集成（上海古籍出版社、一九九〇年）収載の影印本によった。『平話』と『三分事略』との関係については、中川諭「『三国志平話』と『三分事略』」（『新潟大学教育人間科学部紀要』第六巻第一号、二〇〇三年）を参照。

⑱　詩詞では孫呉の孫家の者を「孫郎」と言うことが多いらしい。「訳注稿」の「孫郎」注には孫権を指す用例として王維詩を引いた。ほかに、たとえば蘇軾「江神子（老夫聊発少年狂）」詞に「為報傾城随太守、親射虎、看孫郎（為に報ぜん傾城して太守に随わせ、親しく虎を射ん、孫郎を看よ）」とある「孫郎」も孫権のこと。

⑲　胡小偉「歴史与演義〝赤壁之戦〟的実中之虚与虚中之実」（『中国古代小説研究』第一輯、二〇〇五年）。

⑳　ジョセフ・ニーダムは、北宋末の徐兢『宣和奉使高麗図経』（一一二四年成）に見える宋船の錨碇技術の高さを称揚している。ニー

ダム『中国の科学と文明』第十一巻航海技術（東畑精一ほか監修、思索社、一九八一年）三四一〜三四三頁。王春兆『中国科学技術史　軍事技術巻』（科学出版社、一九九八年）も、北宋初から宋朝が水軍の建設に努めている史事を述べ、『宣和奉使高麗図経』にしめされた錨碇技術の高さを指摘する（一三八〜一四四頁）。なお、胡小偉論文が依拠した錨碇技術に関する先行研究は、このニーダムの研究成果である。

㉑『資治通鑑』巻六十五、建安十三年（二〇八）条。傍線部分は「操軍方連船艦、首尾相接」とあって「方連」の二字が追加されている。『通鑑紀事本末』巻九「孫氏拠江東」は『資治通鑑』に全同。なお、韓国磐「《資治通鑑》如何記述赤壁之戦」（『社会科学戦線』一九八二年四期、一九八二年）の専論がある。

㉒陸尊梧ほか『古代詩詞典故辞典』（天津人民出版社、一九九二年）六〇三〜六〇四頁に用例が多数蒐集されている。

㉓『南史』巻六十五、宜黄侯慧紀の伝に「禎明三年、隋師済江……遣南康太守呂粛将兵拠巫峡、以五条鉄鎖横江、粛竭其私財以充軍用（禎明三年、隋師江を済らんとす……南康の太守呂粛をして兵を将いて巫峡に拠り、五条の鉄鎖を以て江に横たえしむ、粛其の私財を竭くし以て軍用に充つ）」とある。

㉔朱詞の「孫呉＝南宋」「曹操＝金」の構図は非常にわかりやすい。南宋人にとって赤壁の戦いに仮託して中原の恢復を詠むことは容易に思いついただろう。同趣向の詩詞が多作されたとすれば、そのことは赤壁の戦いへの注目を誘引し、話柄の成長に資した可能性がある。

論辛棄疾詞的信州居所空間敘述

汪　超

内容提要　作家對其生活空間的敘述必然體現其觀念、心態，並進一步影響他的創作。辛棄疾對居所空間的敘述始終隱藏著其心態變化。從初到信州的「買」者姿態，到福州任上懷歸瓢泉，其信州地方認同漸次增強。但與本土作家相比，稼軒仍然保有「他者」立場。而在定義居所空間屬性時，辛棄疾從帶湖時期不甚強調隱居地屬性，到後來突出瓢泉的「山中」位置，表明他仕宦心態的變化。詞人對空間書寫的並置處理方式，同樣體現他的出處焦慮。辛棄疾理想與現實的矛盾，奮進與倦怠的心態在在寫入詞中。

關鍵字　辛棄疾　空間　信州　藝術技法　人地關係

『文心雕龍・物色』所謂「山林皋壤，實文思之奥府」，「屈平所以能洞監風騷之情者，抑亦江山之助乎①」，提出環境對文學創作的影響命題。在宋代，李清照「愁損北人，不慣起來聽」，陳與義「不解鄉音，只怕人嫌我」，是南渡詞人因「地域環境的變異」、「區域方言的不通」，「引起漂泊者與當地人之間的隔膜②」。由此觀之，環境的確影響著文學的情感抒發；另一方面，作家對地方的觀感也影響著作品的誕生。地方是人們生活的空間，其中的山川形勝、風俗歷史、人物土產等都是形成地方觀感、體驗的重要條件。生活在其間的人們，因身份、經歷的差異而對地方形成不同的觀看角度和情感態度。同樣久住黃州，張耒對黃州惡評連篇，蘇軾卻能調整人地關係，實現自我超越[3]。李清照、陳與義生活在異鄉，他們的感受與當地人必不相同。隨著時間的推移而久居之後，詞人對居所的地方感受有何差異？其中的心態轉變、精神演進之過程有何表現？值得我們探究。

筆者以為，宋代詞人中，辛棄疾敘述現實空間（作者自身經驗的真實生活空間）具有典型性。且他「要寫行藏入笑林」（「鷓鴣天・不寐」）[4]，作品較真實地反映詞人生存狀態，易於追索其心態。詞人二十三年北方生活沒有作品傳世，南來之後，除定居信州二十年外[5]，其餘時間宦游四方，長則兩年，短至三月，文獻不足，不便討論。信州無疑是辛棄疾研究中繞不開的一個地方。因此，研究者較早關注稼軒的信州遺蹤，積累了一定量的成果[6]。這些成果有些偏重於考證，有些注意信州對稼軒的「江山之助」，有些討論稼軒的生活狀態，對筆者均有啟發。本文擬從書寫內容、創作技巧、結構方式等方面，討論稼軒觀看、體驗信州居所空間的趨向，並就他對所處空間的地方認同、生活心態等變化略作申發。

一　從「買」到「歸」：稼軒地方認同感的增強

宋人對信州的地理空間認識是矛盾的，該地不似黃州、惠州、儋州那般有明顯的「貶所特性」，卻也是「地僻山深，尚帶甌閩之俗；民貧賦嗇，偶連上浙之區[7]」。不過，又因「地近日邊，幸政聲之易達[8]」，被贊作「惟上饒夙名於佳郡，而南渡尤多於寓公[9]」。「地僻山深古上饒，土風貧薄道程遙」是自白居易時代就存在的信州認知[10]，稼軒未必不知，卻仍擇居於此。

淳熙八年（1181），辛棄疾帶湖居所將成，詞人尚在江西安撫使、知隆興府任上，曾作「沁園春·帶湖新居將成」和「菩薩蠻」（稼軒日向兒童說）兩闋。「見說小樓東，好山千萬重」，欲退居，卻「沉吟久，怕君恩未許，此意徘徊」。欲歸田而不得的稼軒，此時尚未見到帶湖新居，只是「見說」，主觀判斷上已落下個「好」字。足見詞人從一開始，就對信州抱持好感。淳熙九年（1182），湯邦彥唱和辛棄疾「水調歌頭·盟鷗」詞，稼軒以「水調歌頭·湯朝美司諫見和，用韻為謝」贈答，有「萬里蠻煙瘴雨，往事莫驚猜」之句。次年，又有「瘴雨蠻煙，十年夢尊前休說」（「滿江紅·送湯朝美司諫自便歸金壇」）為別。湯氏曾因事編管新州（今屬廣東），遇赦量移信州，以「瘴雨蠻煙」說新州，暗示詩人並不認為信州是蠻瘴之地。辛棄疾客居信州，並不像很多南渡詞人那樣驚懼不安，相反還求田問舍、不斷擴張產業。

從行動上看，稼軒建帶湖豪居，透露出他對信州的初步認同；而定居之後繼續買地建宅，擴大持有信州土地，表明他對居所所在的地方之認同加深了。淳熙十二三年（1185—1186），他閒居帶湖四五年，便訪尋新的卜居地。詞人寫到「便此地結吾廬，待學淵明，更手種門前五柳」（「洞仙歌·訪泉于奇師村，得周氏泉，為賦」）。這就是羅忼烈說的「在帶湖的後幾年，稼軒又看中了鄰縣鉛山縣期思周氏的產業——瓢泉，買下來開始經營作別墅[11]」。辛更儒稱「瓢泉在瓜山之下，秋水在五堡洲，中間有紫溪之上秋水長廊相連接，稼軒期思之居集中於此。另有秋水堂在期思嶺，停雲堂在隱湖山[12]」，可見置地之廣。同時，他還曾在距離帶湖數十里之遙的黃沙購產。與稼軒年輩相仿的上饒人陳文蔚曾稱：「過黃沙辛稼軒之書堂，感物懷人，凝然以悲。[13]」辛棄疾自己也說：「黃沙書院面勢甚佳，欲以維摩庵名之，特未定也，預以一絕句紀之。[14]」帶湖、瓢泉，向為人熟知。黃沙書院，則不甚出名，對此地稼軒甚有好感，留下了「稻花香裡說豐年」（「西江月」「明月別枝驚鵲」）的名句。退居帶湖不數年，而連連置辦家產，稼軒必然是適應信州生活，對當地有所認同的。但辛棄疾此時仍是以客居者的心態看待信州。

從心態上看，稼軒對信州的認同經歷了從「買」到「歸」的轉變。且看他退居前後的兩首作品：

稼軒日向兒童說。帶湖買得新風月。頭白早歸來。種花花已開。（「菩薩蠻」）

翠竹千尋上薜蘿。東湖經雨又增波。只因買得青山好，卻恨歸來白髮多。（「鷓鴣天・鵝湖歸，病起作」）

這兩首寫帶湖風光，千好萬好，卻並非真正融入本地，而是以旁觀者的姿態欣賞風物。試看其「買得新風月」、「買得青山好」，卻令「白髮多」，潛藏於心的憂憤不經意就浮現紙上。宋人詩詞偶爾也有「買得」山林田園退居的用例，如「買田陽羨吾將老。從來只為溪山好」（蘇軾「菩薩蠻」⑮）；「買得東皋數畝，靜愛園林趣」（晁補之「過澗歇」⑯）；「買得田園便退身，世間今作自由人」（韓維「寄致仕李洵大夫」⑰）；「買得石田東郭外，蓋成茅屋北山前」（呂頤浩「次綦叔厚韻」⑱）。但「買」，本身是一種交易，是站在買家的角度看待所得之物，或矜誇，或炫耀，山川風物雖好，情感卻隔膜。辛棄疾更曾戲謔自己「買山自種雲樹，山下斸煙萊」（「水調歌頭・再用韻答李子永提幹」）。雖是用『世說新語』典故，卻不忘強調隱居之所是「買」的。這種買山隱居的荒誕感不也恰恰是稼軒不甘之心、不平之氣的外化嗎？在這種心態下，詞人即便再如何喜愛那千萬重的好山，卻未必對該空間有多麼深切的情感。

稼軒的「買山」感受日趨淡化，到紹熙三年（1192）為閩憲時，信州已然成了作者的歸處，成了宦遊者稼軒眷戀的家園。他寫到：

回頭鷗鷺瓢泉社。莫吟詩莫拋尊酒，是吾盟也。（「賀新郎・又和」）

這是作者游福州西湖，見眼前鷗鷺翩躚，懷想瓢泉社日所吟。他此時乃方面大員，卻止不住懷歸，欲歸之處並非故鄉墳墓所在，而是居住了十年的信州。作者另一首「添字浣溪沙・三山戲作」更是說得淺白：

記得瓢泉快活時，長年耽酒更吟詩。驀地捉將來斷送，老頭皮。　繞屋人扶行不得，閑窗學得鷓鴣啼。

「歸」，是對懷歸之所的深度情感認同。凡人所欲歸的地方，多是讓人有歸屬感、能適應、願意托庇其中的。這一過程的建立並不容易，稼軒南歸之初，也曾在江南置產，但對當地都未產生此種情感。隆興二年（1164）作于江陰的「滿江紅・暮春」起句即道「家住江南」，但是結拍卻是「謾叫人羞去上層樓，平蕪碧」。雖然字面上說出了家之所在，內心認同的「家」卻在登高眺望仍不能望見的遠方。相形之下，紹熙年間欲「歸」的家，正是詞人對「家住江南」的再詮釋，是對江南區域、對信州地方、對瓢泉這一居所空間的認同。

另外，信州標誌性的空間景觀逐步出現，也可為稼軒對信州情感濃度增強的旁證。所謂「標誌性的空間景觀」，如杭州西湖、武漢黃鶴樓等等，幾乎是外地人的必遊景點，也是本地人認同的空間標誌。信州全域的空間標誌物有一山一水，即靈山與信水（又有信江、冰溪、玉溪、貴溪等別名）。唐人就有「南州管靈山」的句子[19]。晁補之謫信州酒稅，作詩還特地拈出信江西流、經鄱陽湖入長江的地理特點[20]。與稼軒同時略後的「上饒二泉」趙蕃、韓淲作品中這兩處空間景觀也是反復出現。甚至後世戴表元、夏言、蔣士銓等人莫不如此，身為信州人的晚明宰輔鄭以偉更將文集命名為『靈山藏』。

反觀辛棄疾，從寫雲洞開始，眾多信州山水在他的詞中次第出現。但直到他在信州生活六年之後，詞中才正面提到信江，靈山就更晚方被詠唱。作年不確的「念奴嬌・和韓南澗載酒見過雪樓觀雪」中有「縞帶銀盃江上路」之句[21]。這裡的「江」就是指信江，不過詞人只以類屬概念泛稱之為「江」。說明此時在稼軒心中，信江就如尋常河川，無甚特殊的情感。稼軒帶湖時期所作「永遇樂・送陳仁和自便東歸。陳至上饒一年，得子，甚喜」「水調歌頭・送施樞密聖與帥江西……」「臨江仙・探梅」三首提到信江別稱「玉溪」，不過也未賦予其更多的情感意涵。信江在稼軒的筆下，只是一個單純的地點名稱。不過，從泛指到具名，詞人對信江的認同仍有一定程度的增強。靈山在「帶湖之什」被淹沒在「群山」、「青山」之類的概稱中，到「瓢泉之什」卻被專門詠及。「歸朝歡」（山下千林花太俗）、「沁園春・靈山齊庵賦。時築偃湖未成」這兩首以靈山為吟詠對象的詞，作者非常具體地寫到其山形及觀賞感受，同時也著意刻畫細節。說明靈山這一標誌物被稼軒重視起來了。

從稼軒詠「靈山信水」這組空間標誌物的作品看，他對信州的認同應該是由淺轉深的。不過，對照信州士人筆下的「靈山信水」書寫，稼軒仍然有所差別。靈山、信水，在信州士人筆下時常詠及，且成雙成對出現的幾率較高。如趙蕃「我歸玉溪傍，君向靈山側」（「呈段元衡」[22]），又如韓淲諸句：

城外靈山，橋頭玉水，多少佳風月。（「百字令・楊民瞻索古梅曲，次其韻」）

不知是有春多少，玉水靈山醉幾場。（「鷓鴣天・看瑞香」[23]）

玉水靈山地，燕寢亦書功。（「水調歌頭・和石倅壽湯守」）

詩中靈山、信水的符號化意味均十分突出，它們替代了信州空間，替代了作者的生活場域。儘管因為書寫物件、題材等限制，存在一定的偶發因素，但稼軒與當地士人，對於這組空間符號的感受和處理仍有不同。不難發現，稼軒在書寫信州生活的現實空間過程中，雖然認同感加深，一定程度上卻仍保有「他者」立場。

二　城市與山中：稼軒居所的空間屬性

地方不但是作家的生活處所、國家的行政單位，也是實際存在的地理空間。作家對其並非全然被動，在如何書寫空間經驗，甚或定義空間性質方面，他們有一定的主動權。稼軒擇居信州後，創作了大量描繪地方風物的作品，以「他者之眼」發現信州地方的「異量之美」。凡此，論者在研究稼軒的農村、田園、山水等題材詞作時分析已多。筆者想要考察的是辛棄疾如何定義帶湖、瓢泉居所的空間屬性。我們發現，稼軒帶湖閒居時期，雖然寫林下之思、盟鷗心態，卻並不特別強調帶湖、瓢泉的隱居地屬性。但到瓢泉時期，則較為突出居所空間的歸隱性質。

辛棄疾「新居上梁文」說：「欲得置錐之地，遂營環堵之宮。雖在城邑闤闠之中，獨出車馬塵囂之外。㉔」明確帶湖居所的地理位置，㉕其地在「郡治之北可里所，故有曠土存，三面傅城，前枕澄湖，如寶帶。㉖」稼軒特別點明新居在城市之中，又可避免城中車馬喧囂，出於紅塵之外。城外與城中雖只一牆之隔，在空間屬性上卻有重大區別，城中象徵著繁華、權力與塵俗，而城外則是蕭散、超脫與自然。韓淲與稼軒同時略晚，居住在信州城南，與州城隔信江而望。㉗他曾有「隔水城市塵，了然不相干」(「雨中作」)的詩句，㉘似乎城外的居所承載著詩人隔絕紅塵，逍遙避世的想像。雖然居所位置不同，但敘述的邏輯與稼軒一致。不過，稼軒顯然不是一個要與城市劃清界限的人，或許營建此居時他偶有歸隱之意，曾說：「幸一枝粗穩，三徑新治。且約湖邊風月，功名事欲使誰知。」(「滿庭芳·和洪丞相景伯韻」)新治的三徑，湖邊的風月均指向帶湖新居。總體而言，辛棄疾此時卻並未打算「亦官亦隱」、「仕隱兼顧」，他懷抱恢復志向，隨時準備應聲而起。「洞仙歌·開南溪初成賦」一闋，不但寫出不甘於隱居的心態，更寫出他為此付出的行動。此節，該詞下片最為清晰，其云：

東籬多種菊，待學淵明，酒興詩情不相似。十里漲春波，一棹歸來，只做個五湖范蠡。是則是一般弄扁舟，
爭知道他家，有個西子。

陶淵明、范蠡都是隱者的代表，作者卻明白說他與陶淵明的「酒興詩情」截然不同。范蠡歸棹五湖，稼軒開南溪而泛舟，看似生活方式相同，詞人卻道范蠡家有西子，因此自己與范氏不同，戲謔地傳達出自身不認同范蠡功成避世的人生態度。帶湖在信州城北，開鑿水道通過護城河，可以直接連上信江。從「十里漲春波，一棹歸來」來看，南溪通達

信江的可能性極高。稼軒何以開此一溪？不妨設想，泛舟直通信江，經信江而入長江，可以極為便利地與全國交通水

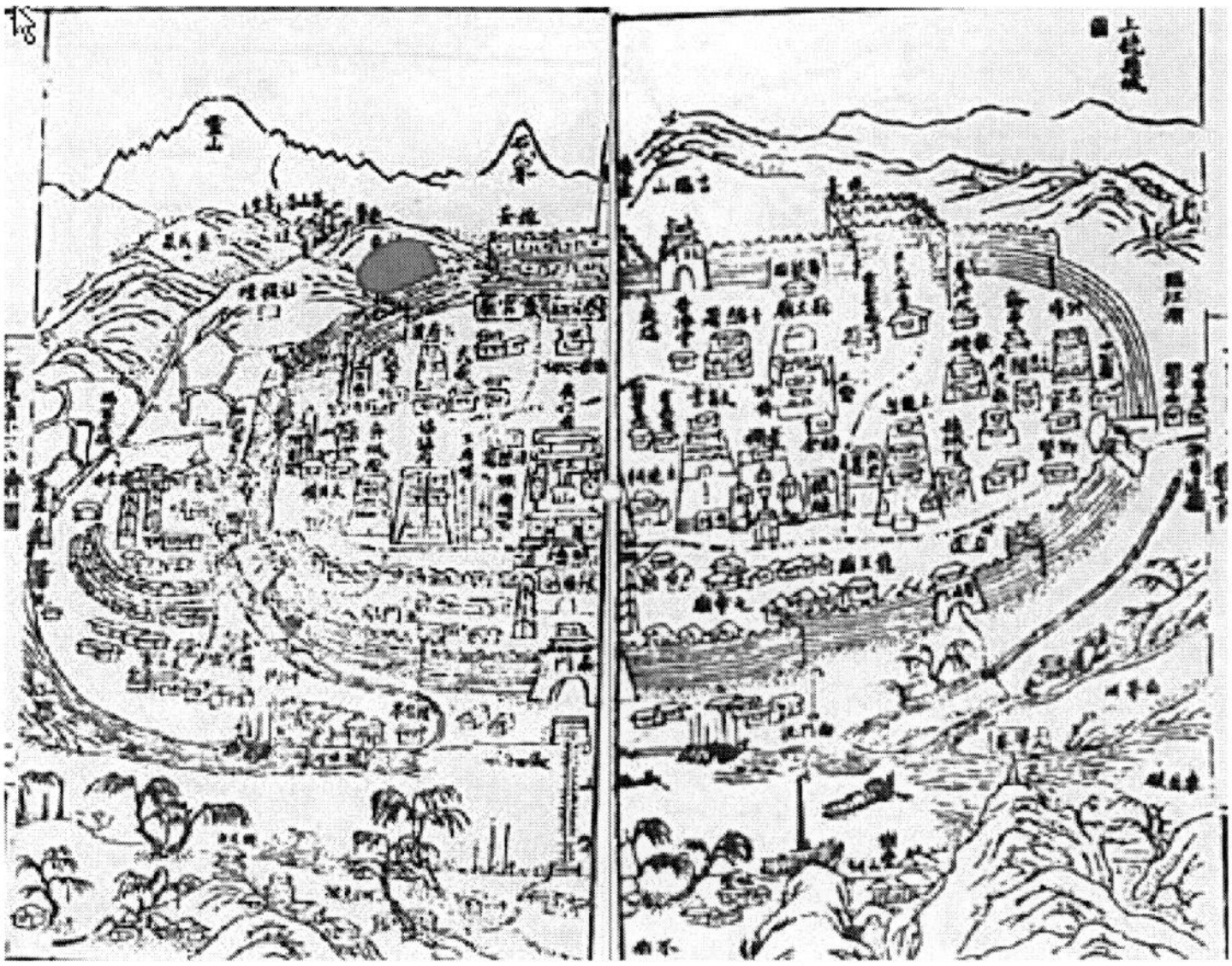

圖一，黑色區域為帶湖居所大致的位置[29]

運路網連接。這一點，在稼軒詞中也是有印證的。他罷知鎮江，改知隆興府，遇劾給祠，作「瑞鷓鴣・乙丑奉祠歸，舟次餘干賦」，就可以看到信江通達京口（今江蘇鎮江）的交通線路：自京口經長江入鄱陽湖，從湖口東南靠泊餘干，入信江，順流而上返回上饒。選擇城市建宅，且會為自家準備這樣一條便捷通路的人，又會甘於退居？

帶湖閒居時期，稼軒愛在信州山林遊憩，且已經營造瓢泉居所，有時也在此宴客。這一時期的稼軒詞，常見辛棄疾寫「山中」的活動。應該說，「山中」與「城市」是兩個相反的概念。山中居所，往往帶著「避世」、「出塵」的意味。六朝是山居興盛的時期，當時山居者的基本理念是「山林獨居的空間隔離感（『清曠之域』）」，可以避開人群生活帶來的困擾（『名利之場』[30]）」。但稼軒似乎與此有別，「山中」只是他遊覽的景觀形勝。「山客城市役，故人雞黍情。懷我舊隱地，偕為蕭寺行[31]」所說的正是這

種並非全然隔絕城市、避世離群的「山居」，稼軒的山居也屬於此類。淳熙十三年（1186）前後，他曾頻繁往還於博山、雨岩，留下大量詞作。在某些詞篇的敘述中，稼軒自己還充當了「招隱」的角色。「定風波．用藥名招婺源馬荀仲遊雨岩。馬善醫」「烏夜啼．山行，約范廓之不至」「生查子．山行，寄楊民瞻」等篇皆是其例。此期作品中，幾乎看不到稼軒為瓢泉賦予歸隱避世的空間屬性。

到瓢泉時期，稼軒卻越來越傾向突出瓢泉居所乃「歸隱之所」的空間認知。稼軒罷福建提刑，返回信州，興建瓢泉居所，賦「沁園春．再到期思卜築」。該詞下片圍繞青山展開：「青山意氣崢嶸，似為我歸來嫵媚生。解頻教花鳥，前歌後舞；更催雲水，暮送朝迎。酒聖詩豪，可能無勢，我乃而今駕馭卿。清溪上，被山靈卻笑：白髮歸耕。」下片不數句，兩次提到「歸」，所謂歸處，無非青山、花鳥、雲水、清溪，似乎要隔絕市聲、不涉人寰。結拍處，山水甚至人格化，與作者形成對話。除此例之外，「卜算子．漫興三首」其二也是如此，其云：「山水朝來笑問人：『翁早歸來也？』」。而「祝英台近」（水縱橫）一闋，再度強化了瓢泉作為隱居之所的空間屬性。詞人在詞題中寫道：「與客飲瓢泉，客以泉聲喧靜為問，余醉，未及答，或者以『蟬噪林逾靜』代對，意甚美矣，翌日為賦此詞以褒之。」王籍「蟬噪林逾靜」一聯為詠寫幽靜寂寥山林的名句，有人代稼軒答客問，借此句突出了瓢泉居所幽寂的環境。稼軒對此應答十分滿意。同一時期，辛棄疾還有「水龍吟」（聽兮清珮瓊瑤些），所謂「用些語再題瓢泉」。全詞楚辭體句式，幾乎無拍不及山中招隱，無句不說紅塵行路難。

在突出瓢泉居所的隱居屬性時，稼軒會用「城中」、「市」等空間來形成對比。「鷓鴣天．寄葉仲洽」寫「客來且盡兩三杯。日高盤饌供何晚？市遠魚鮭買未回」，「市遠」而耽擱宴客，突出居所與城市的距離。「西江月」（杯汝知乎）詞序道：「城中諸公載酒入山，余不得以止酒為解，遂破戒一醉，再用韻」。這篇短序起碼有三處值得我們注意：一言「城中」，自然將居所的空間與城市空間對立，形成了一種不同於城市生活方式的「避世」感；二言「入山」，一個「入」字，突出了居所空間的隔離狀態。尋常開放的空間沒有山居那麼多限制性條件。山居卻是「路險兮山高些。塊予獨處無聊些」（「水龍吟」「聽兮清珮瓊瑤些」）。三言破酒戒，大約友人入山之難，無可推脫，不得以而飲酒。如山中等閒可至，又何必破戒？這種幽居靜處的隔離感、私密性，更讓詞人饒有興致地記下山外的來客。「玉樓春」（山行日日妨風雨）、「行香子・山居客至」都是在這種情況下賦成。

有趣的是，宋代山居詩的「寫作群體主要集中於江西、浙江一帶」，「文人山居詩中有更多真實的農耕生活的描寫」㉜。如果讀一讀稼軒詞，他的山居生活則幾乎沒有真實的農耕場景。比如「永遇樂・檢校停雲新種杉松，戲作。時欲作親舊報書，紙筆偶為大風吹去，末章因及之」，起拍「投老空山，萬松手種」只說結果，不寫過程，不描述場景。「鷓鴣天・讀淵明詩不能去手，戲作小詞以送之」，起拍「晚歲躬耕不怨貧，只雞斗酒聚比鄰」言及耕種，但是用淵明詩典，與作者自己的山居生活無涉。

提到典故，我們還注意到退居瓢泉時期，辛詞擇用的典故與帶湖時期有很大區別。初到帶湖新居，稼軒作「水調歌頭・盟鷗」寫其江海之志，有句「凡我同盟鷗鷺，今日既盟之後，來往莫相猜」，用『列子』典故，與帶湖水鄉環境互相配合。數年後，他作「朝中措」（夜深殘月過山房）借主客問答的形式再次強調盟鷗之心。詞的下片說：

朝來客話：「山林鍾鼎，那處難忘。」「君向沙頭細問，白鷗知我行藏。」

來客以「山林」為問，詞人答以「沙頭白鷗」。帶湖本身的地理特徵——「千丈翠奩開」（「水調歌頭・盟鷗」），廣闊的水域面積使其用典與環境結合，產生鷗鷺聯想。讓詞人選擇盟鷗表達歸隱之志，不正是由此而來的嗎？相對而言，瓢泉時期運用盟鷗典故與鷗鷺意象的作品都較帶湖時期少，而與山林相關的意象、典故（如楚辭、陶詩、「北山移文」等）卻時常浮現。這大概也與瓢泉的地理空間特徵相關，瓢泉有山林之幽深，有泉瀑之喧騰，易與山靈發生玄想，卻沒有大面積的水域，難以產生鷗鷺聯想。

要之，詞人從帶湖閒居時不甚強調居所的隱居屬性，到瓢泉時期突出其空間的隱居屬性，事實上是其心態轉變的過程。瓢泉山居，其詞有兩個特點：一是很少直接敘述勞作場面；一是淡化「水系」典故、意象，突出「山系」典故、意象。或許，瓢泉空間本就不是農場田莊，其地理特徵則使辛詞在典故、意象的運用上發生變化。

三　空間之並置：稼軒出處焦慮的變化

文學作品對空間的敘述來源至少有三：經驗世界的生活、知識世界的歷史、未知世界的想像。稼軒詞中的空間敘述也涉及以上三種來源，但他「特別喜歡運用回憶的時空境界與現實的時空境界進行組接，形成強烈的對比反差[33]」。回憶空間與生活空間的並置敘述表達了稼軒的出處焦慮。這種焦慮感隨著時間的推移，表現也有不同。不過，空間並置並非稼軒的「獨門秘技」，但他的處理方式是具體描述，其來源多集中在經驗世界的生活空間，較少用知識世界的歷史、未知世界的想像，有一定的獨特性。

稼軒開南溪初成，賦「洞仙歌」詞，身在信江北岸，卻遙想湘江之上。他寫出「婆娑欲舞，怪青山歡喜。分得清溪半篙水。記平沙鷗鷺，落日漁樵，湘江上，風景依然如此」的句子。眼前南溪婆娑，詞人欣然之余，以領字「記」轉換時空，硬生生將眼前景改成湘江上的落日平沙、漁樵鷗鷺。表面上看，似乎是詞人在不同時空發現熟悉的風景，從而產生了共鳴。細究或有深意。淳熙六至七年（1179—1180），辛棄疾在湖南任轉運副使，改湖南安撫使兼知潭州時曾創飛虎軍。從其經歷上說，這是他南來之後最接近恢復志向的事業。若以此觀之，則稼軒賦南溪卻陡然轉換時空、寫起湘江風物的筆端必定還隱藏著退居的不甘，隱藏著回到湘江時代的期望。結合上文我們提到的南溪之水運功能，稼軒筆底的波瀾或許就不難描摹了。

這種時空的錯置有時還困擾注釋名家，「鷓鴣天・鵝湖歸，病起作」上片道：

翠竹千尋上薜蘿。東湖經雨又增波。只因買得青山好，卻恨歸來白髮多。

『稼軒詞編年箋注（定本）』就說：「豫章有『東湖』……此詞題為『鵝湖歸，病起作』，與豫章全不相涉，似不應再道及該處風物，則此東湖當即指帶湖而言。」該闋起拍「翠木千尋上薜蘿」寫眼前所見的退居生活空間，翠木千尋，山深林密。句中的薜蘿意象讓人不由不聯想到「楚辭」中「被薜荔兮帶女蘿」的山鬼。隔句「只因買得青山好」分明是寫作者的隱居生活。「東湖」卻是與這些景致所在地全不相關的地理空間，所以箋注者認為「與豫章全不相涉，似不應再道及該處風物」。但稼軒宦跡兩任江西安撫使兼知隆興府（今江西南昌，別稱「豫章」），他赴贛州任江西提刑（江南西路提刑司在贛州）時也應當經過豫章。私意以為，若非要將「東湖」落實，則此處東湖正是豫章東湖而並非指稱帶湖，且該闋也正是辛詞並置時空之例。在這歸隱空間的眼前景致書寫中，橫生出舊日宦遊之所。眼前景觀與昔日回憶打成一片，詞人復出的心事巧妙地融入其中。

這兩闋都沒有明說詞人的心事，且在帶湖諸闋中，詞人雖然用盟鷗典故、鷗鷺意象，但並未將帶湖空間定義為隱居之所。前文也提及稼軒身在退居時節，卻藏不住心中想要復出任事的願望。熟悉稼軒的韓元吉賦詞有「南風五月江波，使君莫袖平戎手」（「水龍吟・壽辛侍郎」）的期許[34]；洪适也有「辛幼安稼軒」詩稱：「濟時方略滿襟胸，卜築依城樂事重。豈是求田謀萬頃？聊因學圃問三農。高牙暫借藩維重，燕寢未須歸興濃。且為君王開再造，他年植杖得從容。」[35]友人對稼軒的祝願並非無本之木，他們必然將稼軒的出處焦慮看在眼中，因而也借酬贈開解祝願。

「浪淘沙・山寺夜半聞鐘」的空間並置機制是夢與現實的聯動。「夢入少年叢，歌舞匆匆」是舊日空間在夢中引發，是虛的、已經過去的；「老僧夜半誤鳴鐘。驚起西窗眠不得，卷地西風」是眼前清晰的現實空間，是寫實的、正在發生的。歌舞繁華的空間活動，與眼前卷地西風的淒涼對比，強烈表達了作者今夕何夕的迷惑，抒發「事情何以至此」的不甘。

「洞仙歌」是由景觀相似而觸發的時空錯置，「鷓鴣天」是等閒平地起波瀾的直接並置時空，「浪淘沙」是由夢境連接的時空並述，時空發生並置的方式並非全然相同。送別友人時，辛棄疾也會因友人去處而聯想到自己昔日的遊蹤，這則是因事而起的時空並置。「滿江紅・送李正之提刑入蜀」的受贈人李大正赴蜀，稼軒從未到過蜀地。不過，這並不妨礙他借李大正未來的行跡，懷想自己昔日所到的地方：「荊楚路，吾能說。要新詩準備，廬山山色。赤壁磯頭千古浪，銅鞮陌上三更月。」能說荊楚路，以廬山、赤壁、銅鞮陌三個典型景觀，寫出江州、黃州、襄陽這三個入蜀必經之處。這三處，也是稼軒宦遊期間曾經有所關聯的地點。「水調歌頭・送鄭厚卿赴衡州」的意思更加顯豁，其詞道：

寒食不小住，千騎擁春衫。衡陽石鼓城下，記我舊停驂。襟以瀟湘桂嶺，帶以洞庭青草，紫蓋屹東南。文字起騷雅，刀劍化耕蠶。

詞人當著受贈人的面，神遊千里，記起任職湖南時的經停之所。衡陽周遭的地理位置是稼軒再熟悉不過的，隨筆寫來，毫無凝滯。詞中千騎簇擁、鑄劍為犁而教化百姓的似乎已經不是鄭厚卿，而是往昔的自己。詞人久居帶湖，期待重游的任事之心躍然而出。

以上是「帶湖之什」中，詞人時空並置的典型用例。但是任事復出心願達成之後，稼軒又開始懷歸。懷歸的書寫方式之一，同樣是並置空間。紹熙三年（1192）所作「賀新郎・和前韻」，是在福州遊西湖，懷丞相趙汝愚之作。該闋並置三重時空。作者的眼前的空間顯然是雨中的福州西湖，但上片因「西湖」之名轉而描繪臨安行在的錢塘風光。下片道：

雞豚舊日漁樵社。問先生：帶湖春漲，幾時歸也？為愛琉璃三萬頃，正臥水亭煙榭。對玉塔微瀾深夜。雁鶩如雲休報事，被詩逢敵手皆勍者。春草夢，也宜夏。

這與前文提到的「洞仙歌・開南溪初成賦」類似，因景物相近而直接跳轉時空。只不過前者是欲跳出隱居的帶湖，重新走上湘江江上那功名利祿之路。而這裡是從眼前的西湖，跳回懷歸的帶湖。結末「春草夢，也宜夏」隱約透露出抑鬱心情。實在是行也焦慮，藏也焦慮。

如上所示，並置時空表達出處焦慮的辛詞至「七閩之什」仍偶有所見。但當稼軒奉祠歸瓢泉之後，就較少如此寫焦慮感了。送別友人時，稼軒仍然寫友人將前往的地方，但表達上是站在友人立場，而不是人我不分，自己的宦遊舊跡與友人的行程也不再混一。較明顯的是「江神子·送元濟之歸豫章」，該詞也寫到「二月東湖湖上，官柳嫩，野梅殘」。但這裡詞人並沒有將東湖與自身作連接，只是泛寫友人所去之處。「賀新郎·題傅岩叟悠然閣」同樣是因眼前景而產生的相似聯想，該詞上片以淵明、黃花、南山諸語串成傅氏優遊林下的畫面，下片有句道：「是中不減康廬秀。倩西風為君喚起，翁能來否？鳥倦飛還平林去，雲自無心出岫。」康廬，即匡廬廬山，避宋諱而改。不過詞作並沒有雜糅著作者人生的出處大問題，只是簡單將眼前風物與異時空的匡廬作對照，以廬山之美來比擬悠然閣周遭景物。詞人不談出的問題，卻談處、談藏的問題。將移轉時空的寫法更多地用在了自身家居和生活的對照。詞人大約自覺老之漸至，對於出處行藏已經相對看淡。

從上文看，稼軒的時空並置表達的情感是出處焦慮及其淡化；從寫作的模式上說以相似聯想為主，即景觀相似，或地點相關。偶爾也會出現夢境接續、直接並置等方式。時空並置並非稼軒的首創，且今昔對照乃詞家慣用技法。但稼軒詞的時空並置多是具體的，有所指的。例如前引「洞仙歌」「滿江紅」「水調歌頭」均是指向兩湖，「鷓鴣天」「江神子」皆指向豫章，且地點是可以與稼軒的行實一一對應的。這大約是稼軒空間敘述的一個特點。

請先試以宋代詞人幾篇千古名篇來對比：柳永的「雨霖鈴」（寒蟬淒切）、「八聲甘州」（對瀟瀟暮雨灑江天）在空間並置移轉的處理上都很有特色。「雨霖鈴」寫將別、臨別場景都在汴京，但別後的「楊柳岸曉風殘月」是虛指，是設想，是未知處。「八聲甘州」更是不論登樓所望處，還是設想的佳人「妝樓顒望」處，從文本中都不能知曉所在。晏幾道「鷓鴣天」（彩袖殷勤捧玉鐘）並置今昔，通篇同樣沒有具體的指向。蔣捷「虞美人·聽雨」並置少年、中年、暮年的三重空間，但不論少年的歌樓、中年的客舟，還是暮年的僧廬都沒有確切的地點指向，是類型化的泛稱。

如果我們再看陸遊的空間並置方式，他的此類詞作大部分也是無確指的。如「蝶戀花」（桐葉晨飄蛩夜語）的上片：「桐葉晨飄蛩夜語。旅思秋光，黯黯長安路。忽記橫戈盤馬處。散關清渭應如故。[36]」該詞作於淳熙五年（1178），放翁出蜀東歸途中。首句「晨飄」、「夜語」泛寫旅途所見，並非眼前實景；「忽記」以下也無實指，「散關」、「清渭」代稱前線。他的名篇「訴衷情」（當年萬里覓封侯）也是一樣，詞中當年覓封侯的「梁州」是泛指邊關；結拍「心在天山，身老滄州」的對照，[37]同樣是代稱。

那麼，蘇軾詞的情況又是如何？蘇軾的並置空間好用歷史空間與現實空間相互對照，用典用事多於現實描寫。東坡「念奴嬌·赤壁懷古」之「遙想公瑾當年」就是來自於知識世界的歷史空間。又如「江城子·湖上與張先同賦，時聞彈箏」詞：

> 鳳凰山下雨初晴。水風清。晚霞明。一朵芙蕖、開過尚盈盈。何處飛來雙白鷺，如有意，慕娉婷。
> 忽聞江上弄哀箏。苦含情，遣誰聽？煙斂雲收，依約是湘靈。欲待曲終尋問取，人不見，數峰青。[38]

此闋上片寫杭州風景，下片將現實空間虛擬化，以唐詩典故將西湖上聞箏轉至湘靈鼓瑟的虛擬世界。「菩薩蠻·杭妓往蘇迓新守楊元素，寄蘇守王規父」下片並置蘇州、杭州兩個空間，卻連連用事，道：「清香凝夜宴。借與韋郎看。莫便向姑蘇。扁舟下五湖。[39]」

與上述詞人不同，稼軒的並置空間指向明確，有跡可循。在一定程度上，體現出稼軒處置空間技法的獨特性。這也使得稼軒的信州居所空間敘述跳出眼前風物，而能思接八方。

我們相信，稼軒主動擇居上饒，與當地的交通條件、地理環境等不無關係。辛棄疾南來之後，曾在不同地方置產定居，但最後終老信州。稼軒寄寓信州究竟走過怎樣的一段心路歷程？我們從其詞作中發現了這段心路的外在表徵。信州和她的空間標誌，在稼軒筆下從可有可無，到被懷想、被細寫。稼軒對信州的地方認同漸次增強，他也從一個客居者化而成為上饒寓賢，成為千載以下信州士庶記憶的一部分。帶湖時期的稼軒，並未定心隱居，「瓢泉之什」則漸露疲態。因此，走過了從「城市」到「山中」的游居傾向，並在詞中賦予帶湖、瓢泉不同的空間屬性。而這種從奮進到倦怠的心態，也體現在詞人並置空間的處理方式上。辛棄疾使用並置空間之法與他人不同在於真實、具體，有跡可循。稼軒通過詞作，對他生活的信州空間作出判斷，表達了他對信州的地方感受與情感。稼軒也因此與信州地方同在！

【本文受中國博士後科學基金特別資助項目「宋代州郡文壇建構研究：以高宗、孝宗朝信州文壇為例」（項目號：2012T50661）資助。】

注

① 劉勰著，范文瀾注『文心雕龍注』，人民文學出版社1958年版，第694至695頁。
② 王兆鵬『宋南渡詞人群體研究』，鳳凰出版社2009年版，第56頁。
③ 汪超「人地關係與蘇軾的黄州地方書寫」，『南海學刊』2017年第3期。
④ 本文關於辛詞的文本及其編年，均采鄧廣銘『稼軒詞編年箋注（定本）』（上海古籍出版社2007年版）。
⑤ 信州，唐乾元元年（758）置州，治所在今江西上饒市信州區。兩宋屬江南東路，轄地略等於今江西省上饒市東部的信州區、廣豐區、上饒縣、鉛山縣、玉山縣、橫峰縣、弋陽縣，以及江西省鷹潭市月湖區、貴溪市。上述古信州諸縣境內有三清山、龍虎山、圭峰、

北武夷等今聯合國教科文組織命名的「世界遺產地」四處。

⑥ 如劉夷「辛棄疾在上饒」，『上饒師專學報』1984年第1期；王璠「辛棄疾筆下的信州農村」，『上饒師專學報』1984年第3期、「辛棄疾與信州山山水水」（上、下），『上饒師專學報』1985年第3、4期；李德清「稼軒詞中信州若干地名考辨」，『江西師範大學學報』1989年第3期、「稼軒詞信州古今地名考」，『上饒師專學報』1990年第1期、「稼軒詞信州古今地名三考」，『上饒師範學院學報』2012年第1期；何湘瑩「稼軒信州詞研究」，東吳大學1993年碩士學位論文；李佩芬「稼軒帶湖、瓢泉兩時期詞析論」，臺北教育大學2005年碩士學位論文；程繼紅『帶湖與瓢泉——辛棄疾在信州日常生活研究』，齊魯書社2006年版；肖建敏「論上饒二十年生活對辛棄疾詞創作的影響」，青島大學2007年碩士學位論文；鄭豔霞「辛棄疾帶湖瓢泉退居詞研究」，華中師範大學2009年碩士學位論文；汲軍、應子康『辛棄疾信州詞與信州生活』，光明日報出版社2010年版；魏萍「辛棄疾帶湖時期涉酒詞研究」，重慶師範大學2011年碩士學位論文；辛更儒「辛棄疾上饒帶湖與帶湖新居小考」，「詞學」第31輯，華東師範大學出版社2014年版。朱長英「地理空間對宋詞影響之研究」（山東師範大學2016年博士學位論文）也有專章討論地理環境對稼軒詞創作的影響。此外，大量關於稼軒農村詞、山水詞、退居詞等專題討論的論文也涉及信州地理空間的描述，不克枚舉。

⑦ 祝穆著，『方輿勝覽』卷十八，中華書局2003年版，第322頁。

⑧ 祝穆著，『方輿勝覽』卷十八，中華書局2003年版，第322頁。

⑨ 樓鑰「回趙昌甫監嶽蓄啟」，曾棗莊、劉琳主編『全宋文』，上海辭書出版社、安徽教育出版社2006年版，第264冊第35頁。

⑩ 白居易「送人貶信州判官」，朱金城箋注『白居易集箋校』，上海古籍出版社1998年版，第901頁。

⑪ 羅忼烈「漫談辛稼軒的經濟狀況」，周保策、張玉奇編『一九九〇年上饒辛棄疾國際學術研討會論文集』，香港天馬圖書有限公司2003年版，第637頁。

⑫ 辛更儒『辛棄疾集編年箋注』，中華書局2015年版，第2096頁。

⑬ 陳文蔚「遊山記」，曾棗荘、劉琳主編『全宋文』，上海辭書出版社、安徽教育出版社 2006 年版，第 290 冊第 393 頁。

⑭ 辛棄疾「黃沙書院」，辛更儒『辛棄疾集編年箋注』，中華書局 2015 年版，第 54 頁。

⑮ 鄒同慶、王宗堂著『蘇軾詞編年校注』，中華書局 2002 年版，第 527 頁。

⑯ 唐圭璋『全宋詞』，中華書局 1965 年版，第 555 頁。

⑰ 傅璇琮、倪其心等主編『全宋詩』，北京大學出版社 1992 年版，第 8 冊第 5241 頁。

⑱ 傅璇琮、倪其心等主編『全宋詩』，北京大學出版社 1995 年版，第 23 冊第 15393 頁。

⑲ 顧況「酬信州劉侍郎兄」，彭定求等『全唐詩』，中華書局 1960 年版，第 8 冊第 2936 頁。

⑳ 晁補之「貴溪在信州城南其水西流七百里入江」，傅璇琮、倪其心等主編『全宋詩』，北京大學出版社 1995 年版，第 19 冊第 12880 頁。

㉑ 韓南澗，即韓元吉，卒於淳熙十四年（1187）夏。故該詞至晩作於淳熙十四年春。

㉒ 傅璇琮、倪其心等主編『全宋詩』，北京大學出版社 1998 年版，第 49 冊第 30470 頁。

㉓ 唐圭璋『全宋詞』，中華書局 1965 年版，第 2255、2258、2263 頁。

㉔ 辛棄疾「新居上梁文」，辛更儒『辛棄疾集編年箋注』，中華書局 2015 年版，第 420 頁。

㉕ 關於帶湖地理位置之研究成果主要有李德清「稼軒詞信州古今地名考」（『上饒師專學報』1990 年第 1 期）、林友鶴等「帶湖考略」（『一九九〇年上饒辛棄疾國際學術研討會論文集』，香港天馬圖書有限公司 2003 年版）、程繼紅老師「帶湖考」（氏著『帶湖與瓢泉——辛棄疾在信州日常生活研究』，齊魯書社 2006 年版）、張玉奇老師「帶湖與稼軒遺址考探」（2007 年紀念辛棄疾逝世八百周年學術研討會會議論文）以及辛更儒「辛棄疾上饒帶湖與帶湖新居小考」（『詞學』第 31 輯，華東師範大學出版社 2014 年版）。他們都認為辛棄疾帶湖新居在今上饒市信州區龍牙亭附近。隨著城市發展，地表面貌早非原樣，欲行現地研究幾無可能。筆者 1985 年曾寄居于位在龍牙亭的上饒水動力機械廠伯父家，當時的窪地今已填平造屋。三十餘年前的舊貌且不存，更罔論考察宋代地表情況了。但辛更

儒找到『永樂大典』卷八〇九三引『廣信府志』志文，稱信州舊城南宋時曾北擴至帶湖以北。這就使得稼軒「新居上梁文」的「城邑闤闠之中」及洪邁「稼軒記」的「三面傅城」有了合理的解釋。只是洪适「辛幼安稼軒」詩，有「卜築依城樂事重」之句，似與辛更儒文的結論又有出入。然而，在未有確切證據的情況下，我們暫依辛文結論。

㉖ 洪邁「稼軒記」，曾棗莊、劉琳主編『全宋文』，上海辭書出版社、安徽教育出版社 2006 年版，第 222 冊第 88 頁。

㉗ 上饒縣縣志編纂委員會『上饒縣志・大事記』「淳熙五年」條謂詞人韓元吉「徙居上饒城南（今上饒地區衛校處）」。（中共中央黨校出版社 1993 年版，第 28 頁。）韓淲為韓元吉子，上饒地區衛校今為江西醫學高等專科學校書院路校區。隔江與信州故城相望，上饒舊城例以信江為南濠。

㉘ 韓淲「雨中作」，傅璇琮、倪其心等主編『全宋詩』，北京大學出版社 1998 年版，第 52 冊第 32393 頁。

㉙ 該圖由『同治廣信府志』卷首『繪圖』拼接，『中國地方志集成・江西府縣志輯』第 20 冊，鳳凰出版社 2013 年版。

㉚ 魏斌「『山中』的六朝史」，『文史哲』2017 年第 4 期。

㉛ 趙蕃「次韻斯遠同過智門茂草之中獨剪春羅花炯然」，傅璇琮、倪其心等主編『全宋詩』，北京大學出版社 1998 年版，第 49 冊第 30846 頁。

㉜ 祁偉『佛教山居詩研究』，商務印書館 2014 年版，第 159 至 161 頁。

㉝ 張瑞君「論辛棄疾詞的時空表現藝術」，『河北師範大學學報』2009 年第 2 期。

㉞ 唐圭璋『全宋詞』，中華書局 1965 年版，第 1402 頁。

㉟ 洪适「辛幼安稼軒」，傅璇琮、倪其心等主編『全宋詩』，北京大學出版社 1998 年版，第 37 冊第 23483 頁。

㊱ 陸游著，夏承燾、吳熊和箋注，陶然訂補『放翁詞編年箋注』，上海古籍出版社 2012 年版，第 105 頁。

㊲ 陸游著，夏承燾、吳熊和箋注，陶然訂補『放翁詞編年箋注』，上海古籍出版社 2012 年版，第 124 頁。

㊳ 鄒同慶、王宗堂著『蘇軾詞編年校注』，中華書局 2002 年版，第 31 頁。

㊴ 鄒同慶、王宗堂著『蘇軾詞編年校注』，中華書局2002年版，第72頁。

南北芸能に見る詞曲の接点

藤田　優子

はじめに

詞と曲はともに旋律に沿って作られる長短句の韻文と定義され、その境界線は厳密には定めがたい。詞がもともとそうであったように、曲もまた歌われることを主眼とするため、曲辞には主として白話語彙が用いられる。また、曲においては襯字と呼ばれる字あまりの運用が許されており、詞よりもさらに饒舌な句作りが可能となっている。ただし基本的な要素については詞と重複する部分が非常に多いといえよう。

曲は歌辞のもとづく音韻体系、具体的には入声音の有無によって南北両種に大別される。その旋律名を示す曲牌には詞における詞牌と共通するものが散見され、また句格が酷似するものもあって、詞との強い関係が疑われる。北曲は元代を中心に、南曲は宋元期から明一代を通じて歌唱されていることから、詞と共存し、その歌唱が減少に向かう中でも存在しつづけていたと考えられる。

詞の歌唱が衰退、断絶した時期には諸説あり、地域によっても状況は異なると思われる。中原健二氏は元末、江南地方の知識人の間で北曲と平行して詞楽が行われていた可能性を指摘され、こうした人々が詞と北曲を厳密に区別していなかったこと、また詞を旋律とともに歌唱していた実態のあったことを示しておられる。[1]ただし中原氏が断っておられるとおり、江南知識人が詞と同一視していたのは、北曲のうちでも散曲小令に分類される一曲完結形式の「うた」に限定される。散曲小令は事実、形式的にも内容的にも詞と共通する部分が非常に多く、入声音の消滅した北方においてはむしろ、南方音韻にもとづく詞の代用品としての役割を期待されている。[2]実際の旋律による両者の判別は現在では叶わないが、少なくとも現存する歌辞から読み取れる限り、次の二点を差異としてあげることができよう。すなわち使用される音韻体系の別、また前後二段構成か隻曲（詞でいうところの単調）かという基本的構成の別である。ただ、これらの差異が存在するにもかかわらず、詞と北曲小令はほとんど同種と見なされうる条件を備えていた。

では、小令以外の曲には詞との連続性がなかったのだろうか。南北曲には小令のほかに、複数の曲牌を連ねて組曲とする套数の形式が存在する。組曲を通して一つのテーマを歌う套数もまた、小令の場合と同じく一組曲で完結する「うた」、つまり散曲として受容することも可能であった。

とはいえ両者の間には形式とはまた違った意味での隔たりが存在する。雅詞に擬せられる小令と比較したとき、套数には白話語彙を多用する傾向がより強く認められ、歌われる内容も通俗的、諧謔的であることが少なくない。馬致遠「耍孩児」套「借馬」などはその典型であろう。愛馬を貸し渋る男の愚痴をそのまま写し取ったかのような曲辞、詞やその延長線上にある散曲小令では成しえないこの饒舌さは、套数という形式が可能にした表現方法であった。馬致遠がそうであるように、この新たな表現方法を取り入れた作者の多くは套数を用いる戯曲、雑劇の作者でもあり、形式、作者、さらに演者を共有する両者が近い性格を有すること、知識人から遠ざけられたことはすでに指摘されるとおりである。[3] 中原氏もまた、套数が雑劇につながる要素を持つことから、詞や散曲小令とは同一視されなかったと述べておられる。

このように表現面や作者の階層においては一定の差が存在するものの、ある曲牌が散曲小令として歌われる場合と套数の中に組み込まれた場合とで、全く異なる旋律になることは常識的には考えにくい。小令と套数に共通して用いられる曲牌は少なくないが、それらの楽曲自体は根を一にしていたと見るべきであろう。詞と同種の楽曲が少なからず残存する可能性は、套数や套数によって構成される芸能においても十分追求しうるものと想定される。

雅詞以外の詞が知識人の批判対象となり、彼らの規定する詞の範疇から次第に除外されていったように、[4] 南北芸能に取り込まれた詞もまた、俗であるという一点によって知識人の視線の外にありつづけた。語られることなく芸能や俗謡の形で継続していたその営為はしかし、ある時期以降まったく別の視点から「発見」され、文学の中に位置づけられることとなる。本稿ではこの空白期間を繋ぐものとして南北戯曲の中の套数をとらえ、詞曲の接点を探るとともに、それらが後世に見出されたとき、前時代まで水面下にあった非高級知識人の世界においてどのように受容されていたのかについて検討を加えたい。まずは套数の起こりから見ていくことにしよう。

一、套数の発生

詞は多くの場合一曲で完結するうたとして詠まれ、歌われるものであった。南北曲においてこの形式に類するのが散曲小令（以下小令）である。複数の楽曲を連結させて一つの事柄を歌う、いわゆる套数の形式は曲には広く認められるが、詞においては主流であったとはいい難い。[5] 套数はいつ発生し、曲の形式として定着したのであろうか。

北宋の都開封で行われていた複数の楽曲を連ねて歌う「唱賺」という芸能の形式が、現在一般に考えられている套数の起源である。耐得翁『都城紀勝』「瓦舎衆伎」の条に「唱賺は京師（開封）で行われていたとき、纏令と纏達があった。引子と尾声を持つものを纏令という。引子の後に二つのふしだけを交互に繋げ、循環させて用いるものを纏達という[6]」とあるのは、任意の曲牌と序曲「引子」、結びの曲「尾声」を用いて組曲を構成する二つの方法と考えられ、ある曲牌に引子と尾声を組み合わせると「纏令」となり、引子のあとに二種類の曲牌を交互に繰り返すと「纏達」となるという。これら原始的な套数を運用したうたいもの、唱賺には専業組織の存在したことや当時の芸人の名が伝わっており、その後も管弦楽器を用いたり各種楽曲を編入したりと改良を重ねながら一般庶民の間で人気を博した。[7]

一方、その歌辞「賺詞」には知識人による批判的な意見も加えられている。宋末元初の沈義父が「妓楼で歌っているところの詞は、おおかたが教坊の楽工や市井の賺詞うたいの作ったものであって、ただ音律が外れていないことだけが理由でよく歌われている。その言葉や文字の使い方を突き詰めると、まったく読むことができない[8]」と述べるのは、彼の詞論家としての価値観の反映したものであろう。とはいえこの一文からは、少なくとも唱賺の歌辞が楽曲とよく調和し、長きにわたって市井の人々に愛唱されたことを読み取ることができよう。

賺詞そのものは現在ほとんど残っていないが、宋人の作と思われる一套「紫蘇丸」套「円裏円」が元の陳元靚『事林広記』戊集巻二「円社市語」に見えることが指摘されている。[9]「紫蘇丸」から始まって九首目の「尾声」で締めくくられるこの組曲は、全体を通して蹴鞠の様子を描いたものである。その冒頭に中呂宮と明示されることからも明らかなように、同一の宮調に属する楽曲を連結させ、かつ九曲すべてに共通の韻目を用いる。後の南北曲の套数に見られる一韻到底のスタイルは、唱賺の段階で確立していたと考えてよいだろう。してみれば唱賺は、宋代における散曲套数といい換えることができるかもしれない。

『事林広記』同巻には黄鐘宮「願成双」套の俗字譜（楽曲譜）も収録され、歌辞は不明であるものの曲牌構成を見ることができるほか、套数全体の打楽器のリズムを図示した譜面「全套鼓板棒数」も収録する。ひとまず曲牌名の明示される「紫蘇丸」套「円裏円」、「願成双」両套の構成を見ておこう。[10]

『事林広記』戊集巻二・「紫蘇丸」套「円裏円」曲牌構成

(1)「紫蘇丸」(2)「縷縷金」(3)「好孩児」(4)「大夫娘」(5)「好孩児」(6)「賺」(7)「越恁好」(8)「鶻打兔」(9)「尾声」

『都城紀勝』の記述にあてはめれば、複数の曲牌と尾からなる「紫蘇丸」套の形式は纏令に相当し、かつ第三曲と第五曲に共通して「好孩児」曲が挿入されることから纏達との類似も感じさせる。(6)「賺」を除く八曲は四句から六句程度の比較的短篇であり、一段で完結する隻曲を基本単位とするようにも見受けられる。[11] つづいて『事林広記』収「願成双」套の構成を抜き出してみる。

『事林広記』戊集巻二・「願成双」套曲牌構成

(1)「願成双令」(2)「願成双慢」(3)「獅子序」(4)「本宮破子」(5)「賺」(6)「双勝子急」(7)「三句児」

この套数を構成する曲牌に、詞牌にも見られる「令」「慢」「破」といった楽曲の形式を表す語が使われている点は興味深い。(3)「獅子序」譜の途中には「重頭」の、(4)「本宮破子」譜と(5)「賺」譜の途中には「換頭」の字が見え、この部分を境に前後段に分かれていることが読み取れる。いずれも隻曲が基本単位であることをうかがわせる表記であるが、この文字が『事林広記』への収録段階で付加された可能性は否定できないため、詳細については今後の議論に待ちたい。

(1)「願成双令」については南宋の詞人、姜夔の自度曲「凄涼犯」の旋律の進行がこれに似るとの指摘があり、彼の音楽の素材と形式が民間に由来する可能性が論じられている。[12] これは詞と民間の歌曲が音楽的な基盤を共有していたことを示唆する事例と見てよいだろう。右にあげた両套に用いられる曲牌の多くは現在『御定曲譜』に収録され、一部は後で触れる『永楽大典』所収の戯文や『董解元西廂記諸宮調』にも使用されている。

『都城紀勝』「瓦舍衆伎」条では唱賺とは別に覆賺という芸能の名前もあげられ、「今では他にも覆賺というのがあって、また花前月下の情や鉄騎などのことに〔内容を〕変化させている」[13] と述べられる。恋愛や戦闘などの物語を歌うもので、名称から察するに唱賺を複数連ねたものと思われるが、語りやセリフといった散文が含まれていたかどうかは詳らかでない。

二、唱賺から諸宮調、北曲へ

唱賺と同じく北宋期に発生した芸能で、やはり套数を使用するものに諸宮調があげられよう。その名称はさまざまな宮調の套数を重ねる形式に由来するとされ、[14] 北宋期の状況については、王灼『碧鶏漫志』（南宋初期）巻二の「沢州〔山西省晋城〕の孔三伝という人が初めて諸宮調古伝を作り、士大夫はみなこれをうたうことができた」[15]という記述がよく知られよう。諸宮調は比較的知識水準の高い人々に好まれた芸能と考えられており、[16]『夢粱録』や『武林旧事』にあげられる諸宮調の芸人の名が同書で言及される唱賺に比べて少ないことから南宋での人気は唱賺に遠く及ばなかったと見る向きもある。[17]本稿ではおもに金代の長篇傑作『董解元西廂記諸宮調』（以下『董西廂』）を例として取り上げることとする。

『董西廂』には表現と楽曲の両面において詞との関連性が認められることが論じられている。[18]表現の面では、詞の表現をふまえつつも全く別の効果を狙った曲辞が随所に見られることが顕著であり、作者はもとより金代の聴衆にもある程度詞の素養が求められていたことがうかがわれよう。また個々の楽曲の面からは、一部に詞の楽曲が継承されていること、一曲の構成が前後二段であり詞と近似すること、他方、曲の特徴である襯字を頻繁に用いることという主に三点の理由から、詞と北曲の中間的存在であると考えられている。

こうした楽曲を運用する『董西廂』の套数曲牌構成に目を転ずると、そこには唱賺の影響もまた認められる。『董西廂』全百九十五套の四分の三程度が一つの曲牌の前後闋のみ、または一つの曲牌と終曲「尾」から形成されるなど、非常に簡素な構成であるのに対し、複数の曲牌と「尾」からなる、唱賺でいうところの纏令に該当する四十六套の中には八曲一尾、十五曲一尾という長大なものも認められ、中には二つの曲牌を交互に二回繰り返す構成や、ある曲牌を他の曲の間に何度も挿入する構成をとるものも存在し、これらは唱賺の一形式、纏達から発展したものと見られている。[19]後者は先にあげた「紫蘇丸」套「円裏円」の特徴とも類似しよう。

宋代の唱賺によって培われた組曲の形式は、金の諸宮調を経て北曲にも継承された。北曲の套数では複数曲と「尾」で構成される纏令はもちろんのこと、纏達に類似する形式もまた認められる。たとえば正宮「端正好」套には「滚繡毬」と「倘秀才」という二つの曲牌がくり返し用いられるパターンがしばしば見受けられ、特定の曲牌を一套の中に複数回はさみ込む形式は仙呂宮の曲牌「金盞児」の運用が顕著である。こうした曲牌構成は散曲と雑劇の別に関わらず広く行われている。[20]

唱賺の楽曲がどの程度詞のそれと共通していたかは詳らかでなく、少なくとも『事林広記』に現存する二例からは確実に詞牌名と共通するものを見出すことは困難である。ただし前節で見たとおり、姜夔「凄涼犯」が唱賺の楽曲と同類の旋律進行を持つこと、すなわち彼の自度曲が民間歌曲の旋律をもとに作られた可能性のあることから、詞の楽曲と民間歌曲との間には何らかの交流があった、もしくは交流を可能にする素地が共有されていたものと想像される。姜夔が民間歌曲の旋律を詞調へと輸入したように、詞調の民間歌曲への流入もまた皆無ではなかったと考えるのが自然であろう。唱賺との形式的類似が認められる諸宮調やその後を継ぐ北曲の曲牌に詞牌を起源とするものが少なからず残存していることを見ても、唱賺だけが詞の楽曲と別次元にあったとは考えがたい。

三、唱賺と諸宮調、南北曲の間

前節では唱賺から出た套数の形式が金の諸宮調を経て北曲へと継承される経緯を述べてきたが、一度南方の状況に目を向け、戯文『張協状元』から他種芸能との関わりを拾い上げてみたい。

『永楽大典』巻一三九九一所収の戯文『張協状元』は現存する南戯の最初期のもので、その成立は南宋期にさかのぼるといわれる。[21]冒頭部分には五種類の曲牌「鳳（奉）時春」「小重山」「浪淘沙」「犯思園」「遶池游」からなる諸宮調が付されている。

この一幕に用いられる曲牌はいずれも異なる宮調に属し、同一宮調の複数曲牌からなる套数の構成には当てはまらない。ただ、『董西廂』では一曲牌を事実上の一套数として「尾」もつけないパターンが見られるから、そういった意味ではこの一段も原始的な套数を五つ重ねたものと考えることができるかもしれない。

五種類の曲牌は不明の一曲「犯思園」を除き、後世の南曲曲譜では引子、つまり套数の第一曲に用いるべき曲牌と見なされている。引子に分類される曲牌には詞牌と同名のもの、詞牌に由来すると思われるものが散見されるが、ここでも「小重山」や「浪淘沙」といった名称が見られる点、示唆的である。この戯文にはさらに、詞と同名同体の歌曲も多数存在し、詞調が曲調へと変化する原始的な姿が初期の南戯にあらわれたものと論じられている。[22]

さて、戯文『張協状元』は冒頭に一段の諸宮調を含み、また詞曲の過渡期的様相を呈する楽曲を含むものの、全体としては南方の戯曲、南戯の枠組みで作られている。南戯もまた套数を連ねることで一篇の物語を歌う歌劇であり、楽曲に南曲を用い、南方音に基づいて作られるのはもちろんのこと、套数の数に制限がなく、また登場人物の誰もが曲の歌唱を担当できるという部分が北曲雑劇とは異なっている。南北曲、あるいは南戯と雑劇との間にはこのような形式上の差が認められるものの、音楽的な連続性を示す事例がないわけではない。『永楽大典』所収の他の戯文を例にとってみよう。

『永楽大典』同巻には『張協状元』以外にも『小孫屠』『宦門子弟錯立身』という二種の南戯テキストが録され、やはり明代南戯に先立つものとして注目される。[23] 金滅亡後の南宋期成立といわれる戯文『宦門子弟錯立身』には、複数の出(幕)において南北両方の曲を用いた套数、南北合套のあることが指摘されており、[24] たとえば第五出では全十三曲の套数の中間で南北曲を交互に用いる構造が認められるほか、北曲套数を基本構造とする第十二出では、第三曲「四国朝」につづいて「駐雲飛」を四回繰り返す計五曲の南曲套数を内包する形をとっている。

こうした南北曲の融合は北曲の側からも行われている。たとえば元初、杜仁傑の「集賢賓」套「七夕」が南北曲牌を交互に用いるほか、南北合套の祖ともいわれる雑劇作家沈和にも「賞花時」套「瀟湘八景」がある。[25] 一套数内での南北曲の併用は、南北楽曲の、少なくともその一部が調性や旋法の面で同じ土台に立ち、音楽的連続性を有していたことの証と考えられよう。

南戯からもう一例、南北合套の形式をあげておきたい。『永楽大典』所収の戯文『小孫屠』は『宦門子弟錯立身』よりさらに遅れる元代中葉以降の作と見られている。[26]『小孫屠』では第九出、第十四出、第十九出に南北曲を交互に歌う套数が用いられるが、このうち第九出に見える曲牌構成は極めて特徴的である。以下は『小孫屠』第九出全体の曲牌構成である。

(1)「梁州令」(2)「梧桐樹」(3)「(梧桐樹)」(4)「北曲新水令」(5)「南曲風入松」(6)「北曲折桂令」(7)「南曲風入松」(8)「北曲水仙子」(9)「南曲風入松（南曲犯袞）」(10)「北曲鴈児落」(11)「南曲風入松」(12)「北曲徳勝令」(13)「南曲風入松」(14)「石榴花」(15)「(石榴花)」(16)「駐馬聴」(17)「(駐馬聴)」(18)「(駐馬聴)」(19)「(駐馬聴)」

曲牌名の明示されないものおよび疑問の残るものについては、銭南揚氏の校訂[27]にしたがい括弧内に曲牌を補った。「北曲」「南曲」の表記は『永楽大典』に載せる原文のとおりとする。

『小孫屠』第九出には第四曲から第十三曲にかけて南北合套の形式が認められ、第四、六、八、十、十二曲に使用される北曲曲牌は北曲の双調「新水令」套を構成する曲牌と概ね一致する。[28] 要するにこの合套は、北曲の双調「新水令」套の間に南曲「風入松」をくり返し挿入したものと理解されよう。曲牌「風入松」は南北曲ともに存在し、いずれにおいても双調に分類されるから、[29]「新水令」套と親和性が高かったものと考えられる。

注意を引かれるのは、この合套に使用される南曲曲牌がほぼ「風入松」に限定される点である。一套数の中で同じ曲牌をくり返し用いる構成は、『都城紀勝』に「引子の後に二つのふしだけを交互に繋げ、循環させて用いるもの」といわれた唱賺の一類型、纏達に通じるところがあるように思われる。

金の諸宮調や北曲套数にもこのパターンが見られることは先に少し触れた。北曲套数の場合、たとえば正宮「端正好」套における「滾繡毬」と「倘秀才」を交互に繰り返す構成や、仙呂宮「金盞児」曲の連用がそれである。諸宮調では「啄木児」曲を他の曲の間に第一から第八まで八回はさむ形をとる、黄鍾宮「間花啄木児」套が相当しよう。『董西廂』巻八に見えるこの一套は纏達の一変形と考えられているほか、八回の「啄木児」曲を除くと『董西廂』巻六の黄鍾宮「侍香金童纏令」套の構成曲牌とほぼ一致することから、纏令の一変形であるともいわれている。[30]南戯『小孫屠』第九出の南北合套は、まさにこの「間花啄木児」套と構造を同じくし、かつ南北曲の融合を試みたものと見てよい。

以上のように、唱賺から生まれた套数の形式は、北方では諸宮調から北曲へと継承され、また南方においても南曲あるいは南戯の中に生きつづけた。その楽曲は曲種や劇種の枠組みを異にしつつも、独立した発展を遂げたのではなく、ときには相互の旋律を取り入れ、ゆるやかに結びつきながら各地で享受されていたのではないだろうか。

四、詞と南北曲の連続性――一、「風入松」

ところで、『小孫屠』第九出の南北合套にくり返し挿入された曲牌「風入松」に関しては、嘉靖八才子の一人李開先に次のような言及がある。

南北詞名同而音節字面変者多矣、惟風入松、浪淘沙、唐、宋迄今一也。有志古楽者、於此求之、庶幾近之矣。嘗集浪淘沙両巻、名以古今歇指調、復欲集風入松、未暇也。族葬吾張宜人後、始為之。

（『李中麓閒居集』巻五「烟霞小稿序」）[31]

南北の詞《うた》は名称（曲牌名）が同じであっても音節や文字が変化しているものが多いのだが、ただ「風入松」「浪淘沙」だけは唐宋から今に至るまで一つである。古楽を志す人は、この曲に求めれば、ほぼそれに近づくのである。以前集めた「浪淘沙」二巻は『古今歇指調』と名付け、また「風入松」も収集したいところであったが、その時間がなかった。妻の張宜人を葬って、はじめて着手したのである。

李開先、字は伯華、中麓子と号す。山東章丘の人。嘉靖七年（一五二八）に山東郷試に第七名で合格し、翌年には進士に及第した。戯曲作家としても知られる彼の南戯『宝剣記』『断髪記』は入声の消滅した北方音に依拠してつくられており、南曲「傍粧台」にも北曲韻書『中原音韻』の定める十九韻が意図的に用いられているとの指摘がある。[32] 出身地からも察せられるように、彼の親しんだ音韻は北方系のものであった。

その李開先の周辺で、「浪淘沙」「風入松」の旋律が他の曲牌とは異なり、唐宋以来の姿、つまり詞調と同じ形を保っているというのが右の「烟霞小稿序」である。明代後期に行われていた楽曲といえば南曲が主であるから、あるいは実際に歌われていたのは南曲曲牌としての「浪淘沙」や「風入松」であったかもしれない。ただそれらの旋律が古来より変化していないというのである。蘇洲の詞集『烟霞小稿』に寄せられたこの序文では、蘇氏が朝に夕に「風入松」を歌い、自分でもその歌辞を作ったことにも言及がある。李開先は別の著述においてこうも述べている。

唐、宋以詞専門名家、言簡意深者唐也、宋則語俊而意足、在当時可歌詠、伝至今日、祇知愛其語意。自浪淘沙、風入松二詞外、無有能按其声調者。余因雪簑有作、已摘集風入松詞矣。而浪淘沙則自天朝以及勝国、捜羅成帙、不但唐、宋而已、名為歇指調古今詞、校而刻之。可由之歌詠唐宋詞、而追繹古楽府、雖三百篇当亦不遠矣。

（『李中麓閒居集』巻五「歇指調古今詞序」）

唐宋の詞を専門とする名家の、言葉が簡潔でありながら趣深いのは唐代で、宋代は言葉が粋で意も充足している。当時歌うことができたもので、今日に伝わる作品については、ただ語意を愛でることしかできない。「浪淘沙」と「風入松」の二調よりほかに、しらべにあわせることのできるものはない。私は雪簑（蘇洲）に（「風入松」の）作品があるために、（それをきっかけとして）すでに「風入松」詞を選び集めた。そこで「浪淘沙」の歌辞をわが国や元朝の典籍から探し書物にまとめ、唐代、宋代の作品だけではないことから、『歇指調古今詞』と銘打って校訂し、刊行する。これによって唐宋の詞を歌うことができ、そして古い楽府《うた》を追って糸口を摑むことができれば、（『詩経』）三百篇といえどもさほど遠いものにはあたらないのである。

これは先の「烟霞小稿序」でも触れられていた詞集『歇指調古今詞（古今歇指調）』の序文の一部である。詞集の名は「浪淘沙」の曲調が歇指調に属することに由来しよう。該書は佚して伝わらない。引用部分には「烟霞小稿序」の内容と一部類似が認められるが、こちらでははっきりと「浪淘沙」と「風入松」の二調を曲調にあわせることができると述べられる点が注目される。

李開先がこの書の刊行によって唐宋の「浪淘沙」詞の歌唱を意図したことは明白である。序文によればこのアンソロジーには唐宋の詞ばかりでなく、元明期の典籍から探し集めた南北曲「浪淘沙」の歌辞までもが網羅されていた。李開先の考えでは唐宋の旋律も元明期のそれもすべて同じであって、区別すること自体に重きが置かれない。同じ文脈で「風入松」についても語られていること、さらに「烟霞小稿序」の記述をあわせて考えると、李開先が「風入松」もまた古来の旋律によって歌唱できるものと見なしていたことは明らかである。

引用部分末尾において、古楽府や『詩経』への言及があるのは、李開先をはじめとする明代後期の知識人に共通する文学観をよく反映している。この点は明代後期に起こった詞曲や歌謡、戯曲全般に対する関心の高まりに直接結びつくものであるから、少し掘り下げておきたい。

この頃の文人が民間歌謡に着目する動機が当時の思想的潮流「真」の追求にあったことは、すでに指摘されるところである。彼らの間には「真」すなわち人間の本質的性情が民間の歌謡に表れるとする「民歌真詩論」と、『詩経』国風が民間歌謡であるとする「国風民歌論」とが共通理解としてあり、その前段階として『詩経』国風を真なる詩と見なす「国風真詩論」もまた広く受け入れられていた。[33]

こうした意識のもと文学活動を行っていた李開先には、「南詞（南曲）よりして北曲、北曲よりして詩余（詞）、詩余よりして唐詩、そして漢の楽府、（『詩経』）三百篇に至れば、古楽を再興することもできそうである。それゆえに（孟子は）今の楽はやはり古の楽と同じであるというのだ[34]」との言葉がある。いま歌われている楽曲が『詩経』国風につらなるものであるとの考え方は復古派の王世貞に見られることでも知られるが、[35]李開先の言説にもまた右のような価値観が表れる事実は、『詩経』国風から明代の歌謡までを一本の線が貫く構図が広く了解されていたことを意味する。

李開先が「浪淘沙」や「風入松」の歌辞を収集し、また『歙指調古今詞』を刊行した理由は右のような背景からおのずと知られよう。彼にとって唐宋の詞は「真」なるうた、すなわち『詩経』国風の末裔であった。しかも李開先の時代には南曲としても受容される両楽曲は、唐宋の時代から変わらぬ旋律で歌唱できるという点で、よりいっそう古代の歌謡に近づく糸口たりえるのである。

その裏づけではないが、詞牌「風入松」については元代江南の地で歌唱されていたことが指摘されている。元代江南の知識人の間で一部の詞楽が伝承されていたこと、また彼らが詞と北曲小令を厳密に区別していなかった可能性を中原氏が論じておられることはすでに触れた。同論において詞の歌唱を示す一例としてあげられたのが南宋紹興年間の士人、兪国宝の「風入松（一春長費売花銭）」詞である。兪国宝の詞を虞集（一二五四―一三三二）らが歌ったという詩序の記述を受け[36]、中原氏は彼ら江南の知識人たちがこの「風入松」詞を旋律にのせて歌唱したものと結論づけておられる。

虞集の時代、文学の表舞台に立っていたのが北曲であることは改めて言明するまでもない。また、『永楽大典』に残存する戯文をはじめ、南方には南方の芸能があり、そこでは南曲の楽曲が用いられていた。ゆえに詞の歌唱の有無が問題になるのであるが、果たしてこれらの旋律は完全に別個のものだったのであろうか。

ここで問題にしている韻文はすべて、先に旋律が存在し、それを型として作られる歌辞である。詞の歌辞は詞の、北曲の歌辞は北曲の、南曲の歌辞は南曲の旋律で歌うことを目的として制作されていよう。しかし、かりに詞と曲、または南北の間で共有される旋律があった場合、その旋律は詞、北曲、南曲という枠を越えた歌辞の互換もまた可能にしていたのではないだろうか。「風入松」の名で呼ばれる旋律にはこうした素質が認められるのである。句格の面からこの点を確認してみたい。

『欽定詞譜』巻十七[37]には詞牌「風入松」の句格が次のように定められる。

七。四。七、三・四。六、六。○七。四。七、三・四。六、六。

詞の「風入松」は前段と後段で同じ句格をくり返す形をとる。一方、隻曲を基本とする北曲ではその句格が

七。四（または五）。七、七乙。六、六（または五）。

と規定される。[38]両者は一見まったく異なるように思われるが、北曲における「七乙」は通常「三・四」の句作りを意味するから、これを考慮したうえで整理すると

七。四。七、三・四。六、六。

と考えることもでき、各句の文字数に限ってみれば詞牌「風入松」の一段分と完全に一致するうえ、複数の箇所で同一の平仄パターンを認めることもできる。さらに南曲ではどうかというと、崑曲譜『南詞新譜』巻二十三下「仙呂入双調過曲」に

七。六。七。三・四。七。六。

との作例が見え、やや変化してはいるものの基本的な構造には北曲と似通う部分も認められる。北曲「風入松」の第二句は五字句でも可とされているから、詞と南曲の中間的様相を呈しているともいえよう。

詞や諸宮調の段階では、多くの楽曲は前後両段から構成されていた。南北曲になるとこれがほぼ完全に分裂し、右の「風入松」のごとく一段完結の隻曲が基本単位となる。曲においてはただし、么篇・么の名で同じ曲牌をくり返すことや、換頭と称して同じ曲牌のバリエーションを付け加えることが頻繁に行われる。これは実質的には前後両段からなる詞の後半部分に相当するものと見なせよう。つまり南北の隻曲「風入松」に么篇を加えることで詞牌「風入松」の一曲分に充てうるとの推論が成り立つのである。

前節から述べてきたことは以下のようにまとめられる。「風入松」の名で表される旋律は詞と南北曲に共通して存在する。南曲「風入松」の場合、南北合套に使用できるという特徴を備えることから、北曲との間に音楽的連続性が認められる。さらに南宋期の詞「風入松」の歌辞が元代の江南で歌唱されたとの記録があり、詞楽の残存が疑われる。「風入松」の句格は詞と北曲、さらに南曲との間で共通する要素を持つから、かりに詞楽自体が絶えていたとしても、南北曲の旋律で代用することは理論上不可能ではない。元代江南の知識人たちが詞と北曲小令を区別していなかったことは、中原氏の指摘されるとおりである。加えて明代後期に至るまで唐宋時代の旋律を留めていたとの認識があり、李開先の時代、実際に楽曲にあわせて歌うことができた。その楽曲とは残存していた詞楽そのものだったかもしれないが、あるいは当時の南曲「風入松」との可能性も想定される。ただ、李開先自身は両者を区別せず、唐宋以来の旋律と見なしていたのである。

右にあげた事象はすべて、「風入松」の名で呼ばれる旋律が詞曲、また南北の別にとらわれず、各時代を通じて行われていたことを示唆している。南北曲の両方に融合し、また南北合套においては両者の接合部の役割をも担いうる「風入松」の特性は、この旋律が元明期以降も継続して歌われる理由の一つであったかもしれない。

旋律が同質であればそれを型として作られる歌辞もまた同質の構造をとる。構造を同じくする複数の歌辞は一つの旋律を共有することができる。詞曲制作の前提となるこの原理は、文学的カテゴリーはもとより時代や言語の違いを越えてなおはたらき、さらに一部の楽曲においてカテゴリーを異にする歌辞の互換をも許容していたのではないだろうか。詞曲、南北の境界をまたぎ諸条件を備える旋律「風入松」には、そうした可能性が内在するように見受けられる。各時代の「浪淘沙」調の歌辞を網羅的に収集し、その歌唱を目的とする李開先『歇指調古今詞』の存在もまた、詞曲や南北の別を排した旋律の共有が行われていた状況を暗示する事例とも考えられよう。次節ではこの「浪淘沙」調の明代後期における受容について述べることとする。

五、詞と南北曲の連続性──二、「浪淘沙」

「風入松」と並んで李開先が歌唱可能と認識していたもう一つの詞牌「浪淘沙」について、明代後期における宋詞の歌辞の継承という面から検討を試みる。題材とするのは明末清初に編まれた南曲譜『南詞新譜』巻一六掲載の作例、沈璟「浪淘沙（一葉忽驚秋）」である。

明代後期当時、歌謡や戯曲への注目が高まったことは先述したとおりである。「真」の追求に端を発するこの潮流は、かつては知識人に遠ざけられていた民間の芸能や歌謡を文学史の表層へと押し出すものであった。彼らの文学活動はやがて、歌辞の選集や声調譜、戯曲テキスト等の刊行へとつながってゆく。沈自晋（一五八三─一六六五）撰『南詞新譜』もまた、こうした流れを受けて編纂された南曲譜、より厳密にいうならば崑曲歌辞に声調を併記する崑曲声調譜であった。

崑曲とは、嘉靖・万暦期に隆盛した南戯の一派、崑山腔の楽曲を指す。同声腔は江蘇崑山の知識人を中心に展開した比較的文人好みの劇種である。これを支持する呉江派の主導者、沈璟（一五五三─一六一〇）による崑曲譜『南九宮十三調曲譜』を、甥にあたる沈自晋が増補してできたのが『南詞新譜』であった。清初、順治四年（一六四七）の日付を持つ沈自晋の「凡例」には、その二年前にあった馮夢龍からの依頼を成書のきっかけという。この曲譜には崑曲曲牌「浪淘沙」が計三体収録されているが、本節では主に巻一六「越調引子」および同巻「越調過曲」に収録されたものを取り上げたい。(39)

「越調引子」とは越調の曲牌の中でも特に套数の首曲、引子として用いられる楽曲の分類名であり、その「浪淘沙」の条には曲牌名につづけて「詩余（詞）と同じだが、換頭を持たない。仙呂（に分類される同名の曲調）とは同じではない」[40]との注が見える。引子「浪淘沙」の作例に引く明・王九思の一首（秋意晩侵尋）は「五。四。七。七、四。」という句格からなり、事実これは双調五十四字体の詞牌「浪淘沙」一段分の句格と押韻箇所を含めて合致する（詞牌「浪淘沙」はこの句格を二度繰り返す）。『南詞新譜』注が「換頭を持たない」というのは、南曲の引子「浪淘沙」が後段そのものを欠くこと、あるいは前段の句格にバリエーションをつけたものを後段として用いないことを意味しよう。

さて、套数を構成することのできる曲牌はその組み込まれる位置によって引子、過曲、尾の三種に大別される。右の「浪淘沙」がそうであるように、首曲である引子に分類される曲牌には詞牌に起源を求められるものが散見される。こうした特殊な由来を持つ曲牌群は、本来であればその他の曲牌と同列に扱うべきではないのかもしれない。しかし南曲「浪淘沙」の場合に限ってはやや事情が異なってくるように思われる。それはこの曲牌が引子であると同時に、套数の中間部分を担う楽曲、過曲としての性格をも有するためである。

『南詞新譜』同巻には右の引子「浪淘沙」とは別に、越調過曲の一体が記録されている。これには「新入」の表示があり、おそらく沈自晋による増補段階で編入されたものと思われる。眉批に「この曲と先の引子とは同調であり、ここに収録することによって過曲（としての「浪淘沙」）のふしを保存する」[41]と述べられることから、引子「浪淘沙」と同じ曲調が過曲としても使用できると見なされていた、もしくは使用されていた可能性が疑われる。

過曲「浪淘沙」の作例には沈璟の一首（一葉忽驚秋）が南戯『結髪記』から引かれ、注記にはこの戯曲を沈璟未刻の稿本であるという。戯曲自体はおそらく完成かそれに近い状態にあって批評もされているようだが、現在はこの「浪淘沙」一首を伝えるのみで套数の全容も明らかではない。[42]

当該歌の句格は、詞牌の一段と同格とされる王九思の引子「浪淘沙」に等しい。作者の沈璟は『南詞新譜』の前身『南九宮十三調曲譜』を編んだ人物であると同時に崑山腔の信奉者たちの主導者でもあり、曲辞の製作については格律を重んじる立場を貫いたことでも知られる。㊸その手になる曲辞が崑曲の旋律と厳密に合致するように製作されていた可能性は十分に認めうるものと思われる。

彼の過曲「浪淘沙」が歌唱できていたとすれば、同じ句格をもつ引子「浪淘沙」もこれと同一の曲調にのせることができたと考えるべきであろう。引子の句格は詞の「浪淘沙」の一段分とも合致していた。これはすなわち、詞牌「浪淘沙」にあわせて製作された歌辞を引子または過曲として楽曲とともに享受しうる条件が、明代後期以降なおも残存していた可能性を示しているのではあるまいか。この推論を補強する一案として、過曲「浪淘沙」の作例に引かれる沈璟の曲辞に若干の検討を加えておきたい。

『南詞新譜』によれば、「浪淘沙（一葉忽驚秋）」はもともと南戯『結髪記』の套数を構成する一曲として製作された歌辞であった。しかし実は新たに製作された曲辞よりも先行作品に負う部分の比重が大きく、むしろ大半がもとの詞章を利用して作られていると考えた方が適当かもしれない。その先行作品とは北宋の詞人、賀鋳の詞「浪淘沙（一葉忽驚秋）」㊹である。

沈璟「浪淘沙」は、全体で五句からなる曲辞のうち、初句から第三句までが賀鋳詞前段の詞章と完全に一致している。残る第四句、第五句を賀鋳詞が「洲上小楼簾半捲、応認帰舟」とするのに対し、沈璟の作は「洲上人家簾半捲、誰識仙遊」に作り、一部に書き換えが認められる。これが戯曲の内容に沿った改変であるかどうかを直ちに確かめる術はないが、後者末句に使用される韻字「遊」は賀鋳詞の後段初句の韻字としても見えるため、ここから借りたものである可能性が高い。

過曲「浪淘沙」として戯曲中の套数に組み込まれた歌辞の大部分が賀鋳の詞「浪淘沙」の文言を踏襲したものであることは疑いない。この事実が意味するところは明白であろう。明代後期に行われていた「浪淘沙」の曲調は宋詞の歌辞をのせることをほとんど許容していたのである。

前節では李開先によって編まれたあらゆる時代の「浪淘沙」歌辞のアンソロジー、『歇指調古今詞』について言及した。繰り返しになるが、彼がこの書の編纂によって目指したのは、詞、北曲、南曲として製作された様々な「浪淘沙」の歌辞を当時実際に歌われていた旋律にのせて歌唱することであり、それを可能と見なす根拠はこの曲調が唐宋以来変化していないとの認識であった。本節で扱った沈璟『結髪記』の曲辞は詞牌「浪淘沙」の詞章をほぼ引用しているという点で、詞と南曲の間で実際に旋律が共有されたケースに近いといえるのではないだろうか。最後に楽曲「点絳唇」を題材として、曲譜から垣間見える歌唱のあり方から明代後期以降における詞と南北曲との連続性を検討してみたい。

六、詞と南北曲の連続性――三、「点絳唇」

詞と南北曲の三者間で格律は異なっていても、楽曲名が共通すること自体はさして珍しくはない。「点絳唇」もそうした名称の一つである。ここでは再び沈自晋『南詞新譜』から、「点絳唇」の曲調および注記を中心として、詞と南北曲の接点を考えてみたい。

『南詞新譜』は声調譜であると同時に、詞や北曲の格律に関連づけた注記を随所に盛り込んでおり、明代後期から清初にかけての詞曲観の一端をうかがい知ることのできる一書としても注目できる。たとえば巻十四「黄鐘引子」

では、崑曲「点絳唇」の曲牌について次のような説明が加えられる。

今人凡唱此調及粉蝶児、俱作北腔、竟不知有南点絳唇及南粉蝶児也、可笑。況北点絳唇、琵琶記就用在此調之前、有何難弁也。

（『南詞新譜』巻十四「黄鐘引子」「点絳唇」注）

今の人はみなこの曲調と「粉蝶児」を歌うとき、どちらも北方のふしに作っているが、なんと南曲の「点絳唇」や南曲の「粉蝶児」があるのを知らないのであって、笑うべきことである。まして北曲「点絳唇」を、『琵琶記』ではこの曲調の前に用いているのだから、何の見分けがたいことがあろうか。

右の一節からもはっきりと見てとれるように、この条は全体として南北楽曲の差を強調し、両者を区別する必要性を述べたものである。引用文中に南戯『琵琶記』の名が見えるのは、その第十六齣「点絳唇（月淡星稀）」が作例として引かれることとも関連しよう。一方、この曲調の前に用いている「北点絳唇」というのは、『琵琶記』同齣「北点絳唇（夜色将闌）」を指す。㊺『琵琶記』第十六齣は、⑴「北点絳唇」⑵「北混江龍」⑶「点絳唇」、以下南曲曲牌という南北合套で構成されている。この合套に用いられた南北「点絳唇」の曲辞を比較すると、「北点絳唇」が隻曲であるのに対し、南曲の「点絳唇」が二段構成であることがすぐにわかる。

『南詞新譜』注はまた、「この曲調は南曲の引子であり、北曲の曲調で歌ってはならない」㊻として、南北の差を列挙する。いわく、「北調第四句（筆者注：後掲格律の第三句を指す）、平仄平平。南曲第四句、仄平平仄」、「北無換頭、南有換頭」、「北第一第二句皆用韻、南直至第三句方用韻」の三点がそれで、二点目にあげられている換頭の有無、すなわち前段のバリエーションとしての後段の有無が南北「点絳唇」の形式上最も大きな差であるように見受けられる。各種「点絳唇」の格律を以下に示してみよう。[47]

詞　：四、七。四。五。　◯　四、五。三。四。五。

諸宮調：四、七。四・五。　◯　四、五。三。四・五。

北曲　：四。七。四。五。

南曲　：四、七、四。五。〔換頭〕四、五。三。四。五。

四種の「点絳唇」をならべてみると、少なくとも文字数の面では詞、諸宮調、南曲の三者間に大きな違いは認められない。諸宮調「点絳唇」の格律が詞牌と整合することはすでに指摘されている。[48]『南詞新譜』注で言及され、『琵琶記』にも実例が見られるように、北曲のみ換頭を持たない隻曲であるが、残る三者の前段とは構成が一致していると見てよいだろう。

『南詞新譜』注では南北「点絳唇」の違いが具体的に述べられ、両者を区別することの必要性が主張されていた。しかし、この注記が存在することそれ自体が南北曲調の連続性を暗示しているとは考えられないだろうか。差異をあげつらね、その別を説くことによってしか両曲調の違いを認識できなかったのだとすれば、その境界は同注が主張するよりも不鮮明なものであった疑いが生じる。

同注には当時の人が「この曲調(点絳唇)と粉蝶児を歌うとき、どちらも北方のふしに作っている」、また「南曲の点絳唇や南曲の粉蝶児があるのを知らない」とも記されていた。明代後期の人々の多くが「点絳唇」の曲調に南北の差があることを意識せずに歌っていたことは、これらの記述から明らかとなる。南北「点絳唇」の最大の違いは換頭の有無といい換えることもできよう。「点絳唇」の歌唱に際し、隻曲で完結する北曲のふしを用いていた当時の人々は、前段の句格を変化させた後段、換頭の存在を認識していなかったのではないだろうか。

このように仮定すると、『琵琶記』第十六齣「点絳唇（月淡星稀）」のような二段構成の歌辞がどのように歌唱されていたのかという疑問が生じる。北曲「点絳唇」が一段分の旋律しかそなえない以上、こうした歌辞の歌唱に際しては後段にあたる旋律を付加する必要が出てくる。当時これを『南詞新譜』の提示する換頭の形ではなく、北曲「点絳唇」を再度用いること、つまり么篇の付加によって代用していたのではあるまいか。

前段の変形である換頭を前段と同一の句格である么篇で代用するにあたり、問題となるのはむろん両者の句格の差であろう。当該曲調の場合、換頭の句格が詞や諸宮調のそれと同じ「四、五。三。四。五。」とされるのに対し、么篇は北曲「点絳唇」の繰り返しであるから「四。七。四。五。」と設定され、このままでは句数も各句の字数も整合しない。しかし曲における七字句が一般に「四・三」のリズムで構成されることを考慮すると、么篇の句格を「四。四・三。四。五。」として理解することも可能である。

そうしてみれば換頭との文字上の差は、第二句における一字の多寡にまで縮小され、両者の隔たりは曲譜から受ける印象ほど深刻なものではなくなる。襯字が頻繁に用いられる曲の場合、歌唱に際しては楽曲と歌辞の文字数をすり合わせる工夫が常に要求されていたものと推測され、本来換頭として歌唱すべき歌辞を么篇の旋律にのせることが技術的に不可能であったとは考えにくい。『南詞新譜』「点絳唇」注は、崑山腔支持者の理想とする格律が実際の歌唱の場においては必ずしも重んじられていなかったこと、さらにいえば南曲ですらない北曲の旋律までもが用いられていたことをうかがわせる一例ではないだろうか。

「点絳唇」注からうかがわれる北曲曲調の盛行は、当時における北曲韻書『中原音韻』の聖典化とも関連していよう。沈璟が嘉靖期に『南九宮十三調曲譜』を編むまで、南曲には曲譜と呼べるものがほとんど存在しなかった。[49]一方北曲には、元の泰定元年（一三二四）の後序を持つ周徳清撰『中原音韻』があり、早い段階で曲律の理論化がなされていた。自身の韻書や曲譜を持たない南曲作家たちは、入声三派の北方音の解説に作例を付した北曲制作マニュアルである『中原音韻』を、南曲制作のために利用していたのである。[50]

崑山腔を支持する呉江派の間にはこうした状況への批判を含め、南曲歌辞には入声を含む南方音韻を用いるべきであるとの声が認められる。沈璟が自ら曲譜を著したのは南曲制作に特化した手引書が必要とされたことの表れであるが、その後継である『南詞新譜』注に北曲との差異が強調されるのも同様の価値観に由来するものと考えると理解しやすい。

南北曲の格律に関する細かな説明が要求される要因としてはさらに、明代後期以降、崑山腔の戯曲に北曲雑劇の作品が取り入れられたことも影響していよう。崑山腔への編入の際にはできるだけ雑劇の形式やテキストをいかすことが重視されたといわれ、その背景として知識人の間で雑劇が高尚な演劇として愛好された事情のあったことが論じられている。[51]沈璟をはじめとする崑山腔の支持者たちは、北曲と南曲とが実演の場で混同されることを憂慮し、曲譜の制作によって南曲をより南曲らしいものとして位置づけることを理想としていたように見受けられる。[52]

さて、この注について最後に一点、「与詩余（詞）同」との一言が付されていることを付け加えておきたい。同注が明末以降の視点に立脚したものであることは否定できないが、詞牌「点絳唇」の旋律が継続して歌われていたことを示唆する事例として、元の至正八年（一三四八）に、銭塘の人張雨（一二八三―一三五〇）が妓女にその歌辞を贈ったとの記録があることが中原氏によって指摘され、この時点でなお歌唱を目的とした「点絳唇」詞の制作が行われていたものと考えられている。[53]

『南詞新譜』には「与詩余同」のほかにも「此係詩余、亦可唱」、「与詩余不同」などといった詞の句格に絡めた注記が散見される。また、同書巻頭の作例引用書目一覧「古今入譜詞曲伝劇総目」には、数々の戯曲とならんで宋詞別集の名が列挙され、詞と同格とされる曲牌の作例には柳永や辛棄疾ら宋人の詞が引用されている。前節で見た「浪淘沙」のように、詞調由来の曲牌であっても過曲としての歌唱が可能と思われる例が一部に存在するものの、詞調から出た曲牌のすべてがかつてと変わらぬ旋律を保ち、かつ歌唱可能であったかどうかは不明な点も多い。また、その多くが套数の首曲となる引子に分類されていることからも、他の曲牌と同列に歌われていたとは断定しがたい一面のあることは否定できないだろう。

しかし、時代の新旧や地域を問わず、歌辞として制作された韻文があれば楽曲に合わせ、うたとして受容してみたいという感情は、極めて素直なものと思われる。しかもその歌辞が『詩経』国風から連綿とつづく「真」なる詩の系譜と見なしうるのであれば、その歌唱は文学的、思想的活動とも結びつく大義をも獲得することになろう。明代後期、崑曲をはじめ当時流行していた楽曲の声調譜を編纂する際に、すでに文学様式の一つとなっていた詞や北曲の格律までもが盛んに議論されたことはこうした背景からきていた。その運動はまた、長きにわたって軽んじられてきた芸能の楽曲の「発見」にも通じ、ときには北曲の曲調で南曲の歌辞を歌うといった、実際の歌唱の場における楽曲と歌辞との柔軟な関係をも垣間見せるのである。

おわりに

本稿では芸能の形式と個別の旋律の面から詞曲の接点を論じてきた。諸宮調、雑劇、南戯というように、個々の名称が与えられ、独立した一ジャンルであるかのように見えるこれらの芸能であるが、そのすべてに構成単位として套数が使用されている点において一定の共通項を見出しうることは一見して明らかである。より掘り下げるならば、その背景には北宋に発生し、詞の歌唱と時を同じくして流行していた芸能、唱賺の存在があった。諸宮調や南北戯曲に、唱賺のなかでも特徴的な曲牌構成をもつ纏達に類似する様式が共通して見られることから、比較的長期間にわたる唱賺の影響があったこと、あるいはその様式が後発の芸能に完全に定着し、個別の芸種として確立した後も継続して用いられていたことがうかがわれよう。そこにまた南北合套という形での交流が見られることは、南北の楽曲が音楽的基盤を一にし、互いの存在を認識しながら発展を遂げたことを示唆するものである。

これらの芸能の曲調にはまた、詞の楽曲に由来するものも一部見出すことができるものの、時代を追うごとに使用される楽曲の種類は減少し、また李開先にも認識されるように、芸種の違いや受け継がれる過程で句格を変化させるものも現れた。こうして変化してゆく詞の楽曲や格律も、やはり社会的に上層に位置する人々から好意的に受け止められることはなかった。芸能者や音楽家によって句格を改変された詞は、「古雅」なる詞との対比によって詞論家の批判するところとなっており、[54] そこで歌われる歌辞に限ってみても、彼らにとっては野卑な、取るに足りないものであったこともまた先に見たとおりである。

稀な事例ではあろうが、「風入松」という詞牌は曲牌として受容されるようになってからももとの形、つまり詞の楽曲として歌われていた当時の格律を保持したまま、曲種や劇種の別を問わず浸透していたように見受けられる。しかし元明期以前の高級知識人たちは芸能そのものを積極的に評価する視点を持たず、曲に編入された詞の楽曲を詞と認識することもまた少なかったであろうことは想像に難くない。知識人に列せられる人々の遠ざけた楽曲や歌辞は、芸能の舞台はもちろん妓楼のような遊興の場においても歌い継がれ、市井の人々に愛唱されていたものの、実態をうかがい知ることのできる資料は限られている。本稿では戯曲テキストに残存する套数を主な手掛かりとして、その受容と継承の一側面を類推したに過ぎない。

知識人の世界とは別の次元で展開され、水面下で営為を続けていた芸能はその後、明代後期に興った思想的潮流を受けて文学の表舞台へと表れ、記録される機会を獲得するとともに研究対象にまで引き上げられるに至る。新たに製作された戯曲の中にはたとえば沈璟『結髪記』の一曲「浪淘沙」のように、韻文としてのジャンルを異にする先行作品から着想を得て詞章ごと曲辞に取り込むものもあった。こうした作品が当時実際に歌うことを目的として制作されていたとすれば、これを楽曲を媒介とした歌辞の継承を間接的に表す事例と見ることもできるのではないだろうか。

また『南詞新譜』「点絳唇」注で見たように、当時の知識人の視点に立脚した記録の一部は、歌辞と楽曲とが実際の歌唱の場においては必ずしも理論にとらわれない関係にあったことを仄めかしてもいる。崑山腔が文人向けの比較的高級な劇種である以上、その曲譜である『南詞新譜』もまた、ある程度知識水準の高い人々に向けて編まれたものと考えてよいだろう。句格に関する詳細な注記が同書に多数存在する事実からは、崑山腔を尊ぶ人々が歌辞の格律に主眼を置き、理論に基づいた曲辞の制作を重んじる立場にあったこともうかがわれる。彼らは南曲の歌唱において歌辞の格律が遵守されていないことや、当時の北曲偏重の風潮などを批判するが、批判される実態の存在こそが崑山腔の支持者以外の人々、つまりより庶民に近い人々の間で一定の柔軟性をもった歌唱がなされていたことの裏づけとも考えられよう。

格律を同じくする歌辞をあらゆる方面から収集し、現行の楽曲にあわせて歌唱しようとの李開先の試みが成立しえたのも、上記のような歌唱の実態が基盤として存在し、かつ型となる曲調がある程度保たれていたことが条件となったに相違ない。詞や南北曲はその制作方法の特性ゆえに、時代や地域を超えた旋律の共有を一部可能にしていたことが疑われるのである。

ただ当然ながら、こうした旋律の共有は南北音韻体系の違いまでをカバーするものではなかったであろう。語彙や発音に差異が存在する以上、同じ旋律にのせることができたとしても、うたとして歌い、聞いて楽しむに至らない場合のあったことは容易に想像される。楽曲の不伝や不一致といった理由も含め、歌唱による享受が困難な状況においては、たとえば崑山腔を擁する呉江派の間では詞章に直接手を加え、崑曲曲牌にあわせる手法もとられていた。[55]本稿で取り上げた沈璟『結髪記』の曲辞「浪淘沙」において、一部に原詞からの書き換えが認められることも、あるいはこの範囲に含めることができるかもしれない。いずれにせよそうした改作の根底には、歌辞は読むものではなく歌うものとして受容すべきとの思想が間違いなく存在したはずである。

さて、嘉靖期以降の崑山腔には北曲雑劇以外にも元末明初の南戯などを取り入れて崑曲の曲調で歌おうとする傾向が認められているほか、[56]崑曲譜『南詞新譜』には李開先が歌唱できると述べた「風入松」と「浪淘沙」以外の詞調も大量に収録されている。同書が詞調を採録する理由は、一つにはその地域性、つまり南方の崑山では李開先のいた北方に比して詞調の歌唱が継続されやすかったという事情があるかもしれない。その一方で、崑山腔が劇種を問わず過去の戯曲を取り入れたように、詞の歌辞を崑曲の曲調にあわせて歌おうとするアプローチがなされた可能性も感じさせる。明代末期に詞をのせて歌われた旋律が、事実唐宋の楽曲と同一であったかどうかについては未だ判断の材料を持たない。本稿では崑山腔が詞調の代用となりうる性質を有していたものと考えてひとまずの結びとしておく。

注

① 『宋詞と言葉』(汲古書院二〇〇九年)第三部「詞と北曲」。以下本稿で言及する中原氏の論はすべて同部第一章および第二章にもとづく。

② 小松謙『「現実」の浮上―「せりふ」と「描写」の中国文学史―』(汲古書院二〇〇七年)第六章の一「曲の登場」一四三、一四四頁。

③ 小松謙『中国白話文学研究―演劇と小説の関わりから―』(汲古書院二〇一六年)第一部第二章三「元曲作家の二類型」七五―七七頁、同四「散曲制作の場と作家の姿勢」八三頁。

④ 拙稿「詞の歌唱をめぐる記録の検討」(『京都府立大学学術報告 人文』第七〇号、二〇一八年一二月発行予定)。

⑤ 詞の楽曲を複数用いて一つのテーマや物語を歌う組曲にはたとえば大曲や転踏がある。董穎の大曲「薄媚・西子詞」のほか、七言詩と詞牌「調笑令」を交互に組み合わせた鄭僅の「調笑転踏」などが数こそ少ないものの曾慥『楽府雅詞』(四部叢刊本)巻上に見える。また、詞牌を用いたうたと散文による語りとを交互に繰り返す構成をとる芸能「鼓詞子」には、西廂故事を題材とする趙令畤「商調蝶恋花」(四庫全書本『侯鯖録』巻五所収)のほか、清平山堂話本(古本小説集成所収影印本)の一篇「刎頸鴛鴦会」が「商調醋葫蘆」によって語られることが知られる。

⑥ 耐得翁『都城紀勝』「瓦舎衆伎」「唱賺在京師日、有纏令、纏達。有引子、尾声為纏令。引子後只以両腔互迎、循環間用者、為纏達」。

テキストは『東京夢華録・都城紀勝・西湖老人繁勝録・夢粱録・武林旧事』（中国商業出版社一九八二年）所収排印本『都城紀勝』に依拠する。

⑦ 芸人や専業組織の名は『夢粱録』巻二十「妓楽」、『武林旧事』巻三「社会」、同巻六「諸色伎芸人」などに見える。いずれも注⑥前掲書所収の排印本を参照した。改良の様相については葉徳均『戯曲小説叢考』（中華書局一九七九年）下冊「宋元明講唱文学」二「楽曲系講唱文学」六三五頁を参照した。

⑧ 沈義父『楽府指迷』（唐圭璋編『詞話叢編』（中華書局一九八六年）第一冊所収排印本）「如秦楼楚館所歌之詞、多是教坊楽工及市井做賺人所作、只縁音律不差、故多唱之。求其下語用字、全不可読」。

⑨ 注⑦前掲葉氏著書下冊同頁。

⑩ 『事林広記』のテキストは続修四庫全書所収『新編纂図増類群書類要事林広記』影印に依拠する。

⑪ なお、「紫蘇丸」套の第二曲「縷縷金」は一般に曲牌として用いられるが、明の陳耀文の手になる詞選集『花草粋編』（内閣文庫蔵十二巻本）巻二に「清湖三塔記」を出典とする二首が収録されている。その使用語彙は極めて白話的であり、「幾回見」「這幾日」「常言道」など曲の襯字に頻出する語が認められる点は興味深い。管見の限り同詞牌をおさめる詞集は他に確認できず、『花草粋編』に曲牌、もしくは後に曲牌と定められる旋律が混入した可能性が高い。同書には「縷縷金」二首のほか巻二「卜算子（幽花帯露紅）」、巻九「水調歌頭（屛間金孔雀）」が同じく「清湖三塔記」から採録されており、これら四首には何らかの白話文芸との関係が疑われる。

⑫ 呉剣・劉東昇著、古新居百合子・南谷郁子訳『中国音楽史』（シンフォニア一九九四年）第四章三「宋詞と詞人、姜夔の創作」九七、九八頁。

⑬ 耐得翁『都城紀勝』「瓦舎衆伎」「今又有覆賺、又且変花前月下之情及鐵騎之類」。

⑭ 赤松紀彦・井上泰山・金文京・小松謙・高橋繁樹・高橋文治共著『董解元西廂記諸宮調』研究』（汲古書院一九九八年）解説五頁。
⑮ 王灼『碧鶏漫志』（『詞話叢編』第一冊所収排印本）巻二「沢州孔三伝者、首創諸宮調古伝、士大夫皆能誦之」。
⑯ 注⑭前掲書解説六頁。
⑰ 注⑦前掲葉氏著書下冊同節六三八頁。
⑱ 注⑭前掲書解説二四―二五頁、同二七―二九頁。
⑲ 注⑭前掲書解説二九―三二頁。二つの曲牌を二回繰り返す構成は巻五「仙呂調六么実催」が、ある曲牌を他の曲の間に何度も挿入する構成は巻八「黄鍾宮間花啄木児」が、それぞれ例としてあげられている。
⑳ たとえば「滾繡毬」と「倘秀才」の連続は郭勛『雍熙楽府』（続修四庫全書所収影印本）巻二「正宮」、元刊本「単刀会」第二折、元刊本「看銭奴」第二折などに見え、「金盞児」曲の複数回運用は『雍熙楽府』巻五「仙呂宮」のほか、元刊本「拝月亭」第一折、元刊本「貶夜郎」第一折などに認められる。
㉑ 岩城秀夫『中国古典劇の研究』（創文社一九八六年）第一部第二章「温州雑劇伝存考」六八頁。『張協状元』のテキストは『古本戯曲叢刊初集』所収永楽大典本影印に依拠する。
㉒ 第十四出「酔太平」など。銭南揚校注『永楽大典戯文三種校注』（中華書局一九七九）八〇頁注一九。
㉓『小孫屠』の題名の下には「古杭書会編撰」、『宦門子弟錯立身』の方には「古杭才人新編」とそれぞれ記され、元代の杭州において刊行された市販のテキストを収録したものと考えられている（注㉑前掲書同章五八―六〇頁）。以下『小孫屠』『宦門子弟錯立身』のテキストは『古本戯曲叢刊初集』所収永楽大典本影印に依拠し、各出の分け方は注㉒前掲校注を参照する。
㉔ 注㉒前掲校注「前言」および同書二三四頁注六、二四五頁注一。
㉕ 杜仁傑「集賢賓」套「七夕」、沈和「賞花時」套「瀟湘八景」は隋樹森編『全元散曲』（中華書局一九六四年）に所載。沈和の

記事は鍾嗣成『録鬼簿』（中国戯曲研究院編校『中国古典戯曲論著集成』〔中国戯劇出版社一九五九年〕第二冊所収排印本）巻下に「〔沈〕和字和甫。杭州人。……以南北調合腔、自和甫始（〔沈〕和、字は和甫。杭州の人。……南北のしらべを用いてふしを合わせることは和甫からはじまる）」とある。

㉖『青木正児全集』（春秋社一九七二年）第三巻所収「支那近世戯曲史」第三章第三節（二）「戯文の体例」、注㉒前掲校注「前言」。

㉗注㉒前掲校注を参照した。なお、この套数では第九曲の曲辞のみ他の「南曲風入松」と明らかに句格が異なる。沈自晋『南詞新譜』（以下北京市中国書店一九八五年出版の影印本に依拠する）巻二十三下によれば、南曲「風入松」を連続させて用いる場合、「急三槍」という曲牌を途中に挟む必要があるという。銭南揚氏はこの曲牌名を「南曲犯衮」と校訂されている（注㉒前掲校注二八一頁注三六）。

㉘『雍熙楽府』巻十二「双調」参照。

㉙『南詞新譜』巻二十三下「仙呂入双調過曲」、『雍熙楽府』巻十二「双調」参照。

㉚注⑭前掲書解説三二頁。

㉛李開先『李中麓閒居集』のテキストは卜鍵箋校『李開先全集（修訂本）』（上海古籍出版社二〇一四年）所収排印本に依拠する。「烟霞小稿序」および後掲「歇指調古今詞序」の存在は小松謙氏のご教示によって知り得た。

㉜阿部泰記「戯曲作家李開先の文学観―南曲「傍粧台」を中心に―」（『中国文学論集』第五号、一九七六年三月）。

㉝大木康『馮夢龍と明末俗文学』（汲古書院二〇一八年）第二部第六章第六節「弘正・万暦における詩経観」二五六―二六三頁。

㉞『李中麓閒居集』巻六「西野春遊詞序」「由南詞而北、由北而詩余、由詩余而唐詩、而漢楽府、而三百篇、古楽庶幾乎興、故曰今之楽、猶古之楽也」。

㉟王世貞『弇州山人四部稿』（明代論著叢刊『弇洲山人四部稿（十四）』〔偉文図書出版社一九七六年〕所収影印本）巻一百五十二説部「芸

苑卮言付録一」「三百篇亡、而後有騒賦。騒賦難入楽、而後有古楽府。古楽府不入俗、而後以唐絶句為楽府。絶句少宛転、而後有詞。詞不快北耳、而後有北曲。北曲不諧南耳、而後有南曲（『詩経』）三百篇が滅び、後には辞賦があらわれた。辞賦は楽に調和しづらく、後には古楽府があらわれた。古楽府は民間の音楽に調和せず、後には唐の絶句を楽府〔うた〕とした。絶句は変化に乏しく、後には詞があらわれた。詞は北方の人の耳を楽しませず、後には北曲があらわれた。北曲は南方の人の耳になじまず、後には南曲があらわれた）」。

㊱『道園学古録』（四部叢刊所収明景泰翻元小字本）巻四所載の詩序に「与陳衆仲尋腔度之、歌之一再（陳衆仲〔陳旅、一二八七―一三四二〕とともにふしを求め楽曲に合わせ、これを歌うことしばしばであった）」とある。詩題は原欠。

㊲京都大学漢籍善本叢書『欽定詞譜（十二）』（同朋社一九八三年）。

㊳鄭騫『北曲新譜』（芸文印書館一九七三年）巻十二「双調」。

㊴残る一体は巻三「羽調近詞」に見え、伝奇「高文挙」から一作（国色天香）を引き、曲牌名につづけて「旧註云、即売花声、与越調不同」と注記するほか、眉批に「用韵甚雑、不足法也（韻の用いかたが甚だ杜撰で、規範とするに足りない）」と述べる。「売花声」はむろん詞牌「浪淘沙令」の別名の一つでもある。

㊵『南詞新譜』巻一六「越調引子」「浪淘沙」注「詩余同、但無換頭。与仙呂不同」。なお、同書には仙呂宮の「浪淘沙」調の収録がなく、ここでいう「仙呂」が具体的に何を指すのかは不明。あるいは注㊴前掲の『南詞新譜』巻三「羽調近詞」に収められた一体のことか。

㊶『南詞新譜』巻一六「越調過曲」「浪淘沙」眉批「此曲与前引子同調、録于此、以存過曲之腔板」。

㊷『南詞新譜』巻一六「越調過曲」「浪淘沙」注に「結髪記、伯英（沈璟の字）未刻稿」とあるほか、同書巻頭の「古今入譜詞曲伝劇総目（引用書目一覧）」にも「結髪記、詞隠先生（沈璟の号）未刻稿」という。呉江派の一人、呂天成の戯曲論『曲品』（『中国古典戯曲論著集成』第六冊所収排印本）巻下に「結髪、是余所作伝、致先生而譜之者。情景曲折、便覚一新（結髪記、これは

私が作った伝奇〔南戯〕で、先生〔沈璟〕にお送りして楽曲にあわせていただいたものである。情景や筋立てがすっかり新鮮味を帯びたように思われる）」との評が見え、祁彪佳『遠山堂曲品』佚文には『結髪記』の内容に関する記述が残されていると指摘されている（徐朔方輯校『沈璟集（下）』〔上海古籍出版社一九九一年〕八一九頁）。

㊸ 岩城秀夫『中国戯曲演劇研究』（創文社一九七二年）第一部第五章第二節「曲意と曲律」三七三頁。

㊹ 唐圭璋編『全宋詞』（中華書局一九六五年）賀鋳「浪淘沙（一葉忽驚秋）」。

㊺ 『琵琶記』のテキストは『古本戯曲叢刊初集』所収『新刊元本蔡伯喈琵琶記』影印に依拠する。なお、北曲「点絳唇」は套数の首曲として散曲、雑劇ともに多用されることから、明代後期においても比較的知名度が高かった可能性が疑われる。同曲牌については後掲注㊼も参照されたい。

㊻ 『南詞新譜』巻十四「黄鐘引子」「点絳唇」注「此調乃南引子、不可作北調唱」。

㊼ 「点絳唇」の格律はそれぞれ次の資料を参照した。詞：京都大学漢籍善本叢書『欽定詞譜（十）』（同朋社一九八三年）巻四／諸宮調：注⑭前掲書「曲譜」四四九頁／北曲：注㊳前掲書巻三「仙呂宮」七七頁／南曲：『南詞新譜』巻十四「黄鐘引子」。ちなみに『北曲新譜』は同曲調について襯字が少ないほど良く、第二句は特に襯字を加えるべきでないとする。この傾向は実際に散曲、雑劇の別を問わず認められる。同書には加えて、初期の北曲散套では白樸の作（金鳳釵分）のように後段を持つものや、朱庭玉の作（可愛中秋）のように南体を用いて後段を付けない作例のあることも指摘されている。

㊽ 注⑭前掲書解説二八頁。

㊾ 注㊸前掲書同節三八〇頁。

㊿ 王驥徳『曲律』（『中国古典戯曲論著集成』第四冊所収排印本）巻二「論平仄第五」「又欲令作南曲者、悉遵中原音韻、入声亦止許代平、余以上、去相間、不知南曲与北曲正自不同、北則入無正音、故派入平、上、去之三声、且各有所属、不得假借。南則入声自有正音、

又施於平、上、去之三声、無所不可（また、南曲を作ろうとするものがことごとく『中原音韻』にしたがって、入声を平声で代用することを許容し、それ以外については上声と去声の中に含めているが、南曲と北曲の正音がおのずから異なるのを知らないのであって、北方では入声がはっきりと存在しないために平、上、去の三声に分けているとはいえ、それぞれの音が属するところがきちんと決まっているのだから仮借すべきではない。南方では入声が正音として独立しており、それにまた平、上、去の三声もあって、使えないものはない）」。『曲律』著者の王驥徳は呉江派の一人として知られる。

(51) 土屋育子『中国戯曲テキストの研究』（汲古書院二〇一三年）第一章第一節六「明代後期における北曲の受容」三五頁。

(52) たとえば同じ南戯の一派である弋陽腔系の戯曲テキストでは、雑劇を編入する際の改変の程度が崑山腔の場合と比べて高く、弋陽腔での実演に即した形に置き換えられた可能性が指摘されている（注(51)前掲書同頁）。弋陽腔は原始的な南戯の形態を留めた大衆向けの劇種であったといわれ（注⑦前掲葉氏著書上冊「明代南戯五代腔調及其支流」三〇頁）、明末の崑山腔支持者の間にはこれを撃滅せんとする意図の認められることが論じられている（小松謙「呉梅村研究（前篇）」〔『中国文学報』第三九冊、一九八八年一〇月〕）。

(53) 張雨の作品は唐圭璋編『全金元詞』（中華書局一九七九年）に詞五十一首が見えるほか、『全元散曲』には小令四首が収録され、わずかではあるが曲の制作を手がけていたこともうかがわれる。

(54) 沈義父『楽府指迷』「古曲譜多有異同、至一腔有両三字多少者、或句法長短不等者、蓋被教師改換。亦有嘌唱一家、多添了字。吾輩只当以古雅為首、如有嘌唱之腔不必作。且必以清真及諸家目前好腔為先可也（古い楽譜には多くの異同があるが、一つのふしに二三字の多少のあるものや、また句法の長短が等しくないものは、おそらく教師に書き替えられたのであろう。また、嘌唱の一派は多くは文字を付け加えている。我々はただ古雅だけを最上とすべきであって、嘌唱のうたのごときを作る必要はない。必ず清真〔周邦彦〕や諸家の目前のすばらしいふしを第一義とすればよいのである）」。一般庶民を含む非高級知識人周辺の詞作や歌唱をめぐる知識人の記録については注④前掲拙稿で扱った。

㊺ 拙稿「「真詩」への希求―呉江派による歌辞の改作をめぐって―」(『和漢語文研究』第十六号、二〇一八年一一月)。

㊻ 赤松紀彦・小松謙・山崎福之編『能楽と崑曲―日本と中国の古典演劇をたのしむ』(汲古書院二〇〇九年)第一章の二「崑曲のあらまし」一六頁。

加藤明友と詞

村越　貴代美

加藤明友（一六二一～一六八三）、初名は弥三郎、字は子黙、号は勿斎・芝山・敬義斎など。神田喜一郎博士の『日本における中国文学Ⅰ　―日本填詞史話　上』に江戸初期の「七　填詞の復興者加藤明友」として紹介される人である。林羅山の一門の人々と交流が深く、同書「八　林家一門と填詞」に詞の唱和のようすなどが作品とともに紹介されている。①また本誌十二号に、中尾健一郎氏の「近世前期の詞作をとりまく江戸文壇――林門と加藤勿斎を中心に②」が寄せられ、神田博士が未見だった加藤明友の詞四首が発見され、いま筑波大学付属図書館に所蔵される加藤明友の詩文集『錦嚢集』（巻頭書名は『錦嚢全集』）・『東海集』に見えることが報告された。同誌十二号の中尾友香梨氏「肥前鹿島藩主・鍋島直條と詞③」にも、鍋島直條の詞作に影響を与えた人物として、加藤明友の名が挙げられている。

祖父は「賤ヶ岳の七本槍」の一人として知られる加藤嘉明（一五六三～一六三一）、伊予松山藩および陸奥会津藩初代藩主。父は陸奥会津藩の第二代藩主、加藤明成（一五九二～一六六一）。明友は庶長子として大坂で生まれ、京都の山田氏に預けられて養育されたが、明成の正室が男児に恵まれなかったため世子に指名され、寛永十一年（一六三四）には江戸芝邸に移って将軍家光に拝謁した。寛永十六年（一六三九）十二月晦日、従五位下内蔵助に叙任せられる。

寛永二十年（一六四三）、国元で堀主水を始めとする反明成派の家臣たちが出奔し、これを追跡して殺害させるという事件（会津騒動）が起こり、父明成は改易され、会津領も没収された。だが祖父嘉明の功績により、明友に一万石が与えられて石見吉永藩（現在の島根県大田市）が立藩され、明成はそこに隠居し、没した。明友は吉永藩主として四十年近く治世に励み、天和二年（一六八二）、祖父の功績と自らの奏者番としての精勤を評価され、一万石を加増されて近江水口（現在の滋賀県甲賀市）に移封された。翌天和三年十二月七日に死去。享年六十三。跡を長男の明英が継いだ。

明友の『錦嚢集』はほぼ編年になっており、三首めの「中秋」の題下に「十六歳」と書き入れがある。寛永十三年（一六三六）の作。江戸に来てから作った詩文をまとめたもの。『東海集』は師友の作を書きとめたもので、こちらもほぼ編年で、慶安元年（一六四八）から始まる。明友二十八歳、吉永藩主となっており、『東海集』の巻頭を飾るのは元日の羅山先生、向陽（羅山の三男春勝、鵞峰のこと）、函三（羅山の四男守勝、読耕斎のこと）の七言詩である。

明友が水口藩主だった期間はとても短いが、筆者は縁あって水口歴史民俗資料館の永井晃子氏より、水口藩加藤家文書（滋賀県指定有形文化財）に詞籍が記録されていることをご教示いただいた。また甲賀市歴史文化財課の伊藤誠之氏を通じて、古琴研究家の稗田浩雄氏の論考「文雅の人　吉永藩主　加藤明友（勿斎）」④を見せていただいた。永井・伊藤両氏には、水口藩関係の資料をほかにいくつも教えていただき、詞籍が見える加藤家文書の画像データを取り寄せることもできた。

本稿では、江戸初期の塡詞の復興者たる加藤明友はそもそもなにゆえ塡詞に興味を持ったのか、という疑問から出発し、当時塡詞を林家の人々らも交えて作るに至った背景について、資料紹介を主としていささか探ってみたい。

先行研究で明らかになったように、加藤明友は林羅山やその子孫らと親交があり、朱舜水とも人見竹洞の家で面会し、また鍋島直條と莫逆の友となった。現在では林羅山や朱舜水のほうが儒学者としてビッグネームであり、神田博士はじめ、彼らの研究から加藤明友を知り言及するという論考が多いが、加藤明友の側から眺め直してみると、また違った様相が浮かび上がるように思える。

一、加藤明友と江戸

『近江国水口藩加藤家家譜』⑤によると、加藤嘉明は「幼少ヨリ秀吉公ニ勤仕、天正三乙亥年秀吉公播州征罰之節、嘉明十三歳ニテ御跡ヲ慕ヒ、彼戦場へ赴ク、幼シテ壮志…」ということで、天正十一年四月の織田勢力を二分する「賤ヶ岳の戦い」で秀吉家臣として武功を挙げ、「賤ヶ岳の七本槍」の一人として名を残すわけだが、先祖をさかのぼると加藤広明という人が「三河国賀気ノ郷ニ在住シタル豪族ナリ」とあり、嘉明の父教明は「家康公ニ勤仕之所…」とある。三河一向一揆（一五六三～六四年、嘉明の生まれた年に起こった）の際に加藤家は徳川家から離れたため、嘉明は秀吉に仕えることになったようだが、嘉明の生涯は戦国時代とあって波瀾万丈で、関ヶ原の戦いでは東軍（家康側）についている。神田博士が「かの賤ヶ岳七本槍の一人として名高い徳川氏の功臣加藤左馬助の孫に当る明友」⑥というのは、秀吉から家康へと覇者が代わりながら戦国時代が収束していく時代に生きた嘉明の、複雑な生涯と武勲を端的にまとめて、その孫に明友が当たることを示している。

『近江国水口藩加藤家家譜』の明友の項には、「父会津差上候節、名字為相続、石州安濃郡吉永ニテ壱万石被下之」

とあり、その注に「石見ヘ随従シタル家来ハ八十一人、水口ヘ随従シタル家来は一百五十三人」とある。これは少ないと見ていいのだろうか。⑦ 吉永藩主として寛永二十年（一六四三）から天和二年（一六八二）までの三十九年間のうち、明友が吉永へ行ったのは、寛永二十年の入封時と寛文二年（一六六二）の参勤交代時の二回が確認できるだけで、ほとんど江戸住まいの江戸勤めだったという。⑧

『吉永記』の「加藤内蔵助殿安濃郡壱万石拝領之話」⑨に、

加藤式部少輔殿ハ、元奥州会津四拾万石を領せられしに、家老森主水の一件にて封を召放たれ、当国へ配流、世子内蔵介君ニ、安濃郡一万石を給ひ、寛永二十癸未年より天和二壬戌年まで四拾年間、吉永ニ御在館あらせらる、内蔵介殿ハ御奏者役を勤給ふ、吉永へは只一度御入府ありしと云。

とある。注に「或ハ遂ニ御越にはならさりしともいふ」とあって、寛文二年の参勤交代時の吉永滞在も短かったためか、ほとんど吉永にはいなかった印象を持たれている。

寛文二年は、明友が十三年ぶりに詞を作った年であった。中尾健一郎氏によって発見された明友の詞四首のうち、二首は慶安二年（一六四九）の作（後に詳述）で、それから十三年後の寛文二年（一六六二）秋、明友は大磯駅で「搗練子」詞を作った。中尾健一郎氏はこの詞について、

九月二十日、参勤交代より石見吉永藩への帰国の途上、東海道の大磯駅（現在の神奈川県中郡大磯町東小磯）にある本陣で宿をとった勿斎は、煌々と灯火のともる一室にて憂愁をかこち、壁に詞を書きつける。故郷ははるか遠くにあり、蟋蟀の鳴き声を聴きながら独り寝の侘びしさに涙がこぼれるという。

と評している。⑩ 勿斎は、明友の号。

この年の前年、寛文元年（一六六一）に父明成が吉永で没しており、林鵞峰が「前拾遺加藤叟誄并序」（『鵞峰先生

林学士文集』巻八十）を書いている。序の冒頭に、

万治辛丑正月二十一日、前拾遺中大夫加藤誄明成、石州の幽居に蓋棺す。二月四日、訃を江府に聞く。孝子子黙、慟哭哀慕、喪に居て礼有り、友人林恕、誄を作て其の祖先の功業を述べて曰く、…。（原文は漢文、訓点あり）

とある。子黙は、明友の字。恕は、林鵞峰の名。

寛文二年、吉永へと出発する明友に、鵞峰は「送別賦」（『鵞峰先生林学士文集』巻一）を贈った。賦中に、

時秋に夜長し。梧桐の月を簾階に篩ひ、煙霽れ雨収る。楊柳の風を道街に揺ぐ。弄吟の興、筆硯相偕にす。大丈夫の襟懐を思はざるべけんや。（原文は漢文、訓点あり）

とある。これを承けて、明友は「搗練子」詞を作ったのではあるまいか。明友の詞中に「梧葉飄風令人愁」の句がある。秋に梧桐は定番ではあろうけれども。

そしてその年の十二月、明友のいないことを鵞峰は寂しがり、子の梅洞と弟子の人見竹洞が唱和して「搗練子」詞を作ったこと、翌寛文三年七月には江戸にもどった明友が「長相思」詞を作り、鵞峰が唱和したことは、中尾健一郎氏の論考に詳しい。⑪

二、加藤家所蔵の詞籍

明友の吉永帰国が父明成の喪に関係するとしても、その感傷を必ずしも詞でうたう必要はない。十三年ぶりに詞を作るきっかけに、そのころ明友が『草堂詩余』を目睹する機会に恵まれたことが関係するのではないか、と中尾健一郎氏は推論する。⑫この点について補足する資料を持ち得ないが、明友がどのような詞籍を読んでいたのか、今

回、加藤家所蔵の漢籍目録を見ることが出来たので、紹介したい。
『水口藩加藤家文書調査報告書』「近世　3家　(5)書物・道具類」[13]に、

二　安永二・七・　御書物改請取帳　綴紐欠、後欠　三三・六×二三・二　竪帳　七十二枚

一一　年月日未詳　[書籍目録]　一四・五×二〇・七　横帳　二七枚

とある。[　]があるのは、仮題の意。
画像データを見たところ、安永二年（一七七三）の「御書物改請取帳」には、

草堂詩余　三冊

が記されている。杉篳笥に収められていたらしい。「御書物改請取帳」はどの篳笥のどの引き出しにどういう書物や古文書がある、という体裁で記録されている。
[書籍目録]には、以下の詞籍が認められた。

草堂詩余　一帙　四巻
絶妙好詞　四巻
塡詞図譜　二巻
名家詞集　四巻
夢窓詞　一巻
塡詞図譜　八巻
花間集　三本
詩余　二

詞韻　二

［書籍目録］は年代不明だが、調べた範囲では、荻生徂徠（一六六六～一七二八）や服部南郭（一六八三～一七五九）など、江戸中期の儒学者の書物も多い。乾隆四十七年（一七八二）成立の『四庫全書総目』も、「四庫全書総目　六巻」と見える。

『塡詞図譜』には二巻本と八巻本が記されているが、日本で田能村竹田（一七七七～一八三五）が『塡詞図譜』二巻を刊行したのは文化三年（一八〇六）、この『塡詞図譜』を指すのであれば、［書籍目録］はさらに遅い時期の記録で、明友（一六二二～一六八三）の没後も加藤家では詞に興味のある人がいて竹田の『塡詞図譜』⑭を買い求めた、ということになる。

「詞韻　二」は、清・毛先舒『詞学全書』（康熙十八年、一六七九年刻）中の王又華『詞韻』上下二巻本であろうか。『詞学全書』ならば、田能村竹田も利用していた。⑮

天和二年（一六八二）に石見吉永から近江水口に移封されたのち、明友は翌天和三年十二月七日に死去したが、加藤家はその後も続いて、明治四年（一八七一）七月に廃藩となった。水口藩領は水口県となり、同年十一月に大津県・膳所県・西大路県と合併して大津県となり、明治五年正月に滋賀県と改称した。⑯

いま筑波大学図書館に所蔵される『東海集』の巻頭には「加藤家蔵書印」の印があり、表紙には「水口図書館」のラベルがある。水口図書館は明治四十一年（一九〇八）、水口尋常小学校内に開設された。その際に集められた図書の中に旧水口藩加藤家文書二三六〇冊もあったが⑰、いま水口図書館の蔵書目録⑱の中に、詞籍は残っていない。『錦囊集』『東海集』がそうであったように、江戸から明治、さらに明治以降、どこかで流出した可能性がある。⑲

ちなみに国立公文書館（内閣文庫）には、明・湯顕祖評『花間集』（紅葉山文庫旧蔵）がある。これは林読耕斎が万治三年（一六六〇）に明友から借りて、門人に筆写させた本ではなかったか。[20] 紅葉山文庫は、江戸城内紅葉山に設けられた文庫。明友の蔵書が、没後、親交のあった林家の人々に渡された可能性もあるだろうか。閲覧した限りでは、加藤家旧蔵のあとは見えなかった。

江戸初期、林家では幕府に『本朝通鑑』編纂を命じられたこともあって、大量の書物が集められ、読まれていた。国史館には常時二十人ほどの諸生が学んでいて、林門同窓生の総数は四年間で百五十人、彼らによって必要な書物は迅速に書写・加点されて、架蔵されたという。[21]

林家ではまた、朱子学研究の一部として、『律呂新書』の研究も熱心に行われていた。[22] また江戸中期になると大坂の町人学者、富永仲基（一七一五〜一七四八）が礼楽について研究して「楽律考」を著し、正史の礼楽志、北宋の『夢渓筆談』や『楽府詩集』、南宋の蔡元定『律呂新書』や王応麟『玉海』などの書名が挙がっている。[23]

加藤家も多くの漢籍を所蔵し、その中に詞籍も入っていることが分かった。江戸時代の詞学について、今後もっと資料を発掘して検討する余地がありそうである。

三、陳元贇の影響

神田博士は明友が林家の人々と最初に詞を作った慶安二年について、

慶安二年といふと、血腥い戦国時代も已に五十年前の夢と化し去つて、輝かしい Renaissance の光が漸く天下に光被してきた時代である。時に加藤明友は纔に二十八歳であった。武門の出身とはいへ、新時代の空気を満喫して、平安朝以来絶えて久しく誰も作る者のなかった塡詞を敢て試みようとしたのである。

というが[24]、明友が詞に興味をもったきっかけに、明人の陳元贇が大きく影響しているのではないだろうか。陳元贇について神田博士は「明の帰化人陳元贇をして周濂渓の『通書』を手写せしめたりもしてゐる」[25]と記しているが、いま筑波大学図書館に所蔵される『錦囊集』『東海集』を見ていると、しばしば登場する人物である。

『吉永記』の「吉永御普請并ニ内蔵介殿御能書の話」[26]には、

内蔵介殿は学文ヲ好ませ給ひ、志那人元賓ノ弟子にて能書の聞あり。

とある。

陳元贇（一五八七～一六七一）、名は珦、字は義都・士昇、号は既白山人・芝山・菊秀軒など。北宋の陳与義の十六世の孫。小松原涛氏の『陳元贇の研究』[27]の序に、次のようにいう。

朱舜水は帰れば虐殺される窮地から日本へ亡命せざるを得ない運命にあったが、陳氏は目的らしい目的もなくぶらりと渡来して、そのまま五十余年間、日本文化の肥料として異郷の土となった帰化人である。還れば還れる自由を抛棄して日本を愛するが故に踏みとどまったので、ちょうど道草を食って還りを忘れたのに似ている。

時代的にいえば陳氏は徳川幕府の鎖国制度実施期の前後に渉る長崎経由人物であって、寛永二年江戸に流寓するや、在日唐人中の白眉と謳歌された。尾州藩祖敬公の聘をうけてから、所を得て安住の後半生を終り、子孫こそ永続するに至らなかったが、封建制度下における一個の文化伝達者という境涯を完うしたのである。

陳元贇は多才で、書は趙孟頫の風を受け継ぎ、江戸で多くの文人と漢詩を唱和して交流があった。尾張では藩邸内に窯を開き、安南風の染付陶器は「元贇焼」ともてはやされた。同じ名の菓子もあったようである。また拳法を教えて、柔術の祖とされる（これについては異論もある）。

陳元贇が江戸に来たのは寛永二年（一六二五）、明友が江戸に来たのは寛永十一年（一六三四）十四歳。明友は寛永十六年（一六三九）に従五位下内蔵助に叙任せられ、『錦嚢集』中に陳元贇の名が見えるのは寛文二十年癸未（一六四三）から翌正保元年甲申（一六四四）、明友二十三歳から二十四歳の頃からである。

『錦嚢集』はこの辺の制作年にやや前後があるのだが、「七夕」詩に「甲申七月七日之夜、戯題矣。明日使元贇見、元贇乃改革数字。廿四也」とあり、詩の添削もしてもらっていた。「元英」の詩も何首か見え、陳元贇ひとりではなく、陳家の人々と交流があったらしい。この頃の陳元贇の詩としては、「題芝浜帰命山寺金粧五大木仏」「甲申六月九日、与元贇遊虚白堂」がある。

芝浜（現在の芝浦）はもと加藤家の別邸で、明友が吉永藩主になってからは吉永藩の上屋敷として使われた。庭園の梅は嘉明の頃からのものだという。虚白堂ではしばしば清宴が催された。正保三年（一六四六）の「正月十三日、共元贇宴虚白堂前、先生有席地対月清吟之七言之律、予亦同賦五言之絶句」詩などがある。

林家の人々が『錦嚢集』に登場するのは、正保四年（一六四七）の「臘月十日」と記される「探梅」詩からである。羅山と春斎と函三が同じ詩題で一首ずつ残している。同日の羅山「冬日題加藤君庭前松」、春斎と函三の「冬日応加藤君之佳招、賦庭前即景」もあり、芝浜に招かれて詩を作ったと分かる。

林羅山と陳元贇が知り合ったのはもっと早く、元和七年（一六二一）春、陳元贇が上洛した際に、幕命により林羅山が接見した。(28) 明友は陳元贇を通じて、林羅山と知り合ったと考えてよいだろうか。

年齢的には、林羅山（一五八三〜一六五七）と陳元贇（一五八七〜一六七一）が近く、明友（一六二一〜一六八三）は羅山の子の鵞峰（一六一八〜一六八〇）・読耕斎（一六二五〜一六六一）と同世代で、鍋島直條（一六五五〜一七〇五）は羅山の孫の梅洞（一六四三〜一六六六、鵞峰の長子）・鳳岡（一六四四〜一七三二、鵞峰の次子）・晋軒（一六五四〜一六七六、読耕斎の長子）と同世代である。

明友から見ると、林羅山と陳元贇は年長でもあり、学問的に師と仰ぐ存在であったろうが、加藤家は「徳川氏の功臣」であり、神田博士が「羅山の詩文を注意して読んでみると、羅山は毎時も敬義斎に対して敬上の態度を持している。徒の人物とは思はれない」[29]という感覚は、正しいのだろう。明友が主催する宴の客人として、陳元贇も林家の人々も出席し、詩文を作った。そうした清宴雅集の場で、詞もまた作られた。

小松原氏の『陳元贇の研究』中に明友は、『朱子家訓抄』を依頼した人として登場する。[30]『朱子家訓抄』は寛文二年（一六六二）、明友が吉永へ参勤交代として戻った年、十三年ぶりに詞を作った年に、刊行された。この時、陳元贇を自領へ招きたいと尾張藩へ申し込んだが、実現はしなかったようである。

四、林家の人々との雅集

神田博士は林読耕斎の詞に言及した後、「いづれも前に挙げた加藤明友の作に和した三闋と共に『読耕斎詩集』巻十に載せられてゐて、慶安二年の作に係る。この歳には、どうしたのか皆が一時に塡詞を試みたらしい」[31]といぶかるが、『錦嚢集』を見ると、

……

秋思　　九月十四日

更漏子　秋思　　九月十八日

冬夜雨　　十月廿六日

江城子
枯木寒鴉　　　　　　　　　　　　　　　　　　　　　　　　　　　仝
雪後月　　　　十一月十七日　　　　　　　　　　　　　　　　　　仝
冬夜懐古　　　仝日　　　　　　　　　　　　　　　　　　　　　　仝

……

とあり、『東海集』のほうでは、

……

九月十三夜　　已丑　　　　　　　　　　　仝（函三のこと、引用者注）
和敬義斎題柳下双遊騎画　　鬱金香　　　　羅山先生
又　　　　　　　　　　　　　　　　　　　向陽子
又　　　　　　　　　　　　　　　　　　　函三
和敬義斎秋思　　更漏子　　　　　　　　　羅山先生
又　　　　　　　　　　　　　　　　　　　向陽子
又　　　　　　　　　　　　　　　　　　　函三

……

雪後月　　已丑十一月十七日虚白堂中作　　函三
和敬義斎枯木寒鴉韻　　同日作　　　　　　前人
賦雪　　　　　　　　　　　　　　　　　　向陽軒

次向陽雪詩韻　羅山先生

……

和敬義斎江城子　虚白堂中之作　函三

追和韓文公短檠歌　同

生鵞　同

……

次敬義斎雪後月詩之芳韻　羅山先生

和江城子　敬義斎　同

和敬義斎雪後月詩之高韻　向陽子

又和江城子　同

賡函三弟冬夜懐古長短句韻呈敬義斎　同

……

といった具合で、この年の九月十八日と十一月十七日に林家の人々が詞を作ったのは明友の宴に招かれたからで、詞だけを唱和したのではなく、詩文も作っていた。明友と林家の人々の「江城子」詞には雪の景色は出てこないので、「江城子」詞は雪が降ったという十七日より前に作ったものを見せられて、この日に和したのかも知れない。

いずれにせよ、このような清宴雅集は頻繁に催され、たくさんの詩（詞を含む）が応酬されていた。

神田博士が明友や林家の人々の詞作について気が付かれたのは『錦嚢集』『東海集』の存在が不明だった頃で、羅山の『詩集』巻七十三「雑体」中に塡詞があることから、明友へたどりつき、『羅山文集』の編纂に「加藤敬義斎が源吏部大卿忠次と共に、この羅山の遺稿の蒐集にあたつて最先きに協力してくれたと述べ」られていることを発見された。[32]

いま羅山の『文集』や『詩集』はスタイルごとに編纂されており、また鵞峰や読耕斎にもそれぞれ詩文集があるが、明友の『錦嚢集』『東海集』は制作年にほぼ従っており、いつどのような場でどのような人々が集って作品を作っていたのか、うかがうことができる貴重な資料である。『錦嚢集』『東海集』とも若干未整理な状態で、線で削られている詩もある。いずれ出版に向けた草稿らしく、「羅山の遺稿」もこうした記録をもとに蒐集されたに違いない。

五、明友と琴

明友は、若いころから「琴」もたしなんでいたようである。「中秋月」(題下に「廿二歳　于時寛永十九年壬午之秋也」とある)にいう。

携琴凭曲欄、　琴を携え曲欄に凭れば、
皎潔一輪団。　皎潔たり　一輪の団。
雖世事皆異、　世事は皆な異なれりと雖も、
月同少歳看。　月は少歳に看るに同じ。

この「琴」は、七弦琴であろうか。

稗田氏の研究によれば、明友は中国製の琴一面を持っていて、琴腹に「万里松風」とあった。鵞峰の「松里松風琴銘　加藤物斎蔵」(『鵞峰文集』巻一一二)には「七絃響遠、万頃銀濤」とあるので、これは七弦琴である。万治三

年（一六六〇）、読耕斎が明友から『花間集』を借りた年だが、人見竹洞はこの琴を借りて新琴を作らせ、読耕斎が「混沌琴」と名付けた。読耕斎の「混沌琴説」（『読耕文集』巻十）に「藤子黙家蔵の古琴は洒ち華物なり。万里松風その名なり」とあるという。[33]

『錦嚢集』の最後から二首めに「梅辺弾琴」が記されている。

携得瑤琴幽径通、　瑤琴を携え得て　幽径通えば、
暗香静払覚微風。　暗香静かに払い　微風を覚ゆ。
清標何恨知音少、　清標　何ぞ恨まん　知音の少なきを、
流水高山一曲中。　流水高山　一曲の中。

延宝五年（一六七七）五十七歳の作で、この前年に東皐心越（一六三九〜一六九六）が日本へ亡命した。東皐心越は日本で平安時代以来とだえていた琴楽を復興させた人と言われているが、それよりずっと早く、若い頃から晩年まで、明友は七弦琴を弾いていたのである。

人見竹洞が明友所有の中国の琴を研究して日本の職工に琴を作らせたのも、東皐心越の渡来よりだいぶ前のことになる。琴学史の上でも、明友はきわめて重要な人物である。

おわりに

江戸時代初期、加藤明友はなぜ詞を作ろうと思ったのだろう、という最初の疑問に直接答える資料はまだ見つからない。だが明友は吉永藩一万石、水口藩二万石と、これだけを見れば小さな藩の藩主だが、江戸芝浜の屋敷で頻

繁に清宴雅集を主催し、林家の人々をはじめ多くの儒学者が参加し、詩文の応酬をしていた。

画賛の詩もある。『東海集』の巻頭、慶安元年（一六四八）元日の宴では画を見ながら詩を競作したようで、羅山先生の「賛陶淵明」、羅山先生「賛呂望」と向陽軒「賛孔明」「賛張良」（「自此已下三首即三幅一対之画賛」の注あり）があり、さらに「瀟湘八景」（「明人画賛」の注あり）が記録されている。

明友は明の帰化人陳元贇から書も習い、若い頃から晩年に至るまで琴も嗜んでいた。こうした文化的な環境を背景として、詞が作られたことが分かった。

注

① 神田喜一郎『日本における中国文学Ⅰ　―日本塡詞史話　上―』、二玄社、一九六五年。「七　塡詞の復興者加藤明友」は六一～六九頁、「八　林家一門と塡詞」は七〇～八五頁。

② 中尾健一郎「近世前期の詞作をとりまく江戸文壇――林門と加藤勿斎を中心に」、『風絮』十二号、日本詞曲学会、二〇一五年、二六～九一頁。

③ 中尾友香梨「肥前鹿島藩主・鍋島直條と詞」、『風絮』十二号、日本詞曲学会、二〇一五年、九二～一三四頁。

④ 稗田浩雄「文雅の人　吉永藩主　加藤明友（勿斎）」、『近世琴学史攷』（梁谿書房、二〇一七年、東洋琴学研究所内部資料として二十部限定発行）より抜き書きとのこと。

⑤ 甲賀市教育委員会編『甲賀市史編纂叢書　第六集　近江国水口藩加藤家家譜』、二〇一〇年。加藤嘉明については八～一〇頁、加藤明友については一五頁。

⑥　神田喜一郎、前掲書、六四頁。

⑦　伊藤氏によると、水口藩士家の文書である『上田家文書』の会津時代の分限帳に会津時代の家臣は九四四名、『家譜』三十一頁の注に同じく九二九名という数字（おそらく士分以上で、さらに下級の家臣は除かれている）が確認できるので、会津四十万石を領していた加藤家としては少ないと評価してよいようだ、とのことである。

⑧　伊藤氏のご教示による。

⑨　大田市川合町物部神社蔵『吉永記』、『新修島根県史』史料篇3近世下所収、一九六五年、二五六〜二七〇頁。「加藤内蔵助殿安濃郡壱万石拝領之話」は二五七〜二五八頁。

⑩　中尾健一郎、前掲論文に、江戸初期の詞作状況について表にまとめたものがある。二八〜三一頁、参照。大磯で作った「搗練子」詞に関する引用部分は、六七頁。

⑪　中尾健一郎、前掲論文、六六〜七〇頁。

⑫　中尾健一郎、前掲論文、七一〜七四頁。

⑬　甲賀市教育委員会編『水口藩加藤家文書調査報告書』、二〇一〇年、一五二頁。

⑭　田能村竹田の『塡詞図譜』ははじめ小令二巻だけが刊行され、残りを刊行する計画はあったが実現しなかった。八巻本が未刊行部分を含めた竹田の『塡詞図譜』であったとしたら、たいへん興味深い。

⑮　竹田の『塡詞図譜』巻末「塡詞国字総論」に、「詞学全書較備れるに似たり」とある。

⑯　前掲『水口藩加藤家文書調査報告書』の「水口藩加藤家の概要」、九〜一一頁。

⑰　甲賀市史編さん委員会『甲賀市史　第4巻　明日の甲賀への歩み』「第3節　明治期の教育と宗教」、二〇一五年、一七四〜一七五頁。永井晃子氏のご教示による。

⑱　永井・伊藤両氏より「旧私立水口図書館収集古書及び郷土資料」の目録データを提供された。

⑲　伊藤氏によると、大正四年頃に編纂された「我カ校ノ図書館」（水口図書館蔵）に、当時集められた書物には寄贈と委託があり、加藤家の冊子は「委托」と記されているので、加藤家の書物はもとの所有者に返却された可能性もあるだろう、とのことである。所在不明のまま、どこかになお保存されているかも知れない。

⑳　神田喜一郎、前掲書、六八頁。

㉑　田中尚子『室町の学問と知の継承　移行期における正統への志向』第三部第一章「林鵞峰の書籍収集と学問――『国史館目録』再考――」、勉誠出版、二〇一七年、一八二～二〇四頁、参照。史書編纂の参考文献からはやや外れる範囲の漢籍もあり、室町期の学者が好んだテキスト群と重なる、とくに林鵞峰には室町期の学問とその精神を継承する意志があったのではないか、という。

㉒　榧木亨『日本近世期における楽律研究　『律呂新書』を中心として』、東方書店、二〇一七年、参照。

㉓　横田庄一郎編著、印藤和寛訳・解題『富永仲基の「楽律考」　儒教と音楽について』、朔北社、二〇〇六年、参照。「楽律考」には『古今楽録』や『王僧虔啓』など珍しい書名も出てくるが、『唐音癸籤』からの孫引きか。また『大晟楽書』の書名も見えるが、これは『文献通考』からの引用かと思われる。

㉔　神田喜一郎、前掲書、六七頁。

㉕　神田喜一郎、前掲書、六九頁。

㉖　前掲『吉永記』、「吉永御普請并ニ内蔵介殿御能書の話」は二五八～二五九頁。

㉗　小松原涛『陳元贇の研究』、雄山閣出版、一九六二年。引用は、五頁。

㉘　小松原涛、前掲書、六六頁。

㉙　神田喜一郎、前掲書、六四頁。

㉚　小松原涛、前掲書、二七二～二七五頁。
㉛　神田喜一郎、前掲書、七五頁。
㉜　神田喜一郎、前掲書、六一～六三頁。
㉝　稗田浩雄、前掲論文、二七～二八頁。

【付記】

今回、日本詞曲学会の査読者二名にはいつものように丁寧に読んで貴重なコメントをいただいたが、私はこれまで中国にばかり目を向けて日本の江戸時代の様子がよく分からないので、甲賀市歴史文化財課の伊藤誠之氏にも草稿に目を通していただき、コメントをうけて大きく書き改めた箇所もある。ここにあらためて感謝の意を表したい。

明																												
安		正保				寛永																				元和		
2	元	4	3	2	元	20	19	18	17	16	15	14	13	12	11	10	9	8	7	6	5	4	3	2	元	9	8	7
49	48	47	46	45	44	43	42	41	40	39	38	37	36	35	34	33	32	31	30	29	28	27	26	25	24	23	22	1621
29	28	27	26	25	24	23	22	21	20	19	18	17	16	15	14	13	12	11	10	9	8	7	6	5	4	3	2	㊓

加藤明友 1621～1683

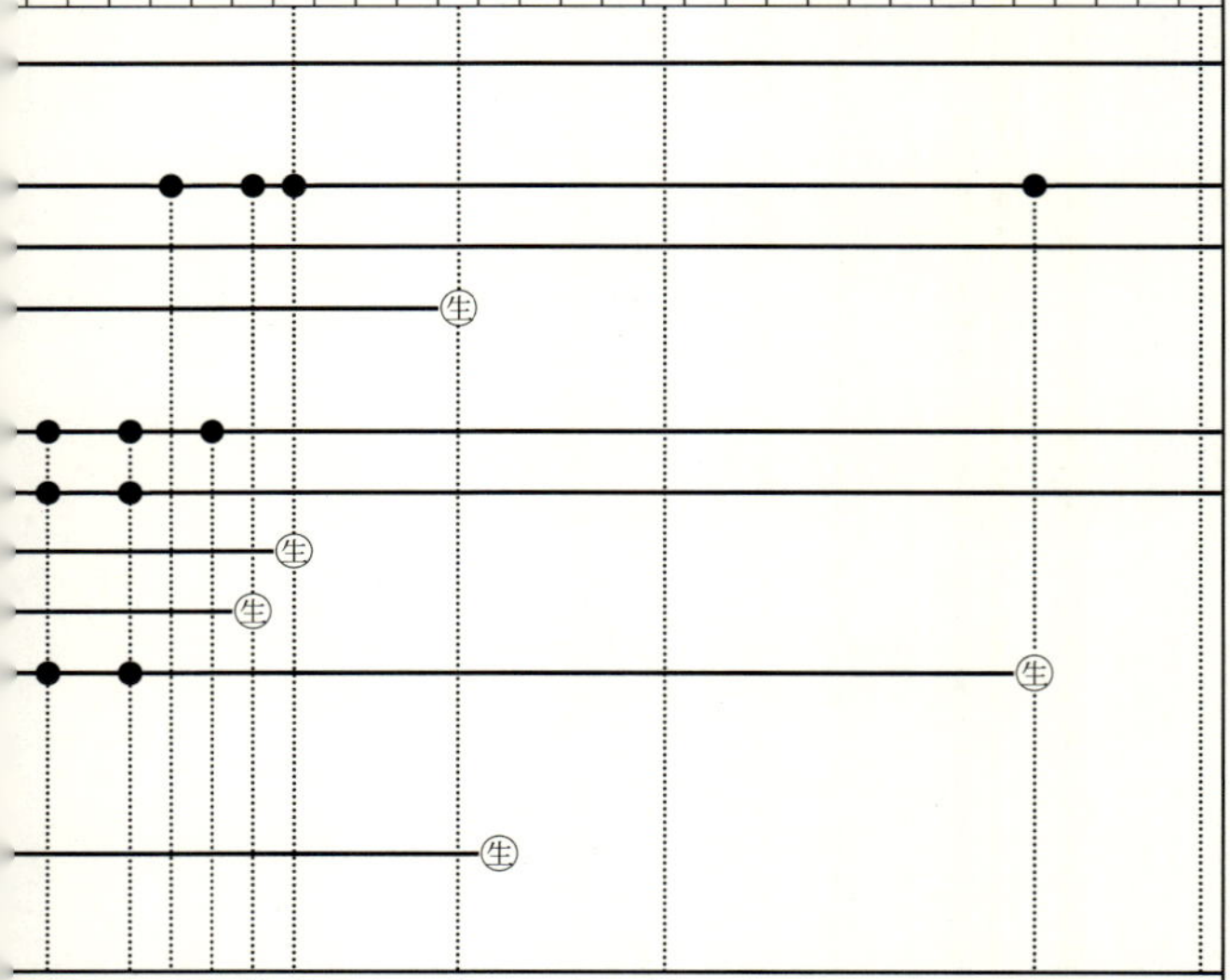

加藤明成 1592～1661 明友の父

陳元贇 1587～1671

朱舜水 1600～1682

東皐心越 1639～1696

林羅山 1583～1657

鵞峰 1618～1680 羅山の三男

梅洞 1643～1666 鵞峰の長男

鳳岡 1644～1732 鵞峰の次男

読耕斎 1625～1661 羅山の四男

晋軒 1654～1676 読耕斎の長男

人見竹洞 1638～1696

鍋島直條 1655～1705

大阪で生まれる。

陳元贇、江戸へ。

江戸へ。

『錦嚢集』はじまる。

従五位下内蔵助に叙任。

会津騒動

「中秋月」に「携琴凭曲欄」句あり。

石見吉永藩主になる。『錦嚢集』に陳元贇の詩。

明友の「七夕」詩、陳元贇が添削。

鵞峰「謝加藤君寄贈菊花」二首

正月、芝邸虚白堂前で宴、陳元贇と。

十二月、林羅山ら芝邸へ。

『東海集』はじまる。

明友の「更漏子」「江城子」詞に羅山・鵞峰・読耕斎唱和。

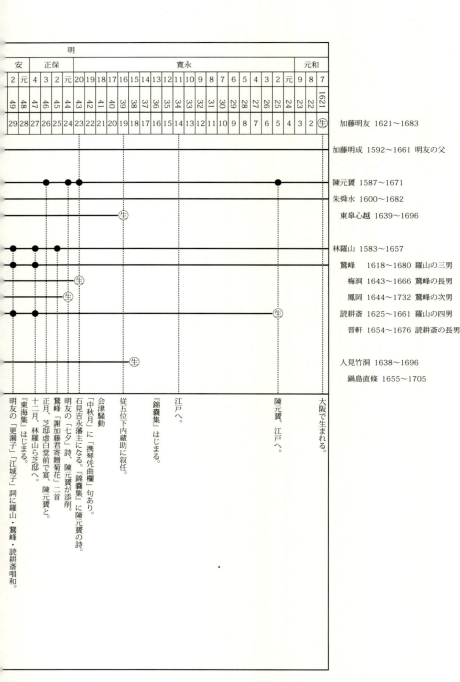

清																																								
元禄			貞享				天和			延宝								寛文												万治			明暦			承応			慶	
3	2	元	4	3	2	元	3	2	元	8	7	6	5	4	3	2	元	12	11	10	9	8	7	6	5	4	3	2	元	3	2	元	3	2	元	3	2	元	4	3
90	89	88	87	86	85	84	83	82	81	80	79	78	77	76	75	74	73	72	71	70	69	68	67	66	65	64	63	62	61	60	59	58	57	56	55	54	53	52	51	50
							㊍	62	61	60	59	58	57	56	55	54	53	52	51	50	49	48	47	46	45	44	42	42	41	40	39	38	37	36	35	34	33	32	31	30

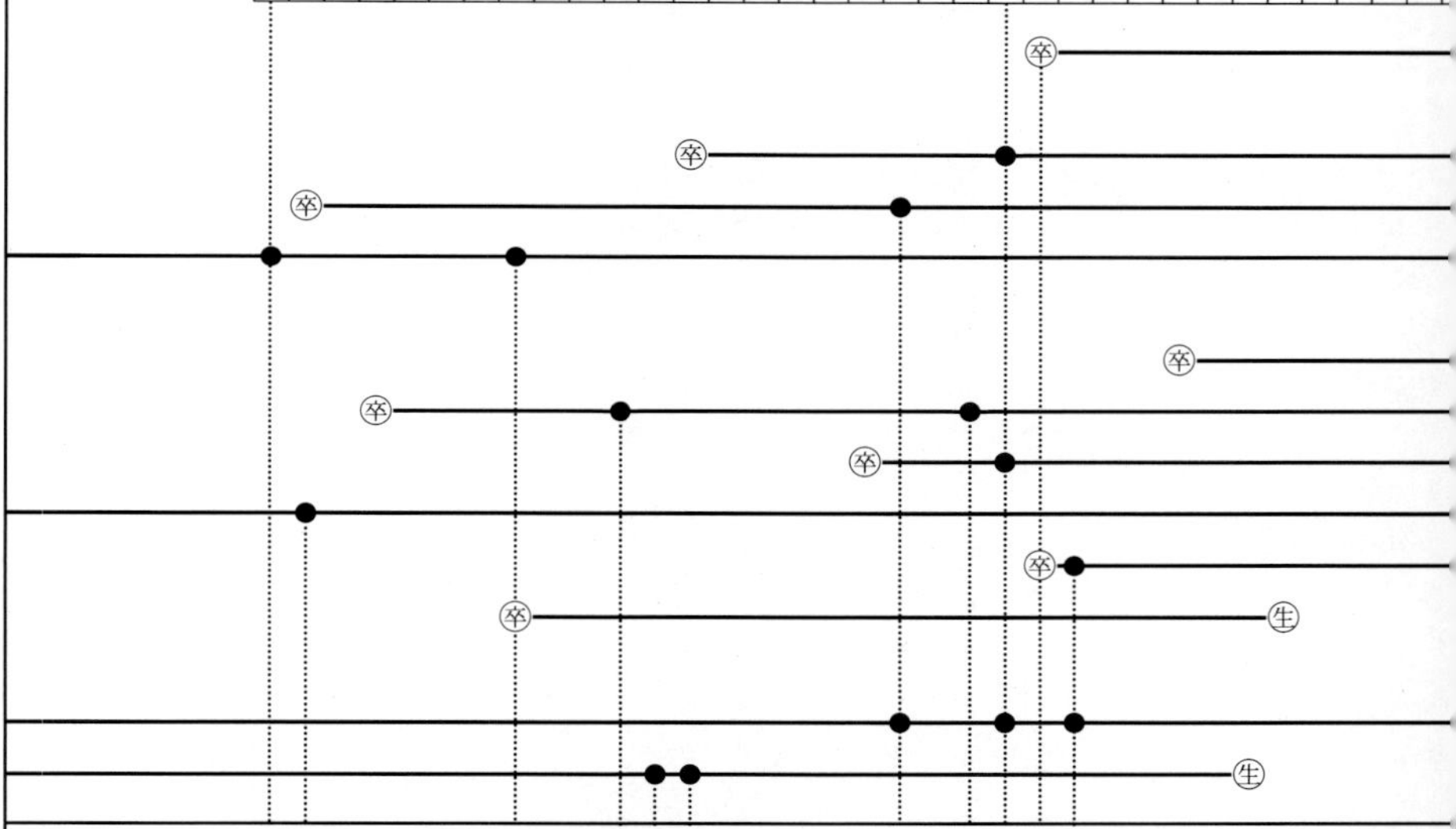

読耕斎、『花間集』を借りる。竹洞、華琴を借りて新琴を作る。
父明成、石見吉永で没す。
吉永へ行く。大磯駅で「搗練子」詞、梅洞と竹洞唱和。陳元贇「朱子家訓私抄跋」
江戸へ帰る。「長相思」詞。鵞峰唱和。
朱舜水、江戸へ。人見竹洞の家で梅洞と一緒に会う。
鍋島直條、江戸へ。林門と会う。
鍋島直條、明友の芝邸に遊ぶ。
鵞峰、明友の琴に銘。
「梅辺弾琴」詩あり。東皐心越、日本へ亡命。
鳳岡「憶江南（送勿斎藤公）」、「梅辺弾琴」詩あり。
卒す。心越、江戸へ。

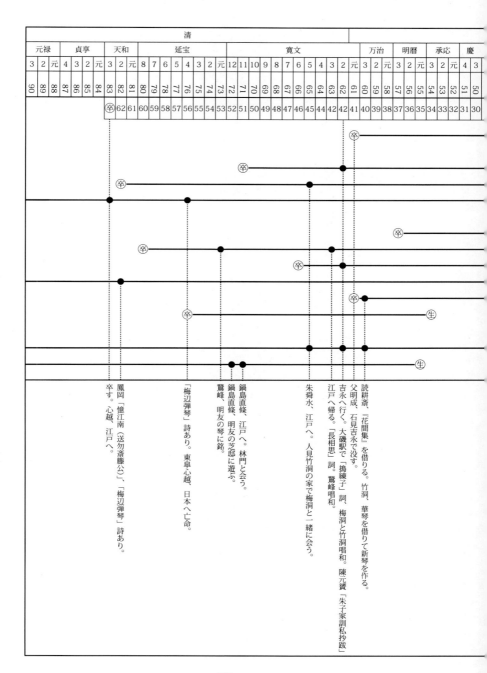

【学会参加報告】

「二〇一八・中国詞学国際学術研討会」参加報告

橘　千早

二〇一八年八月二十二日から二十五日にかけて、「中国詞学学会第八届年会暨（および）二〇一八・詞学学術研討会」が江蘇省無錫市の江南大学で開催された。この学会は、主催機関の中国詞学学会が隔年で行っている国際大会である。第八回となる今回は、香港・マカオ・台湾をはじめ、日本・韓国・オーストラリア・マレーシア・シンガポールなどから総勢二〇〇名近い研究者が集結し、事前に提出された論文も一六五編を数えるという過去最高の盛会となった。ただ、その中で日本人の参加者が一人のみであり、長い伝統と歴史を持つ日本の詞学研究の存在感を示せなかったことは、些か残念だったと言えよう。以下、前回大会との比較も交えながら、今大会の全行程を簡単に報告したい。

一　準備段階

大会担当の江南大学人文学院から第一報を受け取ったのは、二〇一七年十一月下旬であった。報告者は河北大学で開催された二〇一六年の第七回大会に参加しており、アドレスを登録した研究者には全員、メールが配信されたと思われる。通知には、大会の日時と場所、これまでと同様『文学遺産』の形式に則った論文執筆を求める旨のほか、十二月三十一日までに参加表明を、翌年三月三十一日までに論文を提出するよう書かれていた。しかし、報告者はこの時点ではまだ、いかなるアクションも起こさなかった。

第二報となる「邀請函」が届いたのは二〇一八年五月十九日である。この通知で、宿泊場所や参加費についての具体的な説明が為された。参加費は前回と異なり、当日に現金で支払う方式から銀行カード振込となっていて、急速にキャッシュレス化が進む中国の一端を垣間見た気がした。また、論文の提出締め切りは、新たに六月二十日に設定されていた。

報告者が大会本部に参加希望の意を伝えたのは、第二報の十日ほど後であったと思う。中国語に翻訳する時間も必要なため、論文を六月二十日までに提出するのは厳しいと伝えたところ、七月二十日を厳守として送ってもらえれば問題ないとのことであった。この「七月二十日」という最終締め切り日は、その後に何度か受け取った一斉メールでも強調され、間に合わなかった場合は、自分で印刷した一八〇部を大会へ持参するように求められた。かくして、大学の試験期間と重なってしまい正直大変だったが、私もどうにか無事に期日までの論文提出を果たすことができたのだった。

開会式が行われた江南大学図書館

八月五日、今度は江南大学までの詳細な交通経路を記した第三報と、五冊にわたる「電子論文集」が送られてきた。前回は電子論文集の配布はなく、各発表論文は——事前に評議人に割り当てられたもの以外は——現地で渡された紙の論文集を読むほかなかったので、この存在は非常にありがたかった。気になる論文は前もってチェックして読んでおくことができるし、iPadなどを用意すれば、大会中でも重い論文集を持ち歩かなくてすむ（実際、そうした研究者を何人も見かけた）。ここから大会直前まで、学会の発表順や組分け等を記載した「会議ガイドブック（簡易版）」、論文集続編、優秀若手論文のアンケートを求める通知など、様々な便りが本部より続々ともたらされ、あたかも遠足を楽しみにする子どものように、学会に向けて少しずつ気持ちが高まってゆくのを感じた。

今回、準備段階でとにかく感心したのが、この情報発信量の多さと手際の良さであった。二百名近い参加者が銘々に送ってくる論文を集約するだけでも大変だと思われるのに、それぞれ形式や字体が微妙に異なるそれらを数日で同一形式の電子論文集へと編集し直し、さらに時間短縮のため、発表用PPTまで事前に集めて各会場で用いるPCへ発表順に配置しておくという周到さであった。よほど有能なスタッフが、集中して事に当たったのだろう。こちらからの問い合わせにも即座に返答がきただけでなく、数少ない日本からの参加者であったためか、提出した論文の中国語の手直しをはじめとして、破格の厚遇も賜った。大会中も含め、これ以上ないほどの行き届いた対応をしてくださった江南大学の諸先生およびスタッフの方々には、この場を借りて心から感謝の意を申し上げたい。

二　開会式、および大会主題発言について

開会式は、記念写真を予定時刻より繰り上げて撮り終えた後、二十三日午前八時半過ぎに始まった。会場は江南大学図書館五階の報告廳である。江南大学人文学院副院長の楊暉氏が司会を務め、呉正国副校長による挨拶と大学紹介に続いて、中国詞学学会の王兆鵬会長が開会の辞を述べられた。前回、王会長はこの場で研究者の幅広い年代層について言及され、報告者は詞学研究を志す学者がかくも層厚く、かつ健全な分布で存在していることに強い衝撃を受けたものである。今回、始めに会長は二〇〇六年の第一回南昌大会（江西財経大学にて）から第七回大会までの開催場所を簡単に振り返り、これらが期せずして「南—北北—南南—北北」——すなわち近体詩の基本形である「平仄仄平平仄仄」と等しくなっていること、第八回となる今大会は、新たな歴史を刻むべく南方から始まる旨を語られた。その後、無錫という都市と詞学との関わり、およびこの二年間で刊行された詞学関連の書籍紹介が続き、大陸では専ら「詞」を扱う著作だけでも二年で二十冊超が出版されたという事実に、今回もまた愕然としてしまった。

続いて詞学学会副会長も兼務される台湾成功大学の王偉勇教授と、上海古籍出版社の高克勤社長による来賓の挨拶、江南大学人文学院の劉桂秋副教授によるPPTを用いた江南大学の詳細な沿革が紹介された。休息後、今度は特別に二十分程の時間を設けて、この二年間に物故された饒宗頤・葛渭君・鄧喬彬・王歩高先生ら著名な詞学研究者を懐古・追悼する企画が行われた。これは、王会長が音頭を取って全員で黙禱を捧げた後、各弟子たちが作成し

た、先生方の業績を振り返る短いビデオ映像を鑑賞するという形式であった。

開会式が終わると、「大会主題発言」が行われた。今回、大会本部の方針は非常に明確であり、それは一言で言えば「優秀な若手を大御所が激励する」ということであっただろう。開会式での林佳蓉教授および報告者の「海外組」、閉会式での田玉琪・曹辛華各教授といった「超重鎮」を除けば、発表者は全て気鋭の研究者であり、一方で評議人を務められたのは、前回大会で終身成就賞を受賞された楊海明教授を筆頭に、『文学遺産』元主編の陶文鵬氏や南開大学の孫克強教授など、現在の詞学研究発展の礎を築き、現在も第一線で活躍されている斯学の大家ばかりである。発表は往々、発表者以上に熱くなった評議人の先生方が持論を繰り広げて大量の時間オーバーとなる、という展開に陥ったものの、様々な視点から詞を論じる発表者と、それに的確な批評とアドバイスを加える評議人の丁々発止は、聴衆にやはり深い印象を残したと思う。また、個人的には、私もマカオ大学の碩学である施議対教授の丁寧なご指導を賜ったことが望外の幸せであり、生涯忘れられない貴重な経験となった。以下に、開会式後と閉会式前の二回にわたる大会主題発言の発表者とその

開会式の様子

題目、および評議人のリストを挙げておく。

大会主題発言（開会式）

路成文（華中科技大学）「奇気、理趣、巧思――《竹山詞》新論」（評議人：楊海明）

林佳蓉（台湾師範大学）「海天楽章――汪中文壇地位及其詞作析論」（同：程郁綴）

陳水雲（武漢大学）「論清初詞壇的〝求工〟与〝尚法〟」（同：陶文鵬）

橘千早（日本中央大学）「選択与標準化：蘇軾如何対待柳永詞」（同：施議対）

黄暁丹（江南大学）「〝詞史〟観念構建与清初世運及文人心態之関係」（同：孫克強）

大会主題発言（閉会式）

江弱水（浙江大学）「《花草粋編》里的易安詞」（評議人：楊雨）

傅宇斌（雲南師範大学）「晩清民初浙江詞人的詞学選択与詞風嬗変」（同：姚蓉）

田玉琪（河北大学）「詞調学研究的学術空間」（同：朱徳慈）

葉曄（浙江大学）「明詞北方図景与〝南詞北進〟的通代考察」（同：高峰）

曹辛華（上海大学）「論〝当代詩詞〟批評史的発展、建構与意義」（同：張文利）

三　分科会および優秀若手論文について

前回大会では、分科会は全三組で各六十名程度に分けられていた。今回は、分科会の数が五組に増やされ、代わりに構成要員は各組四十名弱となっていた。それゆえ、聴くことができる発表の数は少なくなったものの、一人あたりの持ち時間は、発表者が六～八分から十分へ、評議人が三～五分から五分強へと、それぞれ増やされることとなった。報告者としては、この変化は大変好ましいものであったと思う。発表する方も聴く方も、一つ一つの発表に対する重みが明らかに増したからである。また、評議人のコメントの後で自由討論をするような場面も、――前回はほぼ不可能であったが――何度か見られた。もう一つの改良点として、論文集と発表の順序を一致させたことが挙げられる。前回の分科会では、発表者と論文集の配列がばらばらであったため、聴く側は全ての論文集を持ち歩き、まずは発表者の該当論文を探す必要があった。だが、今回は論文が第一冊に載せられていれば分科会の組は第一組であり、しかも基本的には発表順に論文が並べられていたため、事前の手間が省けて最初から発表に集中できた。

筆者が属していた第二組の分科会会場

報告者の所属した第二組は、両宋期の詞の「作品」「作者」などに関わる具体的な様相と、音韻に関連する論文を中心に構成されていて、「唐詩・宋詞」という成句から考えれば、最も正統派の研究が集められていたと言える。私が特に興味を覚えた論文は、自己の研究テーマと繋がる音楽・音韻に関する数編のほか、若い頃から病弱であった欧陽脩が詩詞を用いて自己の各種病をどのように表現しているかを考察した孫宗英女史の「論欧陽脩詩詞中的哀病書写」や、容貌魁偉で下層武官の出身であった賀鋳が「呉女」に対する片思いを表現したとされる《青玉案》詞を、大胆な推測を交えつつ詳細に読み解いた王兆鵬会長の「回帰現場与細読文本之五——賀鋳《青玉案》情事索解」である。王会長のご発表は、前回同様、非常に魅力的で、今回この発表を聴講する楽しみを享受できたのが第二組だけというのは実に勿体ない気がしたものである。

また、上述したように、今回は大会前に、参加者に宛てて優秀論文の推薦を求めるアンケートがあった。報告者はとても事前に論文を読み込む余力はなく、この時は投票しなかったが、大会中にも再び全参加者を対象に、各組中で良いと思った論文三本（同じ組かつ五十歳以下の若手に限定され、スマホでQRコードを読み込んで出てくる専用ページには、対象論文しか表示されない）に投票する試みが行われた。こちらは、私もありがたく一票（三票？）を投じさせていただいた。閉会式の前に、アンケート結果を参考にして、幹事の先生方による合議で今大会の優秀論文が決定され、王会長から発表と表彰が行われた。一等賞のうち二名は大会主題発言での発表者であり、二等賞も含めれば九名のうち三名が主題発言発表者であったという結果は、大陸の若手研究者の中で、主題発言で発表することが一種の登竜門となっている事実を表しているのだろう。以下に、一等賞三名と二等賞六名の発表者とその題目を挙げておく。

閉会式での若手研究者の表彰

一等賞（三名）：
葉曄「明詞北方図景与〝南詞北進〟的通代考察」――既出
譚新紅（武漢大学）「論文学史対詞経典的建構」
黄暁丹「〝詞史〟観念構建与清初世運及文人心態之関係」――既出
二等賞（六名）：
王暁驪（華東政法大学）「論唐宋詞空間建構的身份意義」
楊伝慶（南開大学）「書箚中的詞学――晩近以来詞学書箚片論」
張振謙（曁南大学）「論宋代以唐人小説入詞」
周韜（湖北民族学院）「姜白石《霓裳中序第一》声律考証」
普義南（淡江大学）「論夢窗詞単字領之運用」
溥宇斌「晩清民初浙江詞人的詞学選択与詞風嬗変」――既出

四　会場状況、および江南の地について

ここで、今大会の会場状況や江南大学の雰囲気などについてまとめてみたい。

報告者が三日間宿泊したのは、地下鉄の長広渓駅に近く、江南大学の南門と大通りを隔てて向かい合った江南四季酒店である。大会側の当初予定では、参加者の大部分を江南大学内の招待所に泊め、収容しきれなかった若い研究者は大学付近のホテルに宿泊してもらうつもりであったという。だが、参加者が増えすぎたことで、急遽大学外

の江南四季酒店をメインの宿泊所とし、さらに数軒隣の格林豪泰太湖店を第二の宿泊所とする措置をとった。学会会場は江南大学構内であったため、参加者は毎回、組ごとに二十分ほど前に集合して、大型バス二台を使い、二回に分けてホテルと大学の間をピストン輸送されることとなった。ホテルの部屋から眺めれば、大学は目と鼻の先にあるように見えるが、実際に徒歩で向かうとなるとやはり三十分近くかかるそうである。これによって、日程表としては比較的多めに休憩時間がとられていたにも関わらず、実際には食事後、ホテルの部屋にも戻れないほどの忙しいスケジュールとなってしまった。参加者が増加した後に、前回大会同様、メインホテルである江南四季酒店で開会式・閉会式を含め全ての会議を行うことも画策したそうであるが、二百名という人数の多さに結局頓挫した、というのは後で江南大学の先生から伺ったことである。会場については最後まで苦労したようで、五つの分科会会場も隣り合ってはおらず、最初の日などは第一・第二・第五組と第三・第四組の各組で建物すら異なっていた。行き来の不便さは、今回の学会で唯一の残念な点であった。

それでも、江南大学は中国の他の大学と同様、緑豊かで広大なキャンパスと新旧織り成す様々な校舎が調和した、

江南大学の構内

古運河のナイトクルーズ

美しくて魅力的な大学であった。ひときわ印象的だったのは、キャンパス内に「小蠡湖」「曲水橋」と名付けられた、それは見事な湖や橋が存在していたことである。とりわけ青天の光眩しい朝方には湖畔を埋め尽くした蓮の花が一斉に咲き誇り、大学のキャンパス内であることを忘れさせるほどの絶景であった。このように気ぜわしいスケジュールでなかったならば、是非とも自転車でキャンパス内をくまなく巡り、写真を撮ってみたかった。心残りの一つである。

また、前回同様、大会主導の観光は御法度であったのだが、せっかく訪れた古都を観光しないのはあまりに勿体ないということで、二十三日の夜に、若い先生方数人で行かれるという運河観光に同行させてもらった。その道中の地下鉄内で、何と王兆鵬会長率いる十数名のグループと偶然出会って合流することになり、結局、総勢二十名で京杭大運河を貸し切りナイトクルーズするという僥倖に恵まれたのだった。幻想的なネオンに照らされながら、船中、上海大学の姚蓉教授と王会長が美声を披露し、会長の先導に合わせて全員で杜甫の「登高」詩を朗唱した体験は、今でも忘れがたい。また、午後十時をゆうに過ぎ、さらに翌日に発表を控えながらもそのまま飲みに行く強者達がいたことも、中国人研究者の底知れない（?）パワーを実感した出来事として強く印象に残っている。

五　気づいたこと

今大会で最も痛切に感じたのは、二年という短い期間でも学会全体の底上げ、レベルアップが為されているということであった。報告者が目睹した限りでは、急場の間に合わせといった粗雑な論文は一編もなく、各々が独自の視点から詞を分析し論じる、時間をかけて充実した内容ばかりであった。これは、準備段階での適切な働きかけも功を奏していたのではないかと考える。「詞」という中国文学中の僅か一分野において、事前に一六〇編以上の投稿論文が集まり、しかも何れも一定以上の水準を備えているという状況は、日本ではまず考えられないだろう。本場とはいえ、羨ましいこと限りない。

そして、こうした活気のある大会を可能としているのが、学会幹部の先生方による「若手育成プログラム」とでもいうべき指導システムである。今回の優秀論文アンケートもその一環で、見事に機能していたと思う。二十代は学会に参加して、論文の書き方や決まり事を肌で体得し、三十代は切磋琢磨して研究に打ち込み、優れた論文を生み出す。一方で、指導者は優秀な若手を適確に選び出して、彼または彼女に正当な評価を下す。そうして選ばれた三～四十代は、今度は幹事として分科会の司会、学術評議など少しずつ責任の重い役割を任され、先達の背中を追いつつ、今度は指導者としての経験を積んでゆく。学会が正常に機能しているからこそ、これだけの人数であってもなお質量ともに拡大を続けているのだろうと納得した次第である。

また、今回は近年盛んに勢力を拡大してきた近現代詞の研究が一息つき、宋代の詞を扱った正統派の詞学研究が本来の勢いを取り戻した感があったが、ただ、研究対象が些か「詞」そのものに限定されて、周辺分野との関連テーマを扱う論文がやや少なかったような印象も受けた。これは閉会式での碩学六名による「学術評議」の場でも指摘されたことであるが、たとえば明清時代の詞を研究するのであれば、同時代の「曲」との関わりを探求するような論文もあれば面白かったと思う。ともあれ、「詞」という一様式の本質・本筋でさえ、研究する余地はいまだ数多く残されているということかもしれない。今後も研究動向を注意深く見守ってゆくと共に、自身も中国人研究者に負けない研究を行ってゆかねばならないとの思いを新たにした。

前大会からの顕著な変化はもう一つある。報告者は今回、名刺を交換する機会がほとんどなかった。とりわけ、若い研究者との交流は全て「微信」である。大会中に撮り合った写真はすぐに送ることができるし、ちょっとしたお礼の応酬や集合時間の確認などにも、微信は大活躍した。そして、大会後にも「モーメンツ」で互いの活動状況を知り、必要に応じて気軽に連絡を取り合うことができる。

最後に、前回大会では留学生として立命館大学から、今回は博士号取得後、「博士後」として初めての勤務地である上海大学から参加された劉宏輝氏には、空港での送迎から高速鉄道の切符の手配、中国語がおぼつかない報告者の通訳役に至るまで、本当にお世話になった。ここに改めて深く感謝の意を表したい。次回、二〇二〇年の大会は再び北方に戻り、吉林省長春市の吉林大学で開催されるとのことである。この時は、ぜひとも日本から多くの研究者が参加し、今後も互いに有意義な学術交流を重ねてゆけるように願ってやまない。

詞籍「提要」訳注稿（八）

日本詞曲学会　編

【凡　例】

一、本稿は、『四庫全書総目提要』「詞曲類」の訳注である。『四庫全書総目』（浙江書局本、中華書局、一九六五年）を底本とした。

二、『四庫全書総目提要』二〇〇巻は乾隆三十七年（一七七二）、紀昀・陸錫熊・孫士毅等によって成った。四庫全書の総目を、経・史・子・集の四部に分け、四庫に抄本を集録した「著録」、抄本は作らず名目だけを目録に記載した「存目」に分類して各書籍を解題したものである。各類の冒頭には当該の類の各論が置かれ、各書籍の下には巻数、四庫に著録したテキストの出自、撰者の略伝から書籍・作品への考証に及ぶ解題が付されている。

「詞曲類」は、巻一九八・巻一九九が著録、巻二〇〇は存目に当てられている。すなわち総目提要の最後に置かれ、これは正統な文学である詩文に対して、詞曲は一段低いものと見なされていた、当時の伝統的な文学観を反映したものである。さらに「詞曲類」と言いながら曲関係の著録はわずかである。ここに収録された書名は以下の通り（ゴチック表記の書名は既訳）。

巻一九八「著録」集部五十一　詞曲類一

「珠玉詞一巻」「楽章集一巻」**「安陸集一巻附録一巻」「六一詞一巻」**「東坡詞一巻」**「山谷詞一巻」「淮海詞一巻」「書舟詞一巻」「小山詞一巻」「晁無咎詞六巻」「姑渓詞一巻」「東堂詞一巻」**「渓堂詞一巻」**「片玉詞二巻補遺一巻」「初寮詞一巻」**「友古詞一巻」「和清真詞一巻」**「聖求詞一巻」「石林詞一巻」**「筠渓楽府一巻」**「丹陽詞一巻」「坦菴詞一巻」**「酒辺詞二巻」**「無住詞一巻」**「竹坡詞三巻」**「漱玉詞一巻」「蘆川詞一巻」**「東浦詞一巻」「孏窟詞一巻」「逃禅詞一巻」**「于湖詞三巻」「海野詞一巻」「審斎詞一巻」「介菴詞一巻」「帰愚詞一巻」「克斎詞一巻」「稼軒詞四巻」「龍川詞一巻補遺一巻」**「西樵語業一巻」**「放翁詞一巻」**「樵隠詞一巻」「知稼翁詞一巻」「蒲江詞一巻」「平斎詞一巻」「白石道人歌曲四巻別集一巻」

巻一九九「著録」集部五十二　詞曲類二

「夢窓稾四巻補遺一巻」**「惜香楽府十巻」「龍洲詞一巻」「竹屋痴語一巻」**「竹斎詩余一巻」「梅渓詞一巻」**「石屏詞一巻」**「散花菴詞一巻」**「断腸詞一巻」**「山中白雲詞八巻」「竹山詞一巻」「天籟集二巻」「蛻巖詞二巻」「珂雪詞二巻」（以上、別集）

「花間集十巻」「尊前集二巻」「梅苑十巻」「楽府雅詞三巻補遺一巻」「花菴詞選二十巻」「類編草堂詩余四巻」「絶妙好詞箋七巻」**「楽府補題一巻」**「花草稡編二十二巻附録一巻」**「御定歴代詩余一百二十巻」**「詞綜三十四巻」「十五家詞三十七巻」（以上、総集）

「碧鶏漫志一巻」「沈氏楽府指迷一巻」「渚山堂詞話三巻」「詞話二巻」「詞苑叢談十二巻」（以上、詞話）

「欽定詞譜四十巻」「詞律二十巻」（以上、詞譜）

「顧曲雑言一巻」「欽定曲譜十四巻」「中原音韻二巻」（以上、南北曲）

巻二〇〇「存目」集部五十三 詞曲類存目

「寿域詞一巻」「後山詞一巻」「哄堂詞一巻」「近体楽府一巻」「金谷遺音一巻」「白石詞集一巻」「別本白石詞一巻」「文渓詞一巻」「空同詞一巻」「洺水詞一巻」「風雅遺音二巻」「後村別調一巻」「芸窓詞一巻」「蕉窓蒐隠詞一巻」「煙波漁隠詞二巻」「楽府遺音五巻」「玉霄仙明珠集二巻」「花影集五巻」「蓼花詞一巻」「玉山詞無巻数」「炊聞詞二巻」「南耕詞六巻歳寒詞一巻」「情田詞三巻」「澹秋容軒詞一巻」「四香楼詞鈔無巻数」（以上、別集）

「方壺詞三巻水雲詞一巻」「鳴鶴余音八巻」「詞林万選四巻」**「唐詞紀十六巻」**「宋名家詞無巻数」「秦張詩余合璧二巻」「群賢梅苑十巻」**「選声集三巻坿詞韻簡一巻」**「蕉雨軒詩余彙選八巻」「粤風続九十四巻」「東白堂詞選初集十五巻」「名家詞鈔無巻数」「林下詞選十四巻」「浙西六家詞十巻」（以上、総集）

「楽府指迷一巻」「詞旨一巻」「古今詞話六巻」「古今詞論一巻」「塡詞名解四巻」**「詩余図譜三巻附録二巻」「嘯余譜十巻」「塡詞図譜六巻続集二巻」**「詞韻二巻」**「詞学全書十四巻」**（以上、詞論・詞譜）

「張小山小令二巻」「碧山楽府五巻」「朝野新声太平楽府八巻」「詞品一巻」「雍熙楽府十三巻」「度曲須知二巻弦索弁譌三巻」「瓊林雅韻無巻数」「南曲入声客問一巻」（以上、南北曲）

本号には、巻一九八所収「白石道人歌曲四巻別集一巻」、巻一九九所収の「散花菴詞一巻」、「絶妙好詞箋七巻」、「花草粋編二十二巻附録一巻」、巻二〇〇所収「後山詞一巻」、「近体楽府一巻」、「後村別調一巻」の七編を収録した。

三、各篇は【原文】【校記】【訓読】【訳】【注】【参考】の六つの部分から成る。【原文】および【校記】には旧字体を用いたが、そのほかの部分は常用字体および現代仮名遣いを用いた。

四、【原文】の句読点および【訓読】の段落は担当者が施したものである。

五、四庫に収録された各抄本の前にも提要が置かれており、「書前提要」と称され、その文章は総目提要のそれと、また書前提要相互にも若干の異同がある。各書前提要では初めの部分に「臣等謹案」の四文字が、最後には「乾隆（幾）年（幾）月恭校上」及び四庫館臣の名前が、それぞれ付されている。【校記】ではこの部分は割愛した。【校記】の数字は、原文当該部分の数字に対応する。【校記】の略称は次のとおり。

・殿版＝武英殿版。『景印文淵閣四庫全書』台湾商務印書館、一九八三～八六年。

・広東＝広東書局本。『文淵閣四庫全書』広東書局、同治七年（一八六八）重刊本。

・淵前＝文淵閣書前提要。『景印文淵閣四庫全書』台湾商務印書館、一九八三～八六年。

・津前＝文津閣書前提要。『文津閣四庫全書』商務印書館、二〇〇五年。

・溯前＝文溯閣書前提要。『金毓黻手校本文溯閣四庫全書総目』(中国公共図書館古籍文献珍本彙刊史部、中華全国図書館文献縮微複製中心、一九九九年。康徳二年遼海書社刊本影印本)。

なお【校記】においては、「已」「己」「巳」はいちいち指摘しない。また、文字に明らかな誤りがある場合は底本の文字を残し、当該番号の【校記】において但し書きで訂正すべき文字を示して、訓読および訳は改めた文字に従った。但し書きは、「※今「一二」に従う」の体裁とし、語注において説明を加える。【校記】には記載しないが、方鵬程・兪小明編『四庫全書初次進呈書目　集部』(台湾商務印書館・国家図書館、二〇一二年）に収められている書物については、参考としてその原文を掲げた。

六、【参考】では、近年の代表的研究成果を紹介することに努めた。

七、なお、原田種成編『訓点本四庫提要　集部（八）　詩文評類・詞曲類』（汲古書院、一九九四年）は広東書局本を底本とする。本稿訓読作成にはこれを参考とした。

○白石道人歌曲

【原文】

白石道人歌曲四巻別集一巻　監察御史許寶善家藏本

宋姜夔撰。夔有絳帖平、已著錄①。此其樂府詞也。夔詩格高秀、爲楊萬里等所推。詞亦精深華妙、尤善自度新腔、故音節文采、竝②冠絶一時。其詩所謂自製新詞韻最嬌、小紅低唱我吹簫者、風致尚可想見。惟其集久無善本。舊有毛晉汲古閣刊版③、僅三十四闋。而題下小序、往往不載原文。康熙甲午、陳撰刻其詩集、以詞附後、亦僅五十八闋。且小序及題下自註④、多意爲刪竄、又出毛本之下。此本從宋槧翻刻、最爲完善。卷一宋鐃歌十四首、越九歌十首、琴曲一首。卷二詞三十三首、總題曰令。卷三詞二十首、總題曰慢。卷四詞十三首、皆題曰自製曲。別集詞十八首、不復標⑤列總名、疑後人所掇拾也⑥。其九歌皆註律呂於⑦字旁、琴曲亦註指法於字旁⑧、皆尚可解。惟自製曲一卷及二卷鬲溪梅令杏花天影醉吟商小品玉梅令、三卷之霓裳中序第一、皆記拍於字旁。宋代曲譜、今不可見、亦無人能歌。莫辨其似波似磔、宛轉欹斜、如西域旁行字者⑨、節奏安在。然歌詞之法、僅僅留此一線。錄而存之、安知無懸解之士、能尋其分刌⑩者乎。魯鼓薛鼓、亡其音而留其譜、亦此意也。舊本卷首、冠以詩說、僅三頁有餘、殆以不成卷帙、附詞以行。然夔自有白石道人詩集、列於詞集、殊爲不類。今移附詩集之末、此不複錄焉⑪。

【校記】
①絳帖平已著錄＝絳帖平續書譜詩集詩説俱別著録（淵前・津前・溯前）②竝＝並（殿版・淵前・津前・溯前）③刊版＝刊板（殿版・津前・淵前）、刊本（溯前）④註＝注（殿版・津前）※以下同じ ⑤標＝立（殿版）⑥卷一宋鐃歌十四首越九歌十首琴曲一首卷二詞三十三首總題曰令卷三詞二十首總題曰慢卷四詞十三首皆題曰自製曲別集詞十八首不復標列總名疑後人所掇拾也＝なし（津前・溯前）⑦於＝于（津前・淵前）※以下同じ ⑧旁＝㫄（広東）※以下同じ ⑨似波似礫宛轉欹斜如西域旁行字者＝なし（淵前・津前・溯前）⑩刋＝別（淵前・津前）⑪舊本卷首冠以詩説僅三頁有餘殆以不成卷帙附詞以行然夔自有白石道人詩集列於詞集殊爲不類今移附詩集之末此不復錄焉＝なし（津前・溯前）

【訓読】
『白石道人歌曲』四巻別集一巻　監察御史許宝善家蔵本

宋の姜夔の撰。夔に『絳帖平《ごうじょうひょう》』有りて、已に著録す。此れは其の楽府詞なり。夔の詩格は高秀にして、楊万里等の推す所と為る。詞も亦た精深華妙にして、尤も自度《じたく》の新腔を善くし、故に音節文采、並びに一時に冠絶す。其の詩の所謂る「自製の新詞 韻 最も嬌にして、小紅 低唱し 我 簫を吹く」なる者、風致尚お想見すべし。

惟だ其の集のみ久しく善本無し。旧《も》と毛晋の汲古閣の刊版有りて、僅かに三十四闋のみ。而して題下の小序は、往往 原文を載せず。康熙甲午、陳撰 其の詩集を刻し、詞を以て後に付するも、亦た僅かに五十八闋のみ。且つ小序及び題下の自註、多く意もて删竄《さんざん》を為し、又た毛本の下に出づ。

此の本は宋槧に従い翻刻し、最も完善たり。巻一は「宋鐃《どう》歌」十四首、「越九歌」十首、「琴曲」一首。巻二は詞三十三首、総題して「令」と曰う。巻三は詞二十首、総題して「慢」と曰う。巻四は詞十三首、皆な題して「自製曲」と曰う。別集は詞十八首、復た総名を標列せざれば、疑うらくは後人の掇拾《てつしゅう》する所ならん。

其の「九歌」は皆な律呂を字旁に註し、琴曲も亦た指法を字旁に註し、皆な尚お解すべし。惟だ「自製曲」の一巻及び二巻の「鬲渓梅令《れき》」「杏花天影」「酔吟商小品」「玉梅令」、三巻の「霓裳中序第一」は、皆な拍を字旁に記す。宋代の曲譜は、今見るべからず、亦た人の能く歌う無し。其の波に似て磔《たく》に似、宛転して欹斜すること、西域の旁行の字の如き者、節奏安くに在るかを弁ずること莫し。然れども詞を歌うの法、僅僅此の一線を留むるのみ。録して之れを存すれば、安くんぞ懸解の士の能く其の分刌《そん》を尋ぬる者無きを知らんや。魯鼓薛鼓、其の音を亡《うしな》うも其の譜を留むるは、亦た此の意なり。

旧本の巻首、冠するに「詩説」を以てするも、僅かに三頁有余のみにして、殆んど以て巻帙を成さず、詞に付して以て行わる。然れども夔に自ずから『白石道人詩集』有りて、詞集に列するは、殊に類せずと為す。今移して詩集の末に付し、此《ここ》に複た録せず。

【訳】

『白石道人歌曲』四巻別集一巻　監察御史の許宝善の家蔵本

宋の姜夔の著。夔には『絳帖平』があり、すでに著録した。これは彼の詞の作品集である。姜夔の詩の風格は高くて秀でており、楊万里などに推賞された。詞も深みと華やかさを湛えており、とりわけ新曲を自作するのが得意であったので、音律と文辞ともに、一時期はるかに（他の詞人を）超越していた。彼の詩に「自製の新詞韻最も嬌にして、小紅低唱し我簫を吹く」といっているが、その趣きは今でも思い浮かべることができる。

彼の詞集だけは久しく善本がない。以前のものに毛晋の汲古閣の刻本があるが、わずか三十四首であり、しかも題下の小序に往々、原文が記載されていない。康熙五十三年甲午の年に、陳撰が彼の詩集を刊刻し、詞を後に付録したが、これもわずかに五十八首であり、そのうえ小序と題下の自注には多く私意によって削除改竄を加えており、毛本よりもさらに劣っている。

この本は宋版に従って翻刻したもので、（内容が）最も完璧である。巻一は「宋鐃歌」十四首「越九歌」十首「琴曲」一首。巻二は「詞」三十三首で、総題に「令」とする。巻三は「詞」二十首、総題に「慢」とある。巻四は「詞」十三首で、みな題して「自製曲」とある。『別集』は「詞」十八首であり、総名を立てないので、後世の人が輯集したもののようである。

その「九歌」は律呂を字の傍らに注記しており、「琴曲」も指法を字の傍らに注記しているが、これらはまだしも理解可能である。「自製曲」の一巻と巻二の「隔渓梅令」「杏花天影」「酔吟商小品」「玉梅令」、巻三の「霓裳中序第一」には、すべて拍節を字の傍らに記載している。宋代の楽曲の譜は現在、見ることができないし、また唱うことができる人もいない。その波磔（筆法の「はらい」）のようにも見え、湾曲したり斜めになったりして、まるで西域の横書きの文字のようなものによって、節奏（リズム）がどこに示されているのか識別できない。しかし詞の歌唱法は、わずかにこの一筋だけがのこされている。これを記録し保存しているのは、識別の方法を探り出せる悟達の人士がいるかも知れないからである。鹵鼓と薛鼓は、その音が失われているけれども、その譜がのこされているのも、この意図からである。

旧本の巻首は「詩説」を冒頭に置く。わずか三葉余りで、ほとんど巻帙をなさないので、詞に付録されて通行した。しかし姜夔には『白石道人詩集』が別にあるから、（「詩説」を）詞集に配列するのは、極めて似つかわしくない。今、『詩集』の末尾に移し換え、ここには重複して収録しない。

【注】

○監察御史　現代の検察官におおよそ相当する官職。清代の監察御史は、全国を十五道に分けた各道に置かれ、所轄地方の刑罰を担当するほか、中央の各機関の監察も分担した。

○許宝善　清の人。一七三一～一八〇三。字は斅愚《がくぐ》、号は穆堂。青浦（上海市）の人。乾隆二十五年（一七六〇）の進士で、監察御史にまでなったが、服喪のため帰郷して後は再出仕せず、詩文を楽しみ生涯を終わった。『杜詩注釈』二十四巻のほか、詞曲も善くして『自怡《い》軒詞譜』六巻、『自怡軒詞選』八巻や散曲集の『自怡軒楽府』四巻の編著がある。彼は監察御史の職位をもって、乾隆四十八年（一七八三）に献上された『欽定日下旧聞考』の総纂の一人として名を連ねる。文淵閣本の『白石道人歌曲』の書前提要には「乾隆四十六年十月恭校上」とあるので、監察御史在任中の彼は四庫本の底本として所蔵本を進呈したと思われる。

○姜夔　南宋の人。一一五五～一二二一（夏承燾「姜白石繋年」、『唐宋詞人年譜』修訂本、上海古籍出版社、一九七九年の推定による）。字は尭章、号は白石道人。番（鄱）陽（江西省）の人。当時に詩名の高かった蕭徳藻が彼の詩を賞賛し兄の娘と結婚させた。その後、姜夔は湖州、蘇州、杭州、紹興などの各地を往来し、范成大、陸游、楊万里、張鎡、辛棄疾などの名士と交遊した。詩詞に巧で、音律にも精通し、『琴瑟考古図』などを朝廷に献上したが、終生、科挙に登第せず無官のまま卒した。南宋を代表する詞人のひとりで、特に清代前期には評価が高かった。

○姜夔有絳帖平已著録　姜夔の『絳帖平』は、北宋の潘師旦が『淳化閣帖』を基礎にして増補編刻した法帖『絳帖』を考証した著書。もと二十巻であったが、六巻が伝わる。『四庫全書総目』は巻八十六、史部目録類に著録する。なお書法に関して姜夔は『続書譜』一巻の撰著もある。

○楽府詞　詞の別称。宋詞研究会訳『詞学の用語―『詞学名詞釈義』訳注』(汲古書院、二〇一〇年。以下『詞学の用語』と略称)「四、近体楽府」および「七、詩余」条を参照。

○夔詩……所推　「夔の詩格高秀」に近い批評として、南宋・陳郁『蔵一話腴』内篇巻下に「白石道人姜尭章、……意到語工、不期於高遠而自高遠(白石道人姜尭章、……意到りて語工にして、高遠を期せずして自ずから高遠)」という例が見られる。楊万里の「送姜尭章謁石湖先生(姜尭章の石湖先生に謁するを送る)」に「釣璜英気横白蜺、咳唾珠玉皆新詩(釣璜の英気 白蜺横たわり、咳唾 珠玉 皆な新詩)」と姜夔の詩を賞賛している。范成大も「次韻姜尭章雪中見贈(姜尭章の雪中に贈らるに次韻す)」に「新詩如美人、蓬蓽愧三粲(新詩 美人の如く、蓬蓽 三粲に愧ず)」と彼の詩の美しさを讃えた。また『四庫全書総目』巻一六二「白石詩集一巻」に「今観其詩、運思精密、而風格高秀、誠有抜於宋人之外者(今其の詩を観るに、運思精密、而して風格高秀にして、誠に宋人の外に抜く者有り)」と評する。

○自度新腔　詞人みずからが歌詞を作り、それを歌唱する新たな旋律を作曲すること。「自度曲」「自製曲」「自度腔」と称するものに同じ。『詞学の用語』の「二十二、自度曲・自製曲・自過腔」を参照。

○其詩……簫者　姜夔『白石道人詩集』巻下の七言絶句「過垂虹(垂虹を過る)」の前半二句の引用。後半二句は「曲終過尽松陵路、回首煙波十四橋(曲終わり 過り尽くす 松陵の路、回首す 煙波十四橋)」とある。夏承燾『姜白石詞編年箋校』(上海古籍出版社、一九八九年。以下『箋校』と略称)の「行実考」の紹熙二年(一一九一、姜夔三十七歳)条(三〇七頁)によれば、この冬に姜夔は蘇州の范成大を訪問し、一ヶ月余の滞在を終えて除夕に湖州へと帰ったとする。「過垂虹」詩は、その途中の作であり、引用句に見える「小紅」は范成大から贈られた歌妓である。

○毛晋……四闋　明・毛晋の汲古閣刻本『宋六十名家詞』所収の『白石詞』一巻を指す。この本の毛晋の跋文に「前人云花庵極愛白石、選録無遺。既読絶妙詞選、果一々具載、真完璧也(前人云う、花庵 極めて白石を愛し、選録 遺す無し、と。既に『絶妙詞選』を読むに、果して一々具載し、真に完璧なり）」とあって、毛晋は『花庵詞選（絶妙詞選）』を底本に用い、その所収の三十四首の姜夔詞を抽出して『白石詞』を編刊した。

○題下……原文　汲古閣本『白石詞』は、題下の小序を原文通り記載しないことが時々ある。その一例を挙げておく。汲古閣本の冒頭の「探春慢」詞には「過苕霅、別鄭次皐諸君（苕霅《ちょうとう》を過り、鄭次皐諸君に別る）」との題下の序があるが、原文は「予自孩幼従先人宦于古沔、……千巌老人約予過苕霅、……作此曲別鄭次皐、辛克清、姚剛中諸君（予孩幼より先人の古沔に宦するに従い、……。千巌老人予に約して苕霅を過り、……。此の曲を作り鄭次皐、辛克清、姚剛中諸君に別かる）」という全て八十六字からなる。汲古閣本の省略された序は、底本とした『花庵詞選』の序を踏襲するものであり、「探春慢」詞では「過苕霅、別鄭次皐諸君」に作る。

○康熙……付後　清・陳撰（生年不詳～一七五八）は字楞山、号は玉几、玉几山人。浙江寧波の人で、後に揚州に居住し、詩と画を善くしたという（鄭偉章『文献家通考』、中華書局、一九九九年、二九九頁）。饒宗頤『詞集考』（中華書局、一九九二年、一九〇頁）は、「陳撰本、康熙五十七年戊戌玉几山人陳撰刻於広陵書局（陳撰本は、康熙五十七年戊戌、玉几山人陳撰 広陵書局に刻す）」といい、また「洪正治本、雍正五年丁未歙県陔華洪正治序刊、実即洪氏得陳撰旧板而改其序跋付印（洪正治本は、雍正五年丁未、歙県の陔華洪正治の序刊、実は即ち洪氏 陳撰の旧板を得て其の序跋を改め付印す）」という。提要が陳撰の刊刻を「康熙甲午（五十四年、一七一四）」とするのは、『白石詞集』末の跋に「康熙甲午秋禊日、玉几山人陳撰書」とあるのに基づく。陳撰の姜夔の詩詞合刻本は曾時燦の序を付したものがあり、その序に「白石道人自定詩一巻、僅一鏤板于同時臨安陳起、故流伝絶鮮。……此為銭塘陳氏玉几山房勘定本、最為完善。洎石帚詞一巻、亦多世本所未見者。爰請合刻之広陵書局以行。……康熙戊戌五月、竜渓曾時燦二銘識（白石道人自定詩一巻、僅かに一たび同時の臨安の陳起に鏤板せらるるのみにして、故に流伝絶だ鮮なし。……此れ銭塘の陳氏玉几山房の勘定本と為し、最も完善と為す。洎石帚詞一巻も、亦た世本の未だ見ざる所の者多し。爰に請いて之れを広陵書局に合刻し以て行わしむ。……康熙戊戌五月、竜渓曾時燦二銘識す）」とある（『箋校』の「各本序跋」、該書一八九頁による）。『詞集考』は、曾時燦序によって陳撰本の出版事項を記したため、提要と差違を生んだのである。

○此本……完善　『箋校』の「版本考」（一六四頁）に鄭文焯の所説を引用して「以提要所拠為善本者、当即陸淳川乾隆癸亥従元鈔録版、同時許宝善因以進呈。以其所刊譜式大似宋槧、故目之最為完善也（提要拠る所の善本と為す者を以てするに、当に即ち陸淳川の乾隆癸亥に元鈔に従いて録版するものなるべく、同時に許宝善因りて以て進呈す。其の刊する所の譜式を以てするに大いに宋槧に似、故に之れを目して最も完善と為すなり）」とあり、また夏氏も「四庫本出自陸本無疑（四庫本の陸本より出づること疑い無し）」という。「陸淳川乾隆癸亥従元鈔録版」というものは、陸淳川すなわち陸鍾輝が乾隆癸亥（八年、一七四三）に『白石道人歌曲』四巻と『詩集』『詩説』などを宋版の板式を摸倣して合刻した版本であり、その『白石道人歌曲』は元の陶宗儀による写本に由来するものである。夏氏がいう「陸本」は陸鍾輝刻本の略称である。なお四部叢刊本は、陸本の板木を得た江春が乾隆三十六年（一七七一）に「集評」などを増刻して印行した版本の影印である。

○疑後人所掇拾也　『箋校』の「版本考」（一六〇頁）に「別集一巻不著刻板年代、四庫提要疑其出於後人掇拾。今拠其中有年代可考者、最後為卜算子梅花八詠、開禧三年作、別集当刻于此年之後（別集一巻は刻板の年代を著わさず、四庫提要は其の後人の掇拾に出でんと疑う。今其の中の年代の考うべき者有るに拠れば、最後は「卜算子」梅花八詠、開禧三年の作と為す。別集は当に此の年の後に刻すべし）」という。

○律呂　音高を示す音名。「越九歌」ではこの音名を歌詞の側に付すことで旋律が表記されている。

○指法　琴などの弾奏楽器を演奏する時の指遣いを意味するが、ここでは古琴の楽譜である「減字譜」を指す。音高や奏法を記号化して記す音符。

○拍　『白石道人歌曲』に用いられる音符（旁譜・字譜）は、実際には拍のみではなく、音高を示す音符に拍を示す記号を組み合わせる形式になっている。ここではそのことが明らかではなかったため「拍」とのみいったものであろう。

○宋代曲譜今不可見　宋詞の楽譜は現在『白石道人歌曲』しか伝わっていない。その他「宋代の曲譜」に関する資料は、南宋・張炎『詞源』や南宋・陳元靚編『事林広記』にも見える。

○似波似磔　「波」と「磔」は書法の運筆のひとつである「はらい」をいう。「波磔」と称することが多い。

○西域旁行字　西方諸国の横書きの文字。

○懸解　明らかに悟ること。唐・張説の「延州豆盧使君万泉県主薛氏神道碑」に「紘綖紃組之製、涾毛醞羞之品、一見懸解（紘綖紃組の製、涾毛醞羞の品、一見して懸解す）」とある。

○分刌　区切り。『漢書』巻九「元帝紀」の論賛に「鼓琴瑟、吹洞簫、自度曲、被歌声、分刌節度、窮極幼眇（琴瑟を鼓し、洞簫を吹き、自ら曲を度し、歌声に被らしめ、分刌節度、幼眇を窮極す）」とあり、三国呉・韋昭の注に「刌、切也。謂能分切句絶為之節制也（刌は、切なり。能く句絶を分切し之れが節制を為すを謂うなり）」という。

○魯鼓……其譜　『礼記』投壺篇の末尾に魯と薛の国において鼓を打つ時の節拍を○や□の印で示したものがあるのをいう。

○旧本……録焉　『箋校』の「白石詩文雑著版本考」（一七七頁）に「詩説一巻、旧付刻詞集之首。四庫全書嫌為不倫、移付詩集之末。陸鍾輝、倪鴻、許増諸本、皆次在詩集之後、歌曲之前。以詩説付載集中、殆始於陸本也（「詩説」一巻、旧と詞集の首に付刻す。四庫全書嫌いて倫ならずと為し、移して詩集の末に付す。陸鍾輝、倪鴻、許増の諸本、皆な次して詩集の後、歌曲の前に在り。「詩説」を以て集中に付載すること、殆ど陸本に始まるなり）」とあり、また前述のごとく陸鍾輝本は『四庫全書』編纂前の乾隆八年に刊刻されているので、「旧本」とは陸鍾輝本を指していよう。『四庫全書総目』は巻一六二の「白石詩集一巻付詩説一巻」条に、「観其所論、亦可以見夔於斯事所得深也（其の所論を観るに、亦た以て夔の斯の事に於いて得る所深きを見るべきなり）」と述べて姜夔の「詩説」を評価し、「詩説」の付録について「夔又有詩説一巻、僅二十七則、不能自成巻帙、旧付刻詞集之首。然既有詩集、則付之詞集為不倫。今移付此集之末、俾従其類（夔に又た詩説一巻有り、僅かに二十七則にして、自ずから巻帙を成す能わず、旧と詞集の首に付刻す。然れども既に詩集有れば、則ち之れを詞集に付するは倫《たぐい》ならずと為す。今移して此の集の末に付し、其の類に従わしむ）」と説明している。

○白石道人詩集　『白石道人詩集』は、南宋・陳振孫『直斎書録解題』巻二十に「三巻」と著録されているが、三巻本は現存しない。南宋の陳起の編刻した『江湖集』に『白石道人詩集』一巻があり、宋版が伝来する。陸鍾輝は竄入の作品を除外して上下二巻と「集外詩」一巻を編して『白石道人歌曲』と合刻した。

【参考】

村上哲見『宋詞研究　南宋篇』第三章「姜白石詞論」、創文社、二〇〇六年十二月。

村越貴代美「姜夔の楽論における琴楽」、『風絮』第二号、二〇〇六年三月。

明木茂夫「南宋姜夔『白石道人歌曲』の旋律復元―解釈とアレンジの狭間で」、『楽は楽なり2―中国音楽論集・古楽の復元』、好文出版社、二〇〇七年。

村越貴代美「琴と韻―姜夔の文芸、その理論と実践と継承について」、『慶應義塾大学日吉紀要　中国研究』九号、二〇一六年。

村越貴代美「漢陽時代の姜白石」、『学芸国語国文学』第四十八号、二〇一六年三月。

張紅梅「姜夔『越九歌』的音楽学分析」、『中国音楽学』二〇〇五年第三期、二〇〇五年七月。

李暢「管窺姜白石自度曲的音楽特徴」、『大衆文芸』二十二期、二〇一一年三月。

趙玉卿「関于姜白石俗字譜歌曲的宮調与音階研究」、「南京芸術学院学報（音楽与表演）」二〇一三年第一期、二〇一三年二月。

趙玉卿「姜白石俗字譜歌曲訳譜之節奏研究」、『音楽芸術』二〇一四年第二期、二〇一四年六月。

劉崇徳等編『唐宋楽古譜集成』第二輯第一冊、黄山書社、二〇一六年。


（芳村弘道）

○散花庵詞

【原文】

散花菴①詞一巻　安徽巡撫採進本

宋黄昇撰。昇字叔暘、號玉林、又號花菴詞客。以所居有玉林、又有散花菴也。毛晉刊本、以昇作昃、以叔暘作叔陽。而諸本實多作黃昇。考花菴絶妙詞選、舊傳刻本、題曰黃曻②。又詩人玉屑、前有昇序。世所傳翻刻宋本、猶鉤③摹當日手書、亦作黃曻②。檢詞選序末、尚有當時姓氏④小印、實作曻⑤字。蓋許愼說文、昇字篆文作曻⑤。昇特以篆體署名⑥、故作曻字②。晉不考六書、妄改作昃、殊爲舛謬。至叔陽乃盧炳之字、炳卽撰烘堂詞者⑦。晉乃移而爲昇字⑧、益⑨桃僵李代矣。昇所選絶妙詞、末附以己詞四十首。蓋用王逸編楚詞⑩、徐陵編玉臺新詠、芮挺章編國秀集之例。此本全錄之、惟旁⑪摭他書、增入三首耳。昇早棄科擧、雅意歌詠。曾以詩受知游九功。見胡德方所作詞選序。其詞亦上逼少游、近摹白石。九功贈詩、所云晴空見冰柱者、庶幾似之。德方序、又謂閩帥樓秋房、聞其與魏菊莊相友、以泉石淸士目之。按菊莊名慶之、建安人。卽撰詩人玉屑者。梅磵詩話、載慶之過玉林詩絶句云、一歩離家是出塵、幾重山色幾重雲、沙溪清淺橋邊路、折得梅花又見君。則昇必慶之之同里、隱居是地。故獲見稱於閩帥。又游九功、亦建陽人。其荅叔暘五言古詩一首、尚載在詩家鼎臠。是昇爲閩人、可以考見。朱彝尊詞綜、及近時厲鶚宋詩紀事、均未及詳其里籍。今附著於此焉。

【校記】

①菴＝庵（殿版・津前）※以下同じ　②叜＝叜（広東）、叟（津前）　③鉤＝鈎（殿版）　④姓氏＝姓名（津前・溯前）　⑤叜＝叜（広東）、叟（殿前）、叟（津前）、叟（溯前）　⑥名＝字（殿版）　⑦卽撰哄堂詞者＝有哄堂詞已別著録（殿前・津前・溯前）　⑧昇字＝昇之字（溯前）　⑨益＝葢（津前）　⑩詞＝辭（溯前）　⑪㫄＝旁（殿前・殿前・津前・溯前）　⑫冰＝氷（津前）　⑬按＝案（津前）　⑭磵＝澗（殿版・殿前）間（津前）　⑮過＝道（津前）　⑯邊＝邉（津前）　⑰慶之之＝慶之（殿前・津前・溯前）　⑱荅＝答（殿版・殿前・津前・溯前）　⑲古詩＝古（殿前・津前・溯前）

○本訳注の底本の浙江書局本と広東書局本は、本書の提要を『梅渓詞』『石屏詞』条の次に配するが、殿版・文津閣の提要は、『梅渓詞』と『石屏詞』の間に配する。また文淵閣・文溯閣の本書の提要は、本来あるべき書前にはなく、前条の『梅渓詞』の書前提要の後に付されている。なお『四庫全書総目彙訂』は、「底本与文淵閣庫書次序不符。文淵閣庫書与殿本均置於『石屏詞一巻』条之前（底本は文淵閣庫書の次序と符せず。文淵閣庫書と殿本と均しく『石屏詞一巻』条の前に置く）という（六八〇九頁）。

【訓読】

『散花庵詞』一巻　安徽巡撫採進本

宋の黄昇の撰。昇 字は叔暘、玉林と号し、又た花庵詞客と号す。居る所に玉林有り、又た散花庵有るを以てなり。毛晋の刊本、昇を以て昃に作り、叔暘を以て叔陽に作る。而れども諸本実に多く黄昇に作る。考うるに花庵の『絶妙詞選』は、旧伝の刻本、題して黄曻と曰い、又た『詩人玉屑』は、前に昇の序有り。世に伝うる所の翻刻宋本は、猶お当日の手書を鉤模するがごとくにして、亦た黄曻に作る。詞選の序の末を検するに、尚お当時の姓氏の小印有りて、実に曻字に作るのみ。蓋し許慎の『説文』は、昇字の篆文曻に作る。昇は特だ篆体を以て名を署し、故に曻字に作る。晋は六書を考えず、妄りに改めて昃に作るは、殊に舛謬と為す。叔陽に至りては乃ち盧炳の字にして、炳は即ち『哄堂詞』を撰せし者なり。晋の乃ち移して昇の字と為すは、益《ますま》す「桃僵れて李代わる」なり。

昇の選する所の『絶妙詞』は、末に付するに己の詞四十首を以てす。蓋し王逸の『楚詞』を編み、徐陵の『玉台新詠』を編み、芮挺章《ぜいていしょう》の『国秀集』を編むの例を用うるならん。此の本全く之れを録し、惟だ旁ら他書に摭《ひろ》いて、三首を増入せしのみ。

昇は早に科挙を棄て、雅に歌詠を意とす。嘗て詩を以て知を游九功に受く。胡徳方の作る所の『詞選』の序に見ゆ。其の詞は亦た上は少游に逼り、近きは白石を模す。九功の詩を贈るに云う所の「晴空に冰柱を見る」者は、之れに似たるに庶幾《ちか》からん。徳方の序に、又た謂えらく「閩帥の楼秋房、其の魏菊荘と相い友とするを聞き、泉石清士を以て之れを目す」と。按ずるに菊荘 名は慶之、建安の人なり。即ち『詩人玉屑』を撰せし者なり。『梅磵詩話』に、慶之の「玉林に過る」詩絶句を載せて云う、「一歩家を離るれば是れ出塵、幾重の山色 幾重の雲、沙渓清浅たり 橋辺の路、梅花を折り得て又た君に見ゆ」と。則ち昇は必ず慶之の同里にして、是の地に隠居す。故に閩帥に称せらるるを獲。又た游九功も、亦た建陽の人なり。其の叔暘に答うる五言古詩一首は、尚お載せて『詩家鼎臠《ていれん》』に在り。是れ昇の閩人たること、以て考見すべし。朱彝尊の『詞綜』、及び近時の厲鶚《れいがく》の『宋詩紀事』、均しく未だ其の里籍を詳らかにするに及ばず。今此に付著す。

【訳】

『散花庵詞』一巻　安徽の長官が朝廷に献上した本

宋の黄昇の著。昇の字は叔暘、玉林と号し、また花庵詞客とも号した。住まいに玉林や散花庵があったからである。毛晋の刊本は、昇を昃とし、叔暘を叔陽としている。しかしながら諸本は実際に黄昇とするものが多い。花庵の『絶妙詞選』を調べると、昔から伝わる刻本は、題して黄曻とある。また『詩人玉屑』には、前に昇の序があり、世間に伝わる宋本の翻刻本は、その当時の手書きの文字をなぞっているようで、また黄曻とある。詞選の序の末には、当時の姓氏小印があり、実に曻の字に作っている。おもうに許慎の『説文解字』は、昇字の篆文を曻に作る。昇はただ篆書体で署名しただけで、だから曻の字に作るのだ。晋が字体を調べることなく、妄りに改めて昃としたのは、まことに誤りである。叔陽に至っては盧炳の字であって、炳は『哄堂詞』を著した人物である。晋が移しかえて昇の字としたのは、ますます「桃僵れて李代わる」というものである。

昇が選んだ『絶妙詞（選）』は、末に自分の詞四十首を付録している。思うに王逸が『楚辞』を編纂し、徐陵が『玉台新詠』を編纂し、芮挺章が『国秀集』を編纂した例にならったのであろう。これは全て『絶妙詞選』収録の四十首を著録し、ただ他の書籍から広く拾い、三首を増補しているだけである。

昇は若くして科挙に応じることをやめ、つねに歌詠に意を注いだ。かつて詩で游九功の知遇を得た。胡徳方が書いた『詞選』の序に見える。彼の詞は昔（の詞人）では少游（秦観）に迫り、近頃（の詞人）では白石（姜夔）に似ている。九功が詩を贈って、「晴れた空につららを見る」というのは、これに似ているようだ。徳方の序には、また「閩帥の楼秋房は、彼が魏菊荘と友人であることを聞き、泉石清士と評した」とある。調べてみると菊荘の名は慶之といい、建安の人である。即ち『詩人玉屑』を編纂した人物である。『梅磵詩話』には、慶之の「玉林に過る」の絶句を載せて、「一歩家を離るれば是れ出塵、幾重の山色幾重の雲、沙渓清浅たり橋辺の路、梅花を折り得て又た君に見ゆ」というところを見ると、昇は必ずや慶之と同里なのであり、この地に隠居したのだ。だから閩帥からの称揚を得たのである。また游九功も、建陽の人である。彼が叔暘に答えた五言古詩一首は、『詩家鼎臠』に載っている。黄昇が閩の人であることは、これによって考証できる。朱彝尊の『詞綜』も、近頃の厲鶚の『宋詩紀事』も、どちらもまだ彼の里籍をあきらかにしていないので、今ここに付して述べた。

【注】

○安徽巡撫採進本　安徽の巡部が朝廷に献上した本。「巡部採進本」については本訳注稿（一）「珠玉詞」の「江蘇巡部採進本」（『風絮』第八号七十八頁）を参照。

○黄昇　南宋の人。一一九六？～一二四九以後。字は叔暘、号は玉林、花庵詞客。晋江（福建省泉州市）の人。四庫全書は彼の著作として『花庵詞選』も収録している。本訳注稿（六）「花庵詞選」条（『風絮』第十三号一四二頁）を参照されたい。

○以所……花庵也　散華庵および玉林が黄昇の住まいであったことについては、明・毛晋がすでに『宋六十名家詞』第三集所収「散花庵詞」の跋に「顧其居曰散華庵（顧みるに其の居は散華庵と曰う）」と言う。南宋・馮取洽の「二月二日寿玉林（二月二日 玉林に寿す）」の詞序のある「沁園春」詞に「立玉林深、散花庵小、中有翛然自在身（玉林の深きに立つ、散花庵は小さく、中に翛然たる自在の身有り）」の句があり、また「用前韻謝魏菊荘（前韻を用いて魏菊荘に謝す）」の詞序のある「沁園春」詞に「双渓約玉林梅（双渓 玉林の梅に約す）」の句があるところを見ると梅が植えられていたのだろう。黄昇自身も「戯題玉林（戯れに玉林に題す）」の詞序のある「酹江月」詞に「玉林何有、有一彎蓮沼、数間茅宇（玉林何の有るところぞ、一彎の蓮沼、数間の茅宇有り）」とその景色を詠じている。

○毛晋……叔陽　明・毛晋『宋六十名家詞』所収「散花庵詞」は、提要が述べる通り、名は黄昃、字は叔陽に作る。なおここから「桃僵李代矣」まで、文淵閣本・文津閣本『花庵詞選』の書前提要とほぼ同文である。本訳注稿（六）「花庵詞選」の【校記】（『風絮』第十三号一四三頁）に文津閣書前提要の全文を載せているので参照されたい。

○考花庵絶妙詞選旧伝刻本　黄昇の『唐宋諸賢絶妙詞選』十巻と『南渡以来絶妙詞選』十巻とを合わせて「花庵絶妙詞選」と称している。ここに言う「旧伝刻本」は明刻本を指すであろうが特定は難しい。なお『四庫全書』に著録する「花庵詞選二十巻　内府蔵本」が、『中華再造善本』および『宋元閩刻精華』に影印収録される、北京国家図書館所蔵の宋版であろうことについては、本訳注稿（六）「花庵詞選」の「内府蔵本」の注（『風絮』第十三号一四二頁）を参照されたい。

○詩人玉屑　南宋・魏慶之が編集した詩話。『四庫全書』には『詩人玉屑二十巻　内府蔵本』を著録し、その提要の冒頭には「宋魏慶之撰。慶之字醇甫、号菊荘。建安人。是編前有淳祐甲辰黄昇序〔案昇字原本作昜。蓋偶従篆体。説在昇花庵詞条下〕。称其有才而不屑科第、惟種菊千叢、日与騒人逸士觴詠於其間。蓋亦宋末江湖一派也（宋の魏慶之の撰。慶之 字は醇甫、菊荘と号す。建安の人なり。是の編は前に淳祐甲辰（四年、一二四四年）の黄昇の序有り〔案ずるに昇の字は原本は㬰に作る。蓋し偶ま篆体に従う。説は昇の花庵詞の条下に在り」。其の才有れども科第を屑《いさぎよ》しとせず、惟だ菊千叢を種え、日に騒人逸士と其の間に觴詠すと称す。蓋し亦た宋末の江湖の一派なり）」とあり、本条の後出の文章と重なる。

○世所……曰昇　四庫館臣が見た「翻刻宋本」の『詩人玉屑』とは古松堂本であろう。これは封面に「宋板重雕」と銘打つが実は元刊本系統の逓修本である（住吉朋彦「『詩人玉屑』版本考」（『斯道文庫論集』第四十七輯、二〇一二年）参照）。古松堂本が基づいた処順堂本『詩人玉屑』の黄昇の序は「淳祐甲辰長至日／玉林黄㬰叔暘序」とする。宋末元初刊本系統にある日本寛永十六年（一六三九）刊本の「昇」字は「㬰」となっている。「鉤模」は敷き写しすること。

○詞選……昇字　南宋淳祐九年刊『中興以来絶妙詞選』（『宋元閩刻精華』）の黄昇の「絶妙詞選序」には、篆書体の「黄昇」「花庵」「玉林」の三顆の印がある。

○許慎……六書　後漢・許慎が著した字書『説文解字』は、親字は小篆で掲載する。四庫全書は『説文解字』三十巻として北宋・徐鉉が校訂した大徐本を著録しており、その日部の新付字の「昇」字は、「絶妙詞選序」の印文と同じである。「六書」は、古文・奇字・篆書・隷書・繆篆・鳥虫書の六種類の書体。

○至叔陽……詞者　盧炳は南宋の人。生卒年不詳。字は叔陽、醜斎と号した。「哄堂詞」の提要には「宋盧炳撰。炳字叔陽、其履貫未詳、時代亦無可考（宋の盧炳の撰。炳 字は叔陽、其の履貫未だ詳らかならず、時代も亦た考すべき無し）」とある。

○桃僵李代　桃が倒れて李の木がとって代わる。本末転倒。ここでは、「叔」の一字が同じで、「陽」と「暘」とが似ているために、黄昇の字を間違えたことを言う。成語の「李代桃僵」を借用した表現。「李代桃僵」は、楽府「鶏鳴」の「虫来嚙桃根、李樹代桃僵。樹木身相代、兄弟還相忘（虫来たりて桃の根を嚙めば、李樹 桃に代わりて僵る。樹木すら身相い代わるに、兄弟還《かえ》って相い忘る）」により、兄弟が助け合うべきことを言ったり、『孫子』の三十六計の一つとして、不要な部分を犠牲にすることを言ったりする。
○蓋用……之例　王逸は後漢の人。字は叔師。『楚辞章句』を著した。これは前漢・劉向が編纂した戦国楚・屈原等『楚辞』十六巻に注釈したものであるが、巻十七に自作の「九思」を収める。徐陵は南朝陳の人。五〇七～八三。字は孝穆。梁の簡文帝に近侍していた時、その命によって『玉台新詠』十巻を編んだ。その巻八に「徐孝穆雑詩四首」として自作を収める。芮挺章は唐の人。天宝三年に『国秀集』三巻を編んだ。その巻下に「芮挺章」として「江南弄」「少年行」の自作二首を収録する。『四庫全書総目』巻一八六「国秀集三巻」の提要には「唐以前編輯総集以己作入選者。始見於王逸之録楚辞、再見於徐陵之撰玉台新詠。挺章亦録己作二篇、蓋仿其例。然文章論定、自有公評。要当待之天下後世。何必露才揚己、先自表章。雖有例可援、終不可為訓（唐以前に総集を編輯して己の作を以て選に入るる者は、始めて王逸の『楚辞』を録するに見え、再び徐陵の『玉台新詠』を撰するに見ゆ。挺章も亦た己の作二篇を録するは、蓋し其の例に仿えるならん。然れども文章の論定は、自ら公評有り。要《かなら》ず当に之れを天下後世に待つべし。何ぞ必ずしも才を露し己を揚げ、先ず自ら表章せん。例の援くべき有りと雖も、終に訓と為すべからず）」と批判している。
○昇所……三首耳　提要の言う四十首は毛晋の識語によっている。ただし、黄昇の『中興以来絶妙詞選』巻十の末には「黄叔暘」として三十八首を収録する。毛晋『宋六十名家詞』の『散花庵詞』はそれに「木蘭花慢」、「水調歌頭」、「満庭芳」二首、「清平楽」の五首を加えて四十三首を収録する。毛晋の識語に「嘗選唐宋詞及中興以来詞各十巻曰絶妙詞選、末載自製詞四十首（嘗て唐宋詞及び中興以来詞各十巻を選して『絶妙詞選』と曰い、末に自製詞四十首を載す）」とあるため、四庫館臣は三首を加えたと誤ったのであろう。なお、黄昇の自序には「親友劉誠甫謀刊諸梓、伝之好事者、此意善矣。又録余旧作数十首付於後、不無珠玉在側之愧。有愛我者、其為刪之（親友劉誠甫 諸れを梓に刊し、之れを好事者に伝えんと謀る、此の意 善し。又た余が旧作数十首を録して後に付するは、珠玉側に在るの愧 無きにあらず。我を愛する者有らば、其れ為に之れを删れ）」と言う。
○昇早……詞選序　『唐宋諸賢絶妙詞選』の冒頭にある「詞選序」末には「淳祐巳酉上巳前進士胡徳方季直」とあり、その序中に「玉林蚤棄科挙、雅意読書、間従吟詠自適。閣学受斎游公、嘗称其詩為晴空氷柱（玉林蚤《はや》くに科挙を棄て、雅に読書を意とす、間ま従《ほしいまま》にして吟詠自適す。閣学の受斎游公、嘗て其の詩を称して晴空氷柱と為す）」とあるのを節略している。ただし、文淵閣本・文津閣本ともに胡徳方の序を収録しておらず、『宋元閩刻精華』本によった。游九功受斎については後の注を参照。
○其詞……似之　黄昇の詞に対する四庫館臣の評である。少游は北宋の秦観の字。白石は南宋の姜夔の号。游九功及び「晴空見氷柱」句を含む「答黄叔暘」詩については後の「又游九功……鼎彝」注を参照。
○徳方……目之　『唐宋諸賢絶妙詞選』の胡季直の「詞選序」には先の「為晴空氷柱」に続けて「閩帥秋房楼公、聞其与魏菊荘為友、併以泉石清士目之。其人如此、其詞選可知矣（閩帥秋房楼公、其の魏菊荘と友たるを聞き、併せて泉石の清士を以て之れを目す。其の人此くの如ければ、其の詞選知るべし）」とある。閩帥すなわち福建安撫使の楼秋房なる人物については不詳。
○按菊荘……是地　魏慶之は南宋の人。生卒年不詳、字は醇甫、菊荘と号した。建安（福建省建甌市）の人。『詩人玉屑』は前掲の「世所……曰昇」の注を参照。南宋・韋居安『梅磵詩話』巻中に「建安魏醇父慶之、号菊荘、有吟稿行於世。所著詩人玉屑、編類精密、諸公多称之。壺山詹夢璧子蒼与之同里。……菊荘与玉林黄叔暘友善、有過玉林詩云、一歩離家是出塵、幾重山色幾重雲。沙渓清浅橋辺路、折得梅花又見君。亦有新意（建安の魏醇父慶之、号は菊荘、吟稿の世に行わるる有り。著す所の『詩人玉屑』は、編類精密にして、諸公多く之れを称す。壺山の詹夢璧子蒼は之れと同里なり。……菊荘と玉林黄叔暘と友として善く、「玉林に過る」詩有りて云う、一歩家を離るれば是れ出塵、幾重の山色 幾重の雲、沙渓清浅たり 橋辺の路、梅花を折り得て又た君に見うと。亦た新意有り）」とある。

○又游……鼎鑾　游九功は南宋の人。一一六三～一二四三。字は勉之、また禹成、受斎と号した。建陽（福建省南平市）の人。兄の游九言とともに岳麓書院において張栻に学び、湖北転運使、知鄂州、知泉州、刑部侍郎等を歴任した。「詞選序」に「閣学」と称するのは、宝謨閣直学士に除されたためである。『宋元学案』巻七十一に「荘簡游受斎先生九功」がある。四庫全書本『詩家鼎鑾』二巻の巻下「受斎游九功勉之」に収録する「答黄叔暘」詩は以下の通りで、「晴空見氷柱」はその第十六句である。

冥鴻倦雲飛、歛翼退遵渚。秋虫感時至、自野来在宇。老我久合帰、渓山況延佇。俯此沙水清、面被煙塵聚。龍断既衝衝、瀾倒亦訏訏。豈無砥中立、而不改風雨。忽忻遠寄声、秀句盈章吐。燦爛炯寒芒、晴空見氷柱。頗聞詞場筆、漫焉葉如土。黄粱枕上過、得之亦不処。独行固不移、猶在審去取。（冥鴻 雲飛に倦み、翼を歛め 退きて渚に遵う。秋虫 時の至るに感じ、野より来たりて宇に在り。老いたる我 久しく合に帰るべきに、渓山 況や延佇するをや。此の沙水の清きに俯せば、面は煙塵の聚まるを被る。龍断 既に衝衝たりて、瀾倒も亦た訏訏たり。豈に砥中の立つ無く、而も風雨改まらざらんや。忽ち忻《よろこ》ぶ 遠きより声を寄せ、秀句章に盈ちて吐くを。燦爛として寒芒に炯《かがや》き、晴空に氷柱を見る。頗る聞く詞場の筆、漫焉として葉 土の如し。黄粱枕上に過り、之れを得るも亦た処らず。独行 固より移さず、猶お審らかに去取するに在り。）

○是昇……里籍　清・朱彝尊『詞綜』巻十八所収の「黄昇」には「一作炅、字叔暘、号玉林、有散花庵詞一巻」、また清・厲鶚『宋詩紀事』巻六十九所収の「黄昇」には「昇、字叔暘、号玉林」云々とあって、いずれもその本貫等については記していない。

【参考】

薛泉「南宋詞人黄昇隠居的社会文化動因探析」、『河北大学学報（哲学社会科学版）』、二〇〇六年第一期。

趙雲「黄昇生平考」、『哈爾浜学院学報』、二〇〇八年第四期。
李淑清「黄昇『散華庵詞』探析」、『遵義師範学院学報』、二〇一三年第一期。

（松尾肇子）

○絶妙好詞箋

【原文】

絶妙好詞箋七巻　兵部侍郎紀昀家藏本

絶妙好詞①、宋周密編。其箋則國朝查爲仁、厲鶚所同撰也。密所編南宋歌詞、始於張孝祥②、終於仇遠、凡一百三十二家。去取謹嚴、猶在曾慥樂府雅詞、黄昇花菴詞選之上。又宋人詞集、今多不傳。併作者姓名、亦不盡見於世。零璣碎玉、皆賴此以存。於詞選中、最爲善本。初爲仁採摭諸書、以爲之箋。各詳其③里居出處、或因詞而考證④其本事、或因人而附載其佚聞、以及諸家評論之語與其人之名篇秀句不見於此集者、咸附錄之。會鶚亦方箋此集、尚未脱稾⑤。適遊天津、見爲仁所箋、遂舉以付之⑥。刪複補漏、合爲一書。今簡端竝⑦題二人之名、不没其助成之力也。所箋多泛濫旁渉、不盡切於本詞、未免有嗜博之弊。然宋詞多不標題、讀者每不詳其事。如陸游⑧之瑞鶴仙、韓元吉之水龍吟、辛棄疾之祝英臺近、尹煥之唐多令、楊恢之二郎神、非參以他書、得其源委、有不解爲何語者。其疎通⑨證明之功、亦有不可泯者矣。密有癸辛雜識⑩諸書⑪、鶚有遼史拾遺諸書⑫、皆已⑬著錄。爲仁、字心穀、號蓮坡、宛平人。康熙辛卯舉人。是集成於乾隆己巳、刻於庚午。鶚序⑭稱其尚有詩餘紀事如干⑮卷、今未之見。殆未成書歟。

【校記】

①絶妙好詞＝なし（淵前・遡前）　②於＝于（淵前、溯前）※以下同じ　③其＝作者（殿版）　④證＝証（殿版・淵前）　⑤脱稾＝脱稿（殿版・淵前・津前・溯前）　⑥付之＝附之（溯前）　⑦竝＝並（殿版・淵前・津前・溯前）　⑧陸游＝陸淞（淵前・津前）※今「淞」に従う　⑨踈通＝疏通（殿版・淵前・津前・溯前）　⑩雜識＝襍識（殿版・淵前）　⑪諸書＝なし（殿版）　⑫諸書＝なし（殿版）　⑬皆已＝皆別（淵前・津前・溯前）　⑭鶚序＝厲鶚（溯前）　⑮如干＝若干（津前）

【訓読】

『絶妙好詞箋』七巻　兵部侍郎紀昀家蔵本

『絶妙好詞』は、宋の周密の編。其の箋は則ち国朝の査為仁、厲鶚の同に撰する所なり。密の編む所の南宋歌詞は、張孝祥に始まり、仇遠に終わる、凡て一百三十二家なり。去取は謹厳にして、猶お曾慥の『楽府雅詞』、黄昇の『花庵詞選』の上に在り。又た宋人の詞集は、今多く伝わらず。併びに作者の姓名も、亦た尽くは世に見えず。零璣砕玉、皆な此れに頼りて以て存す。詞選中に於いて、最も善本と為す。

初め為仁 諸書より採摭し、以て之れが箋を為す。各の其の里居出処を詳らかにし、或いは詞に因りて其の本事を考証し、或いは人に因りて其の佚聞を付載し、以て諸家評論の語と其の人の名篇秀句の此の集に見えざる者に及びては、咸《み》な之れに付録す。会《たまた》ま鶚も亦た方に此の集に箋せんとし、尚お未だ脱稿せず。適《たまた》ま天津に遊び、為仁の箋する所を見、遂に挙げて以て之れに付す。複せるを刪し漏れるを補い、合わせて一書と為す。今 簡端に二人の名を並べ題し、其の助成の力をして没せざるなり。

箋する所は泛濫旁渉多く、尽くは本詞に切ならず、未だ嗜博の弊有るを免れず。然れども宋詞は多く題を標さざれば、読者は毎に其の事を詳らかにせず。陸淞の「瑞鶴仙」、韓元吉の「水龍吟」、辛棄疾の「祝英台近」、尹煥の

「唐多令」、楊恢の「二郎神」の如きは、参するに他書を以てし、其の源委を得るに非ざれば、何の語と為すかを解せざる者有り。其の疎通証明の功は、亦た泯《ほろ》ぶべからざる者有り。密に『癸辛雑識』の諸書有り、鶚に『遼史拾遺』の諸書有り、皆な已に著録す。為仁、字は心穀、号は蓮坡、宛平の人なり。康熙辛卯の挙人なり。是の集は乾隆己巳に成り、庚午に刻す。鶚の序に「其の尚お『詩余紀事』如干巻有り」と称するも、今 未だ之れを見ず。殆ど未だ書を成さざるか。

【訳】

『絶妙好詞箋』七巻 兵部侍郎の紀昀が家蔵する本

『絶妙好詞』は、宋の周密が編纂したものである。その注釈は国朝の査為仁、厲鶚が一緒に著したものである。周密が編纂した南宋の詞は、張孝祥に始まり、仇遠に終わる、全部で一百三十二家である。作品の選択は厳格で、曾慥の『楽府雅詞』、黄昇の『花庵詞選』よりも優れている。さらに宋人の詞集は、現在伝わらないものが多い。そのうえ作者の姓名も、やはり全ては世に知られていない。珠玉の小品は、いずれもこの書によって伝えられることになった。詞選中で、最も良い本である。

もともと査為仁は、諸書から取り集めて、それでこの集のために注釈をつけた。それぞれの作者の出身や出処進退を明らかにし、詞についてはその背景や物語を考証したり、作者についてはその逸話を付け加えたり、諸家による評論の語とその作者の名篇秀句でこの『絶妙好詞』が収録しないものについては、すべて付録している。たまたま厲鶚もやはりこの詞集に注釈をつけていて、まだ完成していなかった。偶然天津にやってきて、査為仁の注釈したものを見、とうとう(自分の注釈を)全部査為仁に与えた。(査為仁は)重複しているものは削除し足りないものは補い、合わせて一つの書物としたのである。今冒頭に二人の名前を並べて記載しており、(これは)厲鶚の助力を埋没させないようにしたためなのだ。

その注釈は広く渉猟しすぎており、すべてがその作品にぴったりのものというわけではなく、博覧強記を嗜好するあまりの弊害から免れてはいない。しかし宋詞は多くその主題とするところを標記していないので、読者はたいていその背景を詳しく知らない。陸淞の「瑞鶴仙」、韓元吉の「水龍吟」、辛棄疾の「祝英台近」、尹煥の「唐多令」、楊恢の「二郎神」のような作品は、他の書物を参照し、その作品の背景を知らなければ、いったいなにを言っているのか理解できないものがある。その分析解釈を行って(読者に背景が)わかるようにしたという功績は、やはり無視してはいけないのである。周密には『癸辛雑識』などの諸書があり、厲鶚には『遼史拾遺』などの諸書があって、いずれもすでに著録した。為仁は、字は心穀、号は蓮坡、宛平の人である。康熙五十年辛卯の年の挙人である。この集は乾隆十四年己巳の年に完成し、同十五年庚午の年に刊刻された。鶚の序に「彼(査為仁)にはほかに『詩余紀事』若干巻がある」と述べられるが、現在そのような書物をまだ見たことがない。おそらく完成しなかったのではないだろうか。

【注】

○兵部侍郎紀昀家蔵本　兵部侍郎の紀昀が所蔵していた本。本訳注稿(二)「安陸集」の「兵部侍郎紀昀家蔵本」の注(『風絮』第九号八十六頁)を参照。

○絶妙好詞　南宋・周密が編纂した詞選集。全七巻、百三十二家、三百八十首余の作品が収録される。清麗婉約な作品を多く集める。ただし、南宋末元初・張炎の『詞源』「雑論」に「近代詞人、用功者多。如陽春白雪集、如絶妙詞選、亦自可観、但所取不精一。豈若周草窓所選絶妙好詞之為精粋。惜此板不存、恐墨本亦有好事者蔵之（近代の詞人、功を用うる者多し。陽春白雪集の如き、絶妙詞選の如きも亦た自ら観るべきも、但だ取る所は精一ならず。豈に周草窓選ぶ所の絶妙好詞の精粋を為すに若かんや。惜しむらくは此の板存せず、恐らくは墨本も亦た好事の者有りて之れを蔵せん）」とあるように、早々に散佚したらしく、元代までの書目等には著録されない。明代に初めて個人の蔵書録にその名が見えるが、いずれも鈔本のようである。清・康熙二十四年（一六八五）になって、述古堂所蔵の鈔本をもとに、柯煜によって刊行された。また、ついで康熙三十七年（一六九八）には、銭謙益の家蔵鈔本が、高士奇によって刊行されている。詳細は後掲〔参考〕の張雁論文参照。

○周密　南宋末元初の人。一二三二～一二九八。字は公謹、草窓・四水潜夫などと号した。本訳注稿（六）「楽府補題」の「周密」の注（『風絮』第十三号一五六頁）を参照。

○査為仁　清の人。一六九三～一七四九。字は心穀、号は蓮坡。もとは浙江海寧の人だが、順天宛平（河北省）に仮住まいした。康熙五十年（一七一一）、順天の郷試に一番で合格した。讒言によって罪を得、八年後に釈放されて、天津の水西荘に居を移した。蔵書は万巻に及び、当時の名流と交際した。著作に『蓮坡詩話』『蔗塘未定稿』等がある。

○厲鶚　清の人。一六九二～一七五二。字は太鴻、号は樊榭。本訳注稿（四）「梅苑」の「厲鶚『宋詩記事』」の注（『風絮』第十一号一二二頁）を参照。

○張孝祥　南宋の人。一一三二～一一六九。字は安国、号は于湖居士。本訳注稿（五）「于湖詞」の「張孝祥」の注（『風絮』第十二号二二六頁）を参照。

○仇遠　南宋の人。一二四七～?。字は仁近、淳祐遺民などと号した。本訳注稿（六）「楽府補題」の「仇遠」の注（『風絮』第十三号一五七頁）を参照。

○曾慥楽府雅詞　曾慥は北宋末南宋初の人。北宋元祐年間?～一一五五。『楽府雅詞』は紹興二年に成書の詞選集。本訳注稿（五）「楽府雅詞」条（『風絮』十二号二三二～二四〇頁）を参照。

○黄昇花庵詞選　黄昇は南宋の人。一一九六?～一二四九以降。『花庵詞選』は淳祐九年（一二四九）に成書の詞選集。本訳注稿（六）「花庵詞選」条（『風絮』十三号一四二頁）、及び本誌所載の「散花庵詞」（一二三～一三三頁）参照。

○零璣砕玉　精緻で美しい文学作品。「零砕」は粉々に砕くこと、「璣」「玉」はともに美しい宝玉を指す。ここでは細々とした無名の作者の優れた作品を喩える。『四庫全書総目提要』巻一二二の「閑居録」でも「然零璣砕玉、往往可採（然れども零璣砕玉ありて、往往にして採るべし）」とみえる。

○里居出処　元々の戸籍（籍貫）と経歴（出処進退）。『絶妙好詞箋』では、各詞人ごとに、小伝が付され、字や号、出身や官歴等が記されている。

○本事　詩詞に関する背景や物語。本訳注稿（六）「克斎詞」の「本事」の注（『風絮』第十三号一四〇頁）を参照。

○佚聞　散佚して世の中に知られなくなった逸話。『四庫全書総目提要』巻七十の「益部談資」に「遺事佚聞、皆足資採摭（遺事佚聞、皆な採摭に資するに足る）」とある。

○適游天津　『絶妙好詞』の巻末に付された査為仁の息子査善長・査善和の跋文に「先君子究心詞学有年。是編因戊辰秋銭唐厲太鴻先生北来、假館於舍、先君子人事暇、相与篝灯茗椀、商確箋注、捜羅考訂、頗瘁心力。成書於己巳夏、即歿之前数日也。正欲授梓、不謂疾作、遽爾見背。今春検閲遺稿、手跡宛然、読之涕涙交并。因急付剞劂、用副先志焉（先君子 詞学に究心すること年 有り。是の編 戊辰の秋 銭唐の厲太鴻先生 北来し、假りて舎に館《やど》るに因りて、先君子 人事の暇、相い篝灯茗椀を与にし、箋注を商確し、考訂を捜羅し、頗る心力を瘁れしむ。書は己巳の夏に成り、即ち歿するの前数日なり。正に梓に授けんと欲して、疾の作《おこ》るを謂わず、遽爾《にわか》に背を見る。今春 遺稿を検閲するに、手跡 宛然として、之れを読むに涕涙 交并す。

因りて急ぎ剞劂《きけつ》に付し、用《もっ》て先志に副《そ》わんとす）」とあり、厲鶚と査為仁の交遊と箋注編纂と出版に至る経緯が語られる。

○簡端　書物や書簡の最初の所。冒頭。「簡」は書簡、「端」は初めの意。『四庫全書総目提要』巻三十三の「簡端録」に「是編皆其読書有得、即題識簡端、積久漸多、其門人天台王宗元鈔合成帙、因以簡端為名（是の編 皆な其の書を読みて得る有らば、即ち簡端に題識し、積むこと久しくして漸く多く、其の門人 天台の王宗元 合わせて鈔し帙と成し、因りて簡端を以て名と為す）」とある。なお、『四庫全書』所収の『絶妙好詞箋』の冒頭には、書名の後に続いて「宋周密原輯、宛平査為仁・銭塘厲鶚同箋」と記載されている。

○嗜博　博覧を嗜好する。『四庫全書総目提要』巻一二一の「却掃編」に「此書上巻載葉夢得所記俚語一条、中巻載王鼎嘲謔一条、下巻載翟巽詼諧一条、為例不純、自穢其書、是亦嗜博之一証矣（此の書 上巻に葉夢得の記する所の俚語一条を載せ、中巻に王鼎の嘲謔一条を載せ、下巻に翟巽の詼諧一条を載せるは、例たるに純ならず、自ら其の書を穢せり、是れ亦た嗜博の一証なり）」とある。

○標題　作品の題目を標《しる》すこと。とりわけ初期の詞では、詞牌名のみを記し、詠じた内容には言及しないことが多い。詞牌とは別に作品の読まれた場所や経緯など（「小題」「小序」等と呼ばれる）を記した最初期の作者の一人が北宋・張先であり、彼以後は次第に小題が付された作品が増えていく。なお、以下に挙げられる五作品のうち、韓元吉、尹煥と楊恢の作品については、小題が付されていない。後掲のそれぞれの〔注〕を参照。

○陸游之瑞鶴仙　陸游は南宋の人。一一二五～一二一〇。字は務観、号は放翁。本訳注稿（三）「放翁詞」の「陸游」の注（『風絮』第十号一〇七頁）を参照。ただし、ここで言及される「瑞鶴仙」詞は陸淞の作品である。陸淞は南宋の人。一一〇九～一一八二。字は子逸。陸游の長兄で、官は左朝請大夫に至った。『絶妙好詞箋』巻一には、「瞼霞紅印枕」で始まる「瑞鶴仙」一首が収録される。詞の本文の後には、南宋・陳鵠『耆旧続聞』巻十からの引用として、とある貴顕の宴席に招かれた陸淞とその家の家妓が、この作品をきっかけに結ばれるに至るエピソードが付されている。

○韓元吉之水龍吟　韓元吉は南宋の人。一一一八～一一八七。字は無咎、号は南澗。開封雍丘（河南省杞県）の人で、後に信州上饒（江西省）に移った。門下侍郎などを歴任し、官は吏部尚書に至った。『南澗甲乙稿』七十巻がある。『絶妙好詞箋』巻一所収の「雨余畳巘浮空」で始まる「水龍吟」詞には、詞牌名の下に「書英華事（英華の事を書す）」という小題が付される。また、本文の後に前出『耆旧続聞』や南宋・張邦基『墨荘漫録』、元・馬端臨『文献通考』が引用され、「英華」という名の美女の幽鬼が人々を惑わせたことに関する逸話が載る。

○辛棄疾之祝英台近　辛棄疾は南宋の人。一一四〇～一二〇七。字は幼安、号は稼軒。本訳注稿(三)「帰愚詞」の「京鏜、辛棄疾皆有此調」の注（『風絮』第十号九十一頁）を参照。『絶妙好詞箋』巻一には「宝釵分」で始まる「祝英台近」詞が収録され、辛棄疾がささいなことで追い出してしまった女性についての記事が、南宋・張端義『貴耳集』から引用される。

○尹煥之唐多令　尹煥は南宋の人。生卒年不詳。字は惟暁、号は梅津山人。長渓（福建省霞浦県）の人で、山陰（浙江省紹興市）に寓居した。嘉定十年（一二一七）の進士。通判寧国府、両浙運判などを歴任した。『梅津集』があったとされるが、現存しない。「蘋末転清商」で始まる「唐多令」詞は、『絶妙好詞箋』巻三に収録される。詞牌名の下に「苕渓有牧之之感（苕渓に牧之の感有り）」との小題が付され、本文の後には南宋・周密『斉東野語』から、彼がまだ進士に及第する前に馴染んだ妓女が、十年後に再会したときには既に嫁ぎ子をなしていた、という唐・杜牧（字は牧之）を彷彿とさせる逸話が引用されている。

○楊恢之二郎神　楊恢（『全宋詞』などは湯恢に作る）は南宋の人。生卒年経歴ともに不詳。字は充之、号は西村。眉山（四川省）の人。『絶妙好詞箋』巻五に収録する「瑣窓睡起」で始まる「二郎神」詞には、詞牌名の下に「用徐幹臣韻」との小題が付され、本文の後に南宋・王明清『揮麈余話』が引用される。そこには、本詞が用いた徐幹臣（名は伸）の「二郎神」詞が、徐には以前正妻と不仲なために離縁した侍女がおり、正妻が死んだので呼び戻そうとしたが、現主人がその女を殺してしまったことに慨嘆して作られたものであることが述べられている。

○源委　ある出来事の本末。『礼記』「学記」に「三王之祭川也、皆先河而後海。或源也、或委也、此之謂務本（三王の川を祭るや、皆な河を先にして海を後にす。或いは源なり、或いは委《すえ》なり、此れを之れ本を務むと謂う）」とあり、その鄭玄注に「源、泉所出也。委、流所聚也（源は、泉の出る所なり。委は、流れの聚まる所なり）」とある。

○疎通証明　分析して解き明かすことと、証拠をもとに真偽を明らかにすること。「疎」は「疏」に同じ。『漢書』「孟喜伝」に「同門梁丘賀疏通証明之（同門の梁丘賀 之れを疏通証明す）」とあり、その顔師古注に「疏通猶言分別也、証明明其偽也（疏通は猶お分別を言うがごときなり、証明は其の偽を明らかにするなり）」とある。

○癸辛雑識　南宋・周密の撰。前集一巻、後集一巻、続集二巻、別集二巻。『四庫全書総目提要』巻一四一の「癸辛雑識」によれば、杭州の癸辛街で書かれたものなので、この名になったという。記載されるのは瑣末な出来事ばかりであるが、当時の社会を知るための参考資料として価値がある。

○遼史拾遺　清・厲鶚の撰。『四庫全書総目提要』巻四十六の「遼史拾遺」によれば、この書は『遼史』の遺漏を拾い集めて、注釈や補遺を付したもの。やはり四庫館臣によって「亦未免嗜博愛奇、傷於泛濫（亦た未だ嗜博愛奇を免れず、泛濫に傷む）」と評されている。

○挙人　明清代においては、地方で行われる科挙の試験（郷試）に合格した人を指す語。

○鶚序称其尚有詩余紀事如干巻　『絶妙好詞箋』に付される厲鶚の「絶妙好詞箋序」に「津門査君蓮坡、研精風雅、耽玩倚声、披閲之暇、随筆劄記。輯有詩余紀事如干巻。于是編尤所留意、特為之箋（津門の査君蓮坡、風雅を研精し、倚声に耽玩し、披閲の暇に、随筆劄記す。輯に『詩余紀事』如干巻有り。是の編において尤も意を留むる所にして、特に之れが箋を為す）」と述べる。

【参考】

張雁『『絶妙好詞』版本考」、『古籍整理研究学刊』、東北師範大学古籍整理研究所、二〇〇一年第四期。

王之望「佳詞醇雅　箋助風流—略論査為仁、厲鶚的『絶妙好詞箋』」、『広西社会科学』、広西壮族自治区社会科学界聯合会、二〇〇九年第五期。

楊津「于作品汰選中見一代之詞史—論周密及其『絶妙好詞』」、『語文教学通訊』、山西師範大学、二〇一一年第四期。

陶子珍「周密『絶妙好詞』版本体例及編選心態析論」、『淡江中文学報』三十一号、淡江大学中文系漢学研究中心、二〇一四年。

張天琪「『志雅』—『絶妙好詞』的選編標準」、『理論与実践』、黒龍江教育、二〇一六年第三期。

（藤原祐子）

○花草粋編

【原文】

花草稡編二十二巻附録一巻①　禮部尚書曹秀先家藏本

明陳耀文編。耀文有經典稽疑、已著録。是編採掇唐宋歌詞、亦閒及於②元人、而所採③殊少。自序稱是集④因唐花閒集、宋草堂詩餘而起、故以花草稡編爲名。然使惟⑤以二書合編、各採其一字名書、已無義理、乃綜括兩朝⑥之詞、而以花字代唐字、以草字代宋字、衡以名實、尤屬未安。然⑦其書捃摭繁富、每調有原題者、必錄原題、或稍僻者、必⑧著採⑨自某書。其有本事者、併⑩列詞話於其後。其詞本不佳、而所塡實爲孤調、如縷縷金之類、則註⑪曰備題。編次亦頗不苟。蓋耀文於⑫明代諸人中、猶講考證之學、非嘲風弄月者比也。雖糾正之詳、不及萬樹之詞律、選擇之精、不及朱彝尊之詞綜、而裒輯之功、實居二家之前。創始難工、亦不容以後來掩矣。此本與天中記版⑬式相同、蓋猶耀文舊刻。而卷首乃有延祐四年陳良弼序、刊刻拙惡、僅具字形。而其文則仍耀文之語。蓋坊賈得其舊版、別刊一序弁其首、以僞爲元版耳。⑭

【校記】

①花草稡編二十二卷附錄一卷＝花草粹編十二卷（殿版）、臣等謹案花草稡編二十四卷（淵前、津前）、臣等謹案花草粹編二十四卷（溯前）　②於＝于（淵前）　③採＝采（淵前）　④自序稱是集＝耀文自稱其（淵前）　⑤使惟＝耀文（溯前）
⑥兩朝＝兩代（淵前）　⑦然＝第（溯前）　⑧必＝每（溯前）　⑨採＝采（殿版・淵前）　⑩併＝或（溯前）　⑪註＝注（溯前）
⑫於＝于（淵前・溯前）　⑬版＝板（殿版・淵前・津前）※以下同じ　⑭此本～版耳＝なし（溯前）

【訓読】

『花草稡編』二十二巻付録一巻　礼部尚書曹秀先家蔵本

明の陳耀文の編。耀文に『経典稽疑』有り、已に著録す。是の編は唐宋の歌詞を採掇し、亦た間ま元人に及ぶも、而れども採る所は殊に少なし。自序に称す 是の集は唐の『花間集』、宋の『草堂詩余』に因りて起こり、故に『花草稡編』を以て名と為すと。然れども惟だ二書のみを以て合編せしめ、各の其の一字を採りて書に名づくるは、已に義理無く、乃ち両朝の詞を綜括し、花字を以て唐字に代え、草字を以て宋字に代うるは、衡《はか》るに名実を以てすれば、尤も未だ安からざるに属す。然れども其の書は捃摭繁富、毎調原題有る者は、必ず原題を録し、或いは稍《や》や僻なる者は、必ず某書より採ると著す。其の本事有る者は、併せて詞話を其の後に列ぬ。其の詞は本《も》と佳ならざるも、塡する所実に孤調たること、「縷縷金」の如きの類は、則ち註して題に備うと曰う。編次も亦た頗る苟《かりそめ》にせず。蓋し耀文は明代の諸人の中に於いて、猶お考証の学を講じ、嘲風弄月の者の比に非ざるなり。糺正の詳は、万樹の『詞律』に及ばず、選択の精は、朱彝尊の『詞綜』に及ばずと雖も、裒輯の功は、実に二家の前に居る。創始は工なり難きも、亦た容《まさ》に後来を以て掩うべからず。此の本は『天中記』と版式相い同じくして、蓋し猶お耀文の旧刻ならん。巻首に乃ち延祐四年陳良弼の序有り、刊刻拙悪にして、僅かに字形を具うるのみ。而して其の文は則ち耀文の語に仍《よ》る。蓋し坊賈其の旧版を得、別に一序を刊して其の首に弁し、以て偽りて元版と為すのみ。

【訳】

『花草稡編』二十二巻付録一巻　礼部尚書曹秀先の家蔵本

明の陳耀文の編。耀文には『経典稽疑』があり、すでに著録した。この編著は唐宋の歌詞を拾い集め、またなかには元人の詞にも及んでいるが、収録している（元人の）作品数は少ない。自序にこの詞集は唐の『花間集』、宋の『草堂詩余』に触発されて編集したものであり、故に『花草稡編』を書名とするという。しかしただ二つの書物を単に一緒に合わせ、それぞれその一字を取って書物に名づけたというのでは、（命名に）道理が無く、また唐宋両朝の詞をまとめて、「花」字で「唐」字に代え、「草」字で「宋」字に代えたというのでは、名称と実質とから判断すると、まったく妥当であるとは言えないのである。しかしその書は採集することが豊富であり、どの詞調でも原題があるものについては、必ず原題を収録し、またあまり見かけない詞調の作については、必ず某某の書物から採ったと記している。作品に制作の背景があるものについては、あわせて詞話を作品の後ろに列している。詞は良い作品とは言えないものでも、「縷縷金」のように僻調であるものは、「題を備う」と注記して採録している。編集もまたいい加減ではない。思うに耀文は明代の人々の中では、まだしも考証の学を論じた人であり、風流事にうつつを抜かしている者たちの比ではない。誤りを正すことの詳細さでは、万樹の『詞律』に及ばず、詞の選択の精密さでは、朱彝尊の『詞綜』に及ばないが、さまざまな詞調や作品を集めたことの手柄は、実に万樹・朱彝尊二家の前にあるのである。初めて作り出すときは精巧にはなりにくいが、だからといって後に出来たより精巧なものでその功を掩いかくすべきではない。この本は『天中記』と版式が同じであり、思うに耀文の旧刻であろう。巻首に延祐四年の陳良弼の序文があるが、刊刻が劣悪であり、ただわずかに字形が見て取れるだけである。またその文は耀文の語のままである。おそらくは書商が本書の旧版を入手し、そこに別に一篇の耀文の序文を刻してその冒頭に付け、偽って元版としただけのことであろう。

【注】

○礼部尚書曹秀先家蔵本　礼部尚書の曹秀先の家蔵本。曹秀先（一七〇八～一七八四）は、字は恒所、芝田、冰持、号は地山、江西新建の人。乾隆元年に進士に及第し、翰林院編修、国子監祭酒、内閣学士、礼部尚書等を歴任し、四庫全書館総裁となった。乾隆帝は彼の業績に対し、「紫禁城騎馬」という待遇を与えている。

○陳耀文　明の人、一五二四?～一六〇五?。字は晦伯、号は筆山。河南省確山県の人。嘉靖二十九年（一五五〇）の進士で、中書舎人、按察司副使、陝西太僕寺卿等を歴任した。著書に『経典稽疑』『正楊』『学林就正』『学圃萱蘇』『天中記』『花草粋編』等がある。

○経典……著録　『四庫全書総目提要』巻三十三の「経典稽疑」に「此書取漢唐以来説経之異於宋儒者（此の書は漢唐以来の説経の異を宋儒に取る者なり）」とある。

○採掇　拾い集める。『四庫全書総目提要』巻一九七の「明人文断」に「皆採掇前人論文之語、鈔録而成（皆な前人の文を論ずるの語を採掇し、鈔録して成る）」とある。

○亦間……殊少　『花草粋編』中には、唐宋の詞人の作だけではなく、金章宗（一首）、高憲（一首）などの金代の人、また張雨（四首）、趙孟頫（一首）、邵亨貞（二首）など元代の詞人の作も収められている。

○自序称　陳耀文の自序に「繇花間草堂而起、故以花草命編（『花間』『草堂』に繇《よ》りて起こり、故に花草を以て編に命《なづ》く）」とある。

○花間集　五代・趙崇祚の編纂した詞選集。詳しくは本訳注稿（二）「花間集」条（『風絮』第九号一四四頁）を参照。

○草堂詩余　南宋末に編纂された詞の選集。元明代を通じて四十種近くの刊本があったと言われ、歴代の詞選集の中で最も多くの人に愛された選集であった。詳しくは、藤原祐子「『草堂詩余』と書会」（『日本中国学会報』第五十九集、二〇〇七年）、及び同「『草堂詩余』の類書的性格について」（『風絮』第三号、二〇〇七年）等の論文を参照。また本訳注稿（七）「類編草堂詩餘」の条（『風絮』第十四号二一七頁）を参照。

○綜括　ひとまとめにする。『四庫全書総目提要』巻二十九の「春秋四伝糺正」に「是歳之夏、復続作此書、以綜括大旨（是の歳の夏、復た続きて此の書を作り、以て大旨を綜括す）」とある。

○衡以……未安　名称と実質とから判断すると、妥当であるとは言えない。『四庫全書総目提要』巻二十七の「春秋讞」に「而加以推鞫之目、於名尤属未安（而して加うるに推鞫《きく》の目を以てすれば、名に於いて尤も未だ安からざるに属す）」とある。

○捃摭　採集すること。『史記』「十二諸侯年表序」に「及如荀卿孟子公孫固韓非之徒、各往往捃摭春秋之文以著書（荀卿、孟子、公孫固、韓非の徒の如きに及びては、各の往往春秋の文を捃摭して以て書を著す）」とある。

○繁富　豊富。『四庫全書総目提要』巻一九五の「唐詩紀事」に「而是集乃留心風雅、採摭繁富、於唐一代詩人、或録名篇、或紀本事、兼詳其世系爵里（而れども是の集は乃ち心を風雅に留め、採摭繁富にして、唐一代の詩人に於て、或は名篇を録し、或は本事を紀し、兼ねて其の世系爵里を詳らかにす）」とある。

○毎調……原題　たとえば『花草粋編』巻一（『四庫全書』所収二十四巻本に拠る）で、朱希真「春暁曲」の直後に張仲宗の「西楼月」詞を挙げ、詞牌下に「即春暁曲」と注し、また巻二十「念奴嬌」の項に曾覿の「壺中天」詞を挙げて「即念奴嬌」と注するなど、元の詞牌名をそのまま録していることをいうのであろう。

○或稍……某書　『花草粋編』巻一「明月斜」の作者名「呂洞賓」の下に「詩話総亀」とあり、また巻三「清商怨」に挙げる沈文伯詞の作者名下に「天機余錦」と記すなど、採録元の出典を明らかにしていることをいう。

○其有……其後　『花草粋編』巻四「卜算子」の蘇軾詞の後に「耆旧続聞云、趙右史云、余頃於鄭公実処、見東坡親蹟。書卜筭子断句云、寂寞沙汀冷。刊本作楓落呉江冷、詞意全不相属也（耆旧続聞に云う、趙右史云わく、余頃ろ鄭公実の処に於いて、東坡の親蹟を見る。卜筭子の断句を書して云う、寂寞として沙汀冷やかなりと。刊本は楓落ちて呉江冷やかなりに作り、詞意全て相い属せざるなり）」とあるなど、詞の後に詞話を引く例が多く見られる。

○如縷……備題　「備題」とは、あまり一般的には用いられない詞牌であっても参考のために採録することをいう。この「備題」という注が見えるのは「縷縷金」（巻四）だけであるが、『花草粋編』には「晴偏好」（巻二）、「惜春郎」（巻六）、「謫仙怨」（巻七）、「金蓮繞鳳楼」（巻十）、「鳳凰閣」（巻十四）など、他に作例の無いいわゆる僻調詞が多く見られる。『花草粋編』がこうした僻調詞を比較的多く採録しているのは、肖鵬『群体的選択—唐宋人詞選与詞人群通論』（鳳凰出版社、二〇〇九再刊、初版は文津出版社刊、一九九二）に「『花草粋編』兼選詞与訂譜二事（『花草粋編』は選詞と訂譜との二つのことを兼ねている）」と論じられているように、作詞の際に参考にする「詞譜」としての役割を持つことを意識していたからである。

○編次亦頗不苟　編集もまたいい加減ではない。陳耀文の自序に「其義例以世次為後先、以短長為小大、為巻一十有二、計詞三千二百八十余首（其の義例は世次を以て後先と為し、短長を以て小大と為し、巻一十有二を為し、詞を計うること三千二百八十余首なり）」と述べるように、原則として、詞牌の文字数順、また同一詞牌の中では作者の時代順に排列されていることをいう。

○嘲風弄月者　清らかな風を詠じ、名月を観賞する者。広く詩人を指す。ここではあまり学問が無く、風流事にのみうつつを抜かしている者といった意味で用いられている。『四庫全書総目提要』巻一七二の「方麓集」に「故其文章頗切実際、非模山範水、嘲風弄月之詞（故に其の文章は頗る実際に切にして、模山範水、嘲風弄月の詞に非ず）」とある。

○万樹之詞律　万樹及び『詞律』については本訳注稿（二）「詞律」条（『風絮』第九号一五三頁）を参照。

○朱彝尊之詞綜　朱彝尊及び『詞綜』については本訳注稿（七）「類編草堂詩余」条（『風絮』第十四号二一七頁）を参照。

○天中記　陳耀文が編纂した類書。『四庫全書総目提要』巻一三六の「天中記」に「此書援引繁富、而皆能一一著所由来、体裁較善。……然有明一代、称博洽者推楊慎。後起而与之争者、則惟耀文（此の書援引繁富にして、皆な能く一一由りて来たる所を著し、体裁較や善し。……然れども有明一代、博洽と称する者は推だ楊慎のみ。後起して之れと争う者は、則ち惟だ耀文のみ）」と称されている。またそのテキストについては「世所行本、皆五十巻、巻端亦不題次第、草略殊甚。蓋初刻未竟之本。惟此本作六十巻、与明史芸文志合。乃耀文之完書也（世に行わるる所の本は、皆な五十巻にして、巻端亦た次第を題せず、草略殊に甚し。蓋し初刻未だ竟《お》えざるの本ならん。惟だ此の本は六十巻に作り、『明史』「芸文志」と合す。乃ち耀文の完書なり）」と述べ、陳耀文の手元で完成された本とする。その『天中記』と同じ版式であることから、『花草粋編』も陳耀文の旧刻であると判断したのであろう。四庫全書本の『天中記』の底本は、万暦二十三年（一五九五）の屠隆校刻本であり、その版式は毎半行十一行、行二十一字であるから、四庫館臣が採録した『花草粋編』も同様の版式であったと考えられる。【参考】の朱仙林論文を参照。

○而巻首乃有延祐四年陳良弼序　陳良弼の序文は四庫全書本の『花草粋編』にのみ見えるが、文淵閣本の序文では年次の記載は見えず、文津閣本にのみ「時延祐四年歳在丁巳五月望日陳良弼識」と見える。なお延祐は元・仁宗朝の年号。その四年は一三一七年。明清代には同姓同名の人物がいるが、元の陳良弼については不詳。

○而其文則仍耀文之語　四庫全書本の陳良弼の序文は、陳耀文の自序とほぼ同じ文章である。陳耀文の自序では末尾に「時万暦癸未冬月之吉」とあり、明・万暦十一年（一五八三）冬に書かれたものである。

○蓋坊……版耳　提要は、書商が本書の旧版を入手して、そこに元代の年号が入った序文を付け、偽って元版としたとするが、【参考】の朱仙林論文では、単に序文を付したのではなく、明万暦十一年刊の十二巻本を重刻して『天中記』の版式に合わせたのであろうと推測している。

【参考】


黄慧禎「『花草粹編』版本源流考」、『大陸雜誌』第九十三巻第六期、一九九六年。

陶子珍『明代詞選研究』、秀威資訊科技、二〇〇三年。

丁放・鮑菁「論『花草粋編』選詞的主導傾向」、『安徽教育学院学報』第二十五巻第五期、二〇〇七年。

孫暁蕾「『花草粋編』版本述略」、『遼東学院学報（社会科学版）』第十二巻第三期、二〇一〇年。

江枰「関於『花草粋編』的幾個問題」、『寧夏大学学報（人文社会科学版）』第三十三巻第三期、二〇一一年。

張仲謀「文献価値与選本価値的悖離—論陳耀文『花草粋編』」、『文学遺産』二〇一二年第二期。

藤田優子「『花草稡編』の白話小説利用について」、『和漢語文研究』第十号、二〇一二年。

藤田優子「『花草新編』小考—分調本『草堂詩餘』の影響と『花草稡編』への継承—」、『和漢語文研究』第十四号、二〇一六年。

朱仙林「『花草粋編』版本源流探微」、『古籍整理研究学刊』二〇一八年第四期。


（萩原正樹）

○後山詞

【原文】

後山詞一巻　安徽巡撫採進本

宋陳師道撰。師道有後山叢談、已著録。其詩餘一巻、已附載集中。考陳振孫書録解題載後山詞一巻、宋史藝文志則稱爲語業一巻。而魏衍作師道集記、但及叢談理究、不及其詞。知宋時本集外別行也。胡仔漁隱叢話述師道自矜語、謂於詞不減秦七黄九。今觀其漁家傲詞有云、擬作新詞酬帝力、輕落筆、黄秦去後無強敵云云。自負良爲不淺。然師道詩冥心孤詣、自是北宋巨擘。至強回筆端、倚聲度曲、則非所擅長。如贈晁補之舞鬟之類①、殊不多見。其詩話謂、曾子開秦少游詩如詞。而不自知詞如詩。蓋人各有能有不能、固不必事事第一也。

【校記】

①舞＝歌（殿版）

【訓読】

『後山詞』一巻　安徽巡撫採進本

宋の陳師道の撰。師道に『後山叢談』有りて、已に著録す。其の詩余一巻、已に集中に附載す。考うるに陳振孫『書録解題』は『後山詞』一巻を載せ、『宋史』「芸文志」は則ち称して『語業』一巻と為す。而るに魏衍 師道の「集記」を作るに、但だ『叢談』『理究』に及ぶのみにして、其の詞に及ばず。知んぬ 宋の時 本集外に別行せるなり。胡仔『漁隠叢話』述ぶらく「師道 自ら矜語し、『詞に於て秦七黄九に減ぜず』と謂う」と。今 其の「漁家傲」の詞を観るに、「新詞を作り帝力に酬いんと擬す、軽やかに筆を落とす、黄秦 去りし後 強敵無し云云」と云う有り。自負すること良《まこと》に浅からずと為す。

然れども師道の詩は冥心孤詣し、自ら是れ北宋の巨擘《きょはく》なり。強いて筆端を回《めぐ》らし、声に倚りて曲を度するに至るは、則ち擅長する所に非ず。「晁補之の舞鬢に贈る」の類の如きは、殊に多くは見えず。其の『詩話』に謂う、「曾子開・秦少游の詩は詞の如し」と。而るに自ら詞の詩の如くなるを知らず。蓋し人 各の能くする有り 能くせざる有り、固より必ずしも事事に第一ならざるなり。

【訳】

『後山詞』一巻　安徽の長官が朝廷に献上した本

宋の陳師道の著。陳師道には『後山叢談』があり、すでに著録した。その詞一巻は、すでに作品全集の中に付録されている。考えるに、陳振孫『直斎書録解題』には『後山詞』一巻と載せてあり、『宋史』「芸文志」は『語業』一巻と称している。しかるに魏衍が陳師道の「集記」を作った際には、ただ『叢談』と『理究』に言及しているだけで、その詞には言及していない。このことから、宋の時代には本集の外に別に行なわれていたことがわかるのである。

胡仔『苕渓漁隠叢話』が述べるところによれば、「陳師道はみずから豪語し、『（自分は）詞において秦観や黄庭堅にひけをとらない』と言ったことがある」とのこと。今その「漁家傲」の詞を見てみると、「新詞を作り帝力に酬いんと擬す、軽やかに筆を落とす、黄秦 去りし後 強敵無し云々」とある。その自負心は、まことに並大抵のことではない。

しかるに、陳師道の詩は刻苦精励して独自の境地に至っており、おのずから北宋詩の大家である。とはいえ、無理に筆先を動かし、旋律にあわせて詞を作ろうとすることは、得意とする所ではない。「晁補之の舞鬟〔舞姫〕に贈る」のような佳作は、それほど多くは見えない。その『後山詩話』は「曾鞏（原文の曾子開は誤り）と秦観の詩はまるで詞のようだ」と言う。しかし、自分自身の詞がまるで詩のようであることがわからないのである。思うに、人はそれぞれに得手と不得手があり、もとより必ずしもすべての物事において一番であるわけではないのである。

【注】

○安徽巡撫採進本　安徽の長官が朝廷に献上した本。本訳注稿（三）「東堂詞」の「安徽巡撫採進本」の注（『風絮』第十号八十頁）を参照。なお『四庫採進書目』「安徽省呈送書目」に「後山詩集二十四巻、宋陳師道著」とある。

○陳師道　北宋の人、一〇五三〜一一〇一。字は履常、一に字は無己。号は後山。彭城（江蘇省徐州市）の人。蘇軾の門人で、「蘇門六君子」の一人に数えられる。詩人としては、杜甫を尊崇する江西詩派の代表的作者であり、黄庭堅と「黄陳」と並び称され、また黄庭堅、陳与義と共に「一祖三宗」の「三宗」の一人に数えられる。『宋史』巻四四四「文苑伝」に伝がある。伝記は、龍楡生編選『唐宋名家詞選』訳注稿（『風絮』別冊北宋編（一）三八六頁以下）をあわせて参照のこと。

○師道……著録　一般には『後山談叢』四巻。『四庫全書総目』巻一四〇、子部小説家類所収。ただし書名を『後山叢談』とする版本も存在するので、【訳】では原文の表記を尊重し、「叢談」のままとした。

○其詩……集中　『後山集』二十四巻は『四庫全書総目』巻一五四、集部別集類所収。そのうち巻二十四に「長短句四十九首」が収録されている。

○考陳……一巻　南宋・陳振孫『直斎書録解題』巻二十一に「後山詞一巻、陳師道撰」とある。

○宋史……一巻　『宋史』巻二〇八「芸文志」に「陳師道集十四巻、又語業一巻」とある。

○魏衍作師道集記　北宋・魏衍は陳師道と同じ彭城の出身で、陳師道の高弟。字は昌世、号は曲肱居士。「集記」の正式名称は「彭城陳先生集記」で、北宋・任淵『後山詩注』の巻首に置かれ、末尾に「政和五年十月六日謹識」とある。政和五年は一一一五年。

○但及……其詞　『四庫全書』所収『後山集』巻十八～巻二十一は『談叢』を、同巻二十二は『理究』を、それぞれ収録する。ただし北宋・魏衍の「集記」はその末尾に陳師道の著作として『解洪範相表』『闡微』『彰善』『詩話』および『談叢』を列挙するのみで、『理究』という書名は見えない。また「集記」は陳師道の詞にも言及していない。ちなみに南宋・陳振孫『直斎書録解題』巻十七には「後山集十四巻、外集六巻、談叢六巻、理究一巻、詩話一巻、長短句二巻。秘書省正字彭城陳師道無己撰」とある。

○胡仔……黄九　南宋・胡仔『苕渓漁隠叢話』前集巻五十一「後山居士」に引用された『後山詩話』に見える陳師道の言葉に「余他文未能及人、独於詞、自謂不減秦七黄九（余 他の文は未だ能く人に及ばざるも、独り詞に於いては、自ら謂えらく秦七黄九に減ぜずと）」とある。秦七は秦観、黄九は黄庭堅。いずれも蘇軾の門人で、「蘇門四学士」に数えられる。なお秦観は本訳注稿（二）「淮海詞」条（『風絮』第九号一〇一頁）を、黄庭堅は同（七）「山谷詞」条（第十四号一七八頁）を参照。

○今観其漁家傲詞　陳師道「漁家傲・従叔父乞蘇州湿紅箋（叔父より蘇州の湿紅箋を乞う）」詞の全文は次の通り。「一舸姑蘇風雨疾。呉箋満載紅猶湿。色潤朝花光触日。人未識。街南小阮応先得。　青入柳條初著色。渓梅已露春消息。擬作新詞酬帝力。軽落筆。黄秦去後無強敵（一舸 姑蘇 風雨 疾し。呉箋 満載し 紅 猶お湿る。色 朝花を潤し 光 目に触る。人未だ識らず。街南の小阮 応に先に得たるべきを。　青 柳條に入り 初めて色を著す。渓梅 已に露す 春の消息。新詞を作り 帝力に酬いんと擬す。軽やかに筆を落とす。黄秦 去りし後 強敵 無し）」。

○強回筆端　無理に筆先を動かす。唐・李賀の「申胡子觱篥歌」序に「爾徒能長調、不能作五字歌詩。直強回筆端、与陶謝詩勢相遠幾里（爾《なんじ》 徒《た》だ長調を能くし、五字の歌詩を作る能わず。直《た》だ強いて筆端を回らすも、陶謝の詩勢と相い遠きこと幾里ならん）」とある。

○倚声度曲　旋律に合わせて詞を作ること。本訳注稿（二）「花間集」の「倚声」の注（『風絮』第九号一五二頁）および同（三）「尊前集」の「倚声塡詞」の注（同第十号一四二頁）を参照。

○贈晁補之舞鬟　晁補之は、蘇軾の門人で「蘇門四学士」の一人。『唐宋名家詞選』訳注稿所収の伝記を参照（『風絮』別冊北宋編（二）四五二頁）。陳師道が贈った詞は「木蘭花減字・贈晁無咎双鬟（晁無咎の双鬟に贈る）」。その全文は次の通り。「娉婷婀娜。紅落東風青子小。妙舞逶迤。拍誤周郎却未知。　花前月底。誰喚分司狂御史。欲語還休。喚不回頭没着羞（娉婷 娜嫋たり。紅 東風に落ち 青子 小さし。妙舞 逶迤たり。拍 誤るも 周郎 却って未だ知らず。 花前 月底。誰か喚ばん 分司の狂御史を。語らんと欲して還た休む。喚ぶとも頭を回らさず 羞を着すること没《な》し）。」

○其詩……如詞　陳師道『後山詩話』に「世語云、蘇明允不能詩、欧陽永叔不能賦。曾子固短於韻語、黄魯直短於散語。蘇子瞻詞如詩、秦少游詩如詞（世語に云う、蘇明允（蘇洵）は詩を能くせず、欧陽永叔（欧陽脩）は賦を能くせず。曾子固（曾鞏）は韻語に短にして、黄魯直（黄庭堅）は散語に短なり。蘇子瞻（蘇軾）の詞は詩の如く、秦少游（秦観）の詩は詞の如しと）」とある。提要原文に「曾子開」とあるのは「曾子固」の誤りと考えられるので、【訳】では「曾鞏」とした。

（三野豊浩）

【参考】


筧文生・野村鮎子『四庫提要北宋五十家研究』、汲古書院、二〇〇〇年。

銭鍾書著・宋代詩文研究会訳注『宋詩選注2』、平凡社東洋文庫、二〇〇四年。

青木沙弥香・竹澤英輝・許山秀樹・松尾肇子・三野豊浩・矢田博士『後山詩話』訳注稿（一）（二）（三）（四）、愛知大学語学教育研究室『言語と文化』第十四号、十五号、十七号、十八号、二〇〇六年～二〇〇八年。

楊玉華『陳与義・陳師道研究』「後山詞簡論」、四川出版集団・巴蜀書社、二〇〇六年。

李世忠「論陳師道詞」、『寧夏大学学報』、二〇一四年。

鄭永暁「『老杜後始有後山』―陳師道学杜略論」、『杜甫研究学刊』、二〇一五年。

黄瓊誼「『後山詩鈔』与清代陳師道的詩史地位」、『東海大学図書館館刊』、二〇一七年。

○近体楽府

【原文】

近體樂府一巻　安徽巡撫採進本

宋周必大撰。必大有玉堂雜記、已著錄。此編凡詞十二闋、已編入文忠集中。此巻①乃毛晉摘錄之本、刻於六十家詞中者也。題下所註甲子、其可數者、自丁亥至庚寅。大約不出四歳中所作。疑當周綸編次全集時、已掇拾②散佚之餘、非其完本矣。

【校記】

①巻＝なし（殿版）　②拾＝拾於（殿版）

【訓読】

『近体楽府』一巻　安徽巡撫採進本

宋の周必大の撰。必大に『玉堂雑記』有りて、已に著録す。此の編は凡そ詞十二闋、已に『文忠集』中に編入す。此の巻は乃ち毛晋摘録の本にして、『六十家詞』中に刻せる者なり。題下に注する所の甲子、其の数うべき者は、丁亥より庚寅に至る。大約《おおよそ》四歳を出でざる中《うち》に作る所ならん。疑うらくは周綸 全集を編次せる時に当たり、已に散佚の余を掇拾せるにして、其の完本に非ざらんかと。

【訳】

『近体楽府』一巻　安徽の長官が朝廷に献上した本

宋の周必大の著。周必大には『玉堂雑記』があり、すでに著録した。この一編（『近体楽府』）は全部で詞十二首のみであり、すでに『文忠集』の中に収録されている。この巻はしかし毛晋が抜粋して収録したテキストであり、『宋六十名家詞』の中に刊刻されているものである。詞題の下に注記されている干支の確認可能なものは、乾道三年丁亥の年（一一六七）から同六年庚寅の年（一一七〇）に至っている。おおよそ四年を出ない間に作られたものであろう。おそらく周綸が周必大の全集（『文忠集』）を編集した際に、すでに散佚していたものの残りを収拾したものであって、その完全なテキストではないであろう。

【注】

○安徽巡撫採進本　安徽の長官が朝廷に献上した本。本訳注稿（三）「東堂詞」の「安徽巡撫採進本」の注（『風絮』第十号八十頁）を参照。ただし『四庫採進書目』「安徽省呈送書目」には周必大の著作は見当たらない。

○周必大　南宋の人、一一二六〜一二〇四。字は子充、一に字は洪道。号は平園老叟。諡は文忠。廬陵（江西省吉安市）の人。南宋・高宗の紹興二十一年（一一五一）の進士で、孝宗の時に右丞相（宰相）に至る。隠退した後、寧宗の嘉泰四年（一二〇四）に七十九歳で没した。南宋のいわゆる中興三大詩人、陸游、范成大、楊万里らと同世代で、彼らのすべてと親交を結んだ。当時を代表する文章家で、朝廷の詔勅を数多く手がけた。南宋・羅大経『鶴林玉露』巻五丙編「周文陸詩」に、南宋・朱熹が同時代人の文章の中でただ陸游の詩と周必大の文のみを評価したと記されている。ちなみに周必大は北宋・欧陽脩の同郷の後輩にあたり、そのため欧陽脩の全集である『欧陽文忠公集』一五三巻の編集を手がけた。諡が欧陽脩と同じであるのみならず、『近体楽府』という詞集の名称も欧陽脩のそれと同じである。『宋史』巻三九一に伝がある。
○必大……著録　『玉堂雑記』三巻は、『四庫全書総目』巻七十九、史部職官類所収。
○此編凡詞十二闋　収録順に「朝中措」一首、「満庭芳」一首、「謁金門」一首、「点絳唇」三首、「朝中措」二首、「酔落魄」二首、「西江月」二首の合計十二首。ちなみに『全宋詞』はこれに『玉堂類稿』巻十九所収の四首および存目詞一首を加え、合計十七首を収録している。
○已編入文忠集中　周必大撰・周綸編『文忠集』二〇〇巻は、『四庫全書総目』巻一五九、集部別集類所収。『近体楽府』は『文忠集』巻一八五所収。
○此巻……者也　明・毛晋『宋六十名家詞』第三集は周必大『近体楽府』一巻を収録。収録作品および収録順は『四庫全書』所収『文忠集』のものと同じであるが、詞題の部分をはじめ、文字の異同が散見される。
○題下……所作　上述の周必大詞のうち「点絳唇」第二首の自注に「丁亥九月己丑」云々とあり、「朝中措」第一首の自注に「戊子」とあり、第二首の自注に「己丑」とあり、「酔落魄」第一首の自注に「庚寅四月」云々とある。丁亥は南宋・孝宗の乾道三年（一一六七）、戊子は同四年（一一六八）、己丑は同五年（一一六九）、庚寅は同六年（一一七〇）。周必大の年齢でいえば四十二歳から四十五歳まで。
○疑当周綸編次全集時　周綸は周必大の子で『文忠集』の編者。『宋史』巻三九一「周必大伝」に「一子、綸」とある。詳細な伝記は不明。

【参考】

許浩然「地方士紳与中央朝政—周必大与其岳父王葆関係的考察」、『陰山学刊』、二〇一二年。

李仁生「山水清音　廬陵情懐―読周必大的故郷山水詩」、『井岡山大学学報』、二〇一二年。

楊瑞「周必大与楊万里交遊考述」、『西南交通大学学報』、二〇一三年。

徐珊珊「周必大翰苑詩歌与南宋詞臣文化心態」、『中国文化研究』、二〇一三年。

欧陽明亮「南宋周必大刻本『欧陽文忠公近体楽府』略考」、『周必大与南宋文化暨紀念周必大誕辰八八八周年国際学術研討会論文集』、二〇一五年。

東英寿「書簡よりみた周必大の『欧陽文忠公集』編纂について」、『日本宋代文學學會報』第一集、二〇一五年。

東英寿「欧陽脩『近体楽府』の成立とその伝承―もう一つの『近体楽府』」、『風絮』第十四号、二〇一七年。


（三野豊浩）

○後村別調

【原文】

後村別調一巻　安徽巡撫採進本

宋劉克荘撰。克荘有後村集、已著錄。其詩餘已附載集中。毛晉復摘出別刻。克荘在宋末以詩名。其所作詞、張炎樂府指迷、譏其直致近俗、效稼軒而不及。今觀是集、雖縱橫排宕、亦頗自豪、然於此事究非當家。如贈陳參議家舞姫清平樂詞、貪與蕭郎眉語、不知舞錯伊州者、集中不數見也。

【校記】

異同なし。

【訓読】

『後村別調』一巻　安徽巡撫採進本

宋の劉克荘の撰。克荘に『後村集』有りて、已に著録す。其の詩余は已に集中に附載す。毛晋 復た摘出して別に刻す。克荘 宋末に在りて詩を以て名あり。其の作る所の詞、張炎『楽府指迷』、其の直致にして俗に近く、稼軒に効いて及ばざるを譏る。今 是の集を観るに、縦横に排宕《はいとう》し、亦た頗る自ら豪とすと雖も、然れども此の事に於いて究《つい》に当家に非ず。陳参議が家の舞姫に贈る「清平楽」詞の「蕭郎と眉語するを貪り、伊州を舞い錯《あやま》るを知らず」の如き者は、集中に数《しばし》ば見えざるなり。

【訳】

『後村別調』一巻　安徽の長官が朝廷に献上した本

宋の劉克荘の著。劉克荘には『後村集』があり、すでに著録した。その詞はすでに作品全集の中に付録されている。毛晋はまたそれらを抜き出して別に刊刻している。

劉克荘は宋の終わり頃に、詩によって名声があった。彼が作った詞について、南宋・張炎『楽府指迷』は、それらが直截すぎて俗に近く、辛棄疾を学んだものの及ばないことを非議している。今この詞集を見てみると、ほしいままに豪放の思いをうたい、またそのことを大変自負しているものの、この事においては結局のところ玄人《くろうと》ではない。陳参議の家の舞姫に贈った「清平楽」詞の「蕭郎と眉語するを貪り、伊州を舞い錯《あやま》るを知らず」のような詞句は、その詞集の中にそうたびたびは見えないのである。

【注】

○安徽巡撫採進本　安徽の長官が朝廷に献上した本。本訳注稿（三）「東堂詞」の「安徽巡撫採進本」の注（『風絮』第十号八十頁）を参照。ただし『四庫採進書目』の「安徽省呈送書目」に劉克荘の著作は見えない。

○劉克荘　南宋の人、一一八七～一二六九。字は潜夫、号は後村居士。諡は文定。莆田（福建省）の人。『後村先生大全集』一九六巻がある。若い頃、真徳秀に学び、恩蔭によって仕官の道に入る。嘉定十三年（一二二〇）に「落梅」の詩を書いたところ、その内容が権力者の史弥遠をそしるものと見なされて官を追われ、以後およそ十年の間閑居生活を余儀なくされた。その後官界に復帰し、進士出身の資格を賜り、福建提刑などの官職を歴任、龍図閣学士として致仕する。咸淳五年（一二六九）、八十三歳で没した。詩人としては、はじめ永嘉の四霊に学び、後にみずから一家をなし、南宋後期のいわゆる「江湖派」の重要詩人となった。詞人としても一定の評価がある。なお劉克荘は『宋史』に伝がなく、『唐宋名家詞選』も【伝記】の部分は『宋詩鈔』の『後村詩鈔小伝』にもとづいている。より古い文献では、南宋・周密『斉東野語』『浩然斎雅談』『癸辛雑識』、元・方回『瀛奎律髄』などに、劉克荘に関する断片的な記載が見える。

○克荘有後村集已著録　『後村集』五十巻は『四庫全書総目』巻百六十三、集部別集類所収。

○其詩余已附載集中　劉克荘の詞は『後村集』巻十九および巻二十所収。ただし項目名は「詩余」であり、『後村別調』とは記されていない。

○毛晋復摘出別刻　明・毛晋『宋六十名家詞』第三集は『後村別調』一巻を収録。

○其所……不及　張炎は南宋の人。詞源研究会編著『宋代の詞論―張炎『詞源』』（中国書店、二〇〇四年）参照。『四庫全書』

集部はその『山中白雲詞』八巻、付録一巻および『楽府指迷』一巻を収録する。提要の記述に相当する張炎の言葉は『楽府指迷』には見えないが、『四庫全書』集部所収『御選歴代詩余』巻一一八「詞話　南宋二」に「劉潜夫後村別調一巻。大抵直致近俗、乃效稼軒而不及者。其沁園春夢方孚若云、……。挙一以例。他詞類是。張炎（劉潜夫『後村別調』一巻。大抵は直致にして俗に近く、乃ち稼軒に效いて及ばざる者なり。其の『沁園春　方孚若を夢む』に云う、……と。一を挙げ以て例とす。他詞も是れに類す。張炎）」とある。「稼軒」は辛棄疾の号。本訳注稿（七）「稼軒詞」条（『風絮』第十四号二〇七頁）を参照。また劉克荘の「沁園春（何処相逢）」詞は『唐宋名家詞選』所収。

○如贈……州者　劉克荘「清平楽　贈陳参議師文侍児（陳参議師文の侍児に贈る）」詞の全文は次の通り。「宮腰束素。只怕能軽挙。好築避風台護取。莫遣驚鴻飛去。　一団香玉温柔。笑顰倶有風流。貪与蕭郎眉語、不知舞錯伊州（宮腰　素を束ぬ。只だ怕る　能く軽く挙がるを。好《よ》し風を避くる台を築きて護取せよ。驚鴻をして飛び去らしむること莫かれ。　一団の香玉　温柔なり。笑顰　倶に風流　有り。蕭郎と眉語するを貪り、伊州を舞い錯《あやま》るを知らず）」。

【参考】

筧文生・野村鮎子『四庫提要南宋五十家研究』、汲古書院、二〇〇六年。

王宇『劉克荘与南宋学術』、中華書局、二〇〇七年。

王述尭『劉克荘与南宋後期文学研究』、東方出版中心、二〇〇八年。

王宏武「劉克荘詞作格調略論」、『咸陽師範学院学報』、二〇一一年。

姚紅彩「劉克荘詞的諧謔従俗風格」、『鄭州航空工業管理学院学報』、二〇一二年。

侯体健『劉克荘的文学世界―晩宋文学生態的一種考察』、復旦大学出版社、二〇一三年。

葉翔羚「辛棄疾与劉克荘詞豪放特質比較」、『文学教育』(下)、二〇一三年。

東英寿「〝鑑定士〟劉克荘の詩文創作観」、内山精也編『南宋江湖の詩人たち　中国近世文学の夜明け』、勉誠出版、二〇一五年。

浅見洋二「劉克荘と故郷＝田園」、同右所収。

佘筠珺「年誌書写：論劉克荘『自寿詞』的自我形象」、『成大中文学報』、二〇一七年。


（三野豊浩）

龍楡生編選『唐宋名家詞選』訳注稿（十三）

日本詞曲学会 編

【凡 例】

一、本訳注稿は、龍楡生編選の『唐宋名家詞選』（上海開明書店初版〔一九三四年十二月〕、上海古典文学出版社新版〔一九五六年五月〕、上海古籍出版社新版新訂版〔一九八〇年二月〕）の全訳を試みようとするものである。

一、底本は、上海古籍出版社、一九八〇年二月第一次印刷本を用いた。

一、該書には、九十四名の作家の七〇七首の詞が年代順に収録されている。本訳注稿では、特にその収録順にこだわらず、担当者が任意に作品を選んで、訳注を作成した。

一、各詞の訳注は、作品番号、本文・訓読、韻字、詞牌の説明、語句注、通釈の順に掲げ、必要に応じて参考を付した。また、各詞の末尾にその詞に関する詞評などが引かれている場合は【龍氏注】として、さらに各詞人の項目最後に伝記、集評がある場合には、【伝記】【龍氏集評】として、訓読、あるいは訳の形で示した。
一、作品番号は、上が作者番号、下がその作者の『唐宋名家詞選』に収録された詞の排列番号を表す。例えば、62―02は、62が曹組の作者番号、02が『唐宋名家詞選』所収曹組詞の第二首であることを表す。
一、詞は、韻字の句ごとに改行し、訓読もそれに従って原文の横に付した。
一、韻字の箇所で、」は、換韻を表している。
一、語句注で用例を挙げる場合、特に必要な場合を除いて、拠ったテキストを示さなかった。
一、漢字は、原則として常用字体を用いた。但し固有名詞はその限りではない。
一、書き下し文・振り仮名は、現代仮名遣いを用いた。
一、本訳注稿（一）から（十二）は、それぞれ『風絮』創刊号から第十二号に収められている。また別に別冊として「唐五代編」「北宋編（一）」「北宋編（二）」の三冊を刊行している。

○曹組四首　四部叢刊影鈔本『楽府雅詞』巻下より収録す

62―02

憶少年一首

年時酒伴，年時去処，年時春色

年時の酒伴、年時の去処、年時の春色

清明又近也，却天涯為客
　清明　又た近きも、却って天涯に客と為る
念過眼光陰難再得
　念う　過眼の光陰　再びは得難きを
想前歓、尽成陳跡
　想う　前歓も、尽く陳跡と成りしを
登臨恨無語，把闌干暗拍
　登臨するも　恨みて語無く、闌干を把《と》りて暗かに拍つ

〔龍氏校〕

○把闌干暗拍　原《もと》暗字を欠く、『唐宋諸賢絶妙詞選』巻八に依りて補う。

〔韻字〕

色、客、得、跡、拍。

〔詞牌〕

「憶少年」は、『詞律』巻四、『詞譜』巻六所収。いずれにも曹組のこの詞が作例として挙げられている。本訳注稿（三）の61—03万俟詠「憶少年」詞〔詞牌〕（『風絮』三号一八〇頁）参照。

〔注〕

○年時　あの時。過去のある時を指していう。北宋・欧陽脩の「洞仙歌令（情知須病）」詞に「憶年時、蘭棹独倚春風、相憐処、月影花光相映（憶う年時、蘭棹 独り春風に倚り、相い憐れむ処、月影 花光 相い映ず）」とある。

○酒伴　酒飲み友達。唐・孟浩然の「晩春」詩に「酒伴来相命、開樽共解酲（酒伴 来たりて相い命じ、樽を開きて共に解酲《かいてい》す）」とある。

○去処　行った場所。蘇軾の「水龍吟（似花還似非花）」詞に「夢随風万里、尋郎去処、又還被、鶯呼起（夢は風に随いて万里、郎の去きし処を尋ぬるも、又た還た、鶯に呼び起こさる）」とある。蘇軾「水龍吟（似花還似非花）」詞の「夢随風四句」〔注〕（『風絮』別冊北宋編（二）一六〇頁）参照。

○春色　春景色。馮延巳「三台令（春色）」詞の「春色」〔注〕（『風絮』別冊唐五代編三七五頁）等を参照。

○清明　清明節。冬至から百七日目。王雱「倦尋芳（露晞向暁）」詞の「清明」〔注〕（『風絮』二号一七三頁）等を参照。

○天涯為客　天の涯で旅人となる。故郷や都を遠く離れて旅をしていること。柳永「傾杯（鶩落霜洲）」詞の「天涯行客」〔注〕（『風絮』十二号二九三頁）などを参照。

○過眼　瞬く間に目の前を過ぎ去っていく。蘇軾の「二公再和亦再答之（二公 再び和し亦た再び之に答う）」詩に「光陰等敲石、過眼不容玩（光陰は敲石に等しく、過眼して玩ぶを容れず）」とある。

○光陰　歳月、月日。柳永「定風波（自春来）」詞の「光陰」〔注〕（『風絮』十二号二七八頁）を参照。

○前歓　かつての楽しみ。柳永「竹馬子（登孤塁荒涼）」詞の「前歓」〔注〕（『風絮』七号一七六頁）を参照。

○陳跡　古い跡、旧跡。唐・韋応物の「答崔都水（崔都水に答う）」詩に「朱邸平台隔禁闈、貴遊陳跡尚依稀（朱邸 平台 禁闈を隔て、貴遊の陳跡 尚お依稀たり）」とある。また、『風絮』別冊北宋編（二）所収の北宋・晁補之の「憶少年（無窮官柳）」詞に「算重来、尽成陳跡（算するに重ねて来たるも、尽く陳跡と成る）」とある。

○登臨　山に登り、川に臨む。晏幾道「玉楼春（東風又作無情計）」詞の「登臨」〔注〕（『風絮』十一号一八〇頁）を参照。

○恨無語　恨めしい気持ちで言葉も無い。唐・李山甫の「惜花」詩に「尊前恨無語、応解作朝雲（尊前 恨みて語 無く、応に解《よ》く朝雲と作《な》るべし）」とある。

○把闌干暗拍　闌干をひそかに敲く。「把」は目的語を動詞よりも前に置く時に用いる助字。「闌干」は手すり。闌干を敲く動作は、悔恨の気持ちを表している。北宋・王闢之の『澠水燕談録』「高逸」に「劉孟節先生槩、青州寿光人。…先生少時、多寓居龍興僧舎之西軒、往往凭欄静立、懐想世事、吁唏独語、或以手拍欄干。嘗有詩曰、読書誤我四十年、幾回酔把欄干拍（劉孟節先生槩《がい》は、青州寿光の人なり。…先生 少《わか》き時、多く龍興の僧舎の西軒に寓居し、往往 欄に凭《よ》りて静かに立ち、世事を懐想して、吁唏《くき》独語し、或いは手を以て欄干を拍つ。嘗て詩 有りて曰く、「読書 我を誤つこと四十年、幾回 酔いて欄干を拍ちしや」と）」とある。後の例だが、南宋・何夢桂の「和閩人龔玉峯韻（閩人の龔玉峯《きょうぎょくほう》の韻に和す）」詩に「猛拍闌干賦感傷、十年往事幾回腸（猛《たちま》ち闌干を拍ちて感傷を賦す、十年 往事 幾たび回腸せしや）」とある。

〔通釈〕

《憶少年》一首

あの時の酒の相手、あの時に行った所、あの時の春景色。

清明節がまたも近づいてきたのに、私は天の涯で旅人となっている。

瞬く間に通り過ぎていく歳月は二度とは取り戻せないことを思う。

またかつて楽しんだ所も、今や全て（かつての面影も無い）古い跡地になってしまったことが思われる。

山に登り川に臨んでも恨めしい気持ちばかりで言葉も無く、ただひそかに闌干を敲くばかり。

（萩原正樹）

62—03

品令一首

乍寂寞
　乍《まさ》に寂寞たり
簾櫳静、夜久寒生羅幕
　簾櫳《れんろう》　静かに、夜　久しくして　寒　羅幕に生ず
窓児外、有個梧桐樹，早一葉両葉落
窓児《まど》の外、個の梧桐樹　有りて、早《つと》に一葉両葉　落つ

独倚屏山欲寐，月転驚飛烏鵲
　独り屏山に倚りて寐《い》ねんと欲すれば、月　転じ　驚きて　烏鵲　飛ぶ
促織児声響雖不大，敢教賢睡不著
　促織児は　声響　大ならずと雖も、敢て賢をして睡り著かざらしむ

〔韻字〕
寞、幕、落、鵲、著。

〔詞牌〕

「品令」は、『詞律』巻五、『詞譜』巻九所収。『詞譜』は本詞を作例として収める。本詞は双調五十二字体であるが、四十九字体から六十六字体まで、諸体がある。

〔注〕

○乍　まさに、ちょうど。柳永「二郎神（炎光謝）」詞の「乍」〔注〕（『風絮』五号二七四頁）等を参照。

○寂寞　ひっそりしてもの寂しい。朱淑真「菩薩蛮（山亭水榭秋方半）」詞の「寂寞」〔注〕（『風絮』二号二一九頁）等を参照。

○簾櫳　すだれの掛かった連子窓。唐・劉禹錫の「和郴州楊侍郎翫郡斎紫薇花十四韻（郴州《ちんしゅう》の楊侍郎の郡斎の紫薇花を翫《もてあそ》ぶ十四韻に和す）」詩に「雨余人吏散、燕語簾櫳静（雨余 人吏 散じ、燕 語りて簾櫳 静かなり）」とある。

○夜久　夜が長い。北宋・晁補之の「鳳凰台上憶吹簫（千里相思）」詞に「都休説、簾外夜久春寒（都べて説くを休《や》めよ、簾外 夜 久しくして春 寒しと）」とある。

○羅幕　薄絹で作ったとばり。張泌「浣渓沙其一（馬上凝情憶旧遊）」詞の「羅幕」〔注〕（『風絮』別冊唐五代編二七七頁）等を参照。

○窓児　窓。「児」は接尾語。李煜「長相思（雲一緺）」詞の「衫児」〔注〕（『風絮』別冊唐五代編四〇九頁）を参照。また、北宋末南宋初・李清照の「声声慢（尋尋覓覓）」詞に「守著窓児、独自怎生得黒（窓児を守著し、独自《ひと》り怎生《いか》で黒《く》るるを得《ま》たん）」とある。

○有個梧桐樹　一本のあおぎりの樹が有る。「個」は量詞。唐・顧況の「山中」詩に「庭前有個長松樹、夜半子規来上啼（庭前に個の長松樹有り、夜半に子規 上に来たりて啼く）」とある。「梧桐樹」はあおぎりの木。その葉の落ちる音は、しばしば秋の寂しさを表現する。温庭筠「更漏子其三（玉鑪香）」詞の「梧桐樹」〔注〕（『風絮』別冊唐五代編四十三頁）

を参照。
○一葉両葉　一枚、二枚の葉。後の例だが、南宋・陸游の「夏日雑題」詩に「一葉両葉病木霣、一点両点疎螢流（一葉両葉 病木 霣《お》ち、一点 両点 疎螢 流る）」とある。
○屏山　枕屏風。温庭筠「菩薩蛮其六（南園満地堆軽絮）」詞の「屏山掩」〔注〕（『風絮』八号一四五頁）を参照。また、五代・李珣の「菩薩蛮（等閑将度三春景）」詞に「凝思倚屏山。涙流紅臉班（思いを凝らして屏山に倚る。涙は紅臉の班に流る）」とある。
○月転　月が動いて傾く。時間が経過して明け方近くになり、月が西に傾くこと。蘇軾の「点絳脣」詞冒頭に「月転烏啼、画堂宮徴生離恨（月 転じて烏 啼き、画堂の宮徴 離恨を生ず）」とある。
○驚飛　驚いて飛ぶ。馮延巳「鵲踏枝其二（華外寒鶏天欲曙）」詞の「驚飛」〔注〕（『風絮』別冊唐五代編二九八頁）を参照。
○烏鵲　かささぎ。かささぎが鳴き騒ぐと旅人が帰ってくるとされた。三国魏・曹操の「短歌行二首」其一に「月明星稀、烏鵲南飛（月 明るく星 稀に、烏鵲 南に飛ぶ）」とある。
○促織児　こおろぎ。こおろぎの声は、秋の寂しさをかき立てるものとして表現される。「児」は接尾語。後の例だが、南宋・舒岳祥の「十虫吟」其一に「虫有促織児、憂人不憂己（虫に促織児 有り、人を憂えしめて己を憂えしめず）」とある。
○声響　響き声。南朝斉・王融の「游仙詩五首」其五に「遠翔馳声響、流雪自飄颻（遠翔して声響 馳せ、流雪 自ら飄颻《ひょうよう》たり）」とある。
○敢　きっと、必ず。張相『詩詞曲語辞匯釈』の「敢（二）」に「敢、与管同、猶正也、准也、定也（敢は、管と同じ、猶お正なり、准なり、定なり）」とあり、用例として本詞を挙げ「言准鬧得你睡不着也（きっと騒がしくてあなたを睡りにつかせないということを言う）」と説明する。
○賢　君、あなた。二人称の尊称。蘇軾の「李行中秀才酔眠亭三首」其二に「酔中対客眠何害、須信陶潜未若賢（酔中客に対するに眠り何ぞ害せん、須らく信ずべし陶潜は未だ賢に若《し》かずと)」とある。

○睡不著　眠ることができない。「不著」は動詞の後に用いて、達成できない、到達できないの意を表す。北宋・晁補之の「惜奴嬌（歌闋瓊筵）」詞に「最苦。睡不著、西風夜雨（最も苦しむ。睡り著《つ》けず、西風夜雨に）」とある。

〔通釈〕

《品令》一首

本当に寂しい。

すだれの掛かった連子窓は静かで、夜は長く寒さが薄絹のとばりに忍び込んでくる。

窓の外には、一本のあおぎりの樹が有り、早くも一枚二枚と葉を落としている。

ひとり枕屏風によりそって寝ようとすると、月が傾き驚いてかささぎが飛ぶ。

蟋蟀の声は大きくはないけれども、きっと君を睡りにつかせないことだろう。

（萩原正樹）

○蘇庠二首　四部叢刊影鈔本『楽府雅詞』巻下より収録す

63—01

菩薩蠻一首

宣興作　宣興の作

北風振野雲平屋

北風　野を振るわせ　雲　屋に平らかにして
寒渓淅淅流氷谷
寒渓　淅淅として　氷谷　流る
落日送帰鴻
落日　帰鴻を送り
夕嵐千万重
夕嵐　千万重

荒陂垂斗柄
荒陂に　斗柄　垂れ
直北郷山近
直北　郷山　近し
何必苦言帰
何ぞ必ずしも苦《はなは》だ帰ると言わん
石亭春満枝
石亭　春は枝に満つ

〔韻字〕

屋、谷」、鴻、重」、柄、近」、帰、枝。

〔詞牌〕

「菩薩鬘」は、「菩薩蛮」に同じ。「菩薩蛮」は、『詞律』巻四、『詞譜』巻五所収。もと唐の教坊曲の名。双調四十四字、前後段各四句二仄韻二平韻。本訳注稿（一）の59—01魏夫人「菩薩蛮」詞〔詞牌〕（『風絮』創刊号一二二頁）および同（唐五代編）の09—04韋荘「菩薩蛮」詞〔詞牌〕（『風絮』別冊唐五代編七十六頁）等参照。

〔注〕

○宜興　太湖の西岸の町である江蘇省宜興。宋代には常州に属した。北部は平野、南部には山林がある。

○北風　北から吹く風、冬の風。蘇軾の「高郵陳直躬処士画雁二首（高郵の陳直躬処士の雁を画く二首）」其一に「北風振枯葦、微雪落璀璀（北風 枯葦を振るわせ、微雪 落つること璀璀《さいさい》たり）」とある。

○振野　原野を振るわせる。強い風が吹く様をいう。三国魏・阮籍の「詠懐」其四十の冒頭に「驚風振四野、迴雲蔭堂隅（驚風 四野を振るわせ、迴雲 堂隅を蔭す）」とあり、蘇軾の「太白詩並序」其一に「風振野、神将駕（風は野を振るわせ、神将に駕せんとす）」とある。

○雲平屋　雲が建物と同じ高さに広がる。北宋・黄庭堅の「発舒州向皖口道中作寄李徳叟（舒州を発し皖口《かんこう》に向かう道中の作 李徳叟に寄す）」詩に「黒雲平屋簷、晨夜隔星月（黒雲 屋簷に平らかにして、晨夜 星月を隔つ）」とある。

○寒渓　寒々とした谷川、人の気配のない冬の谷川。唐・李徳裕の「雪霽晨起（雪 霽《は》れ晨に起く）」詩に「雪覆寒渓竹、風巻野田蓬（雪は寒渓の竹を覆い、風は野田の蓬を巻く）」とある。

○淅淅　さらさら。多くは風の音をいう畳語だが、本詞では川が流れる小さな水の音をいう。唐・朱景玄の「宿新安村歩（新安村に宿して歩む）」詩に「淅淅寒流漲浅沙、月明空渚徧蘆花（淅淅たる寒流 浅沙に漲る、月明の空渚 蘆花 徧し）」

とある。

○流氷谷　凍る谷を流れる。蘇軾の「正月二十日往岐亭郡人潘古郭三人送余於女王城東禅荘院（正月二十日 岐亭に往き郡人潘 古 郭 三人 余を女王城東の禅荘院に送る）」詩に「稍聞決決流氷谷、尽放青青没焼痕（稍く聞く 決決として氷谷 流るるを、尽く青青をして焼痕を没せしむ）」とある。

○落日　落ちていく夕陽。北宋・范純仁の「会師宰」詩に「落日送樵牧、蒼烟起荊榛（落日 樵牧を送り、蒼烟 荊榛に起こる）」とある。また、賀鋳「掩蕭斎（落日逢迎朱雀街）」詞の「落日逢迎朱雀街」〔注〕（『風絮』別冊北宋編（二）三〇二頁）参照。

○送帰鴻　帰って行く鴻を見送る。賀鋳「石州引（薄雨収寒）」詞の「帰鴻」〔注〕（『風絮』三号一七四頁）参照。

○夕嵐　夕暮のもや。唐・王維の「崔濮陽兄季重前山興（崔濮陽兄季重が前山の興）」詩に「残雨斜日照、夕嵐飛鳥還（残雨に斜日 照り、夕嵐に飛鳥 還る）」とある。蘇庠には「送天台則上人還浙東（天台の則上人の浙東に還るを送る）」詩に「絶歎不如木上座、伴君千畳夕嵐中（絶えて歎ず木上座に如かざるを、君に伴わん千畳 夕嵐の中）」とある。

○千万重　幾重にも重なる。唐・孟郊の「有所思聯句」に「相思繞我心、日夕千万重（相思 我が心を繞り、日夕 千万重）」とある。

○荒陂　荒涼とした坂。北宋・孔武仲の「落日」詩に「家園正対荒陂望、恰似騰波出海時（家園 正に荒陂に対して望み、恰かも似る騰波 海より出づる時に）」とある。

○垂斗柄　北斗七星の柄が地平線に低く垂れる。唐・劉叉の「塞上逢盧仝（塞上 盧仝に逢う）」詩に「斗柄寒垂地、河流凍徹天（斗柄 寒くして地に垂れ、河流 凍りて天に徹す）」とある。また、張元幹「賀新郎（曳杖危楼去）」詞の「斗垂天」〔注〕（『風絮』十一号二一五頁）参照。

○直北　真北、北斗七星の方角。杜甫の「秋興八首」其四に「直北関山金鼓振、征西車馬羽書遅（直北の関山 金鼓 振るい、征西の車馬（羽書 遅し）」とある。
○郷山　故郷の山。ここでは、蘇庠が住んだ丹陽（鎮江に属す）を指すのだろう。丹陽は宜興からは真北よりやや西に位置する。【伝記】参照。唐・皇甫冉の「酬張二仲彝（張二仲彝に酬ゆ）」詩に「屈宋郷山古、荊衡煙雨深（屈宋 郷山古く、荊衡 煙雨 深し）」とある。
○何必苦言帰　帰郷すると強く言う必要があるだろうか。いましばらく帰らず、ここ宜興で楽しもうとの意。白居易の「春末夏初閑遊江郭二首（春末夏初 江郭に閑遊す二首）」其二に「故園無此味、何必苦思帰（故園に此の味 無し、何ぞ必ずしも苦だ帰るを思わん）」とあるのを踏まえる。
○石亭　石のあずまや。白居易の「寒亭留客（寒亭に客を留む）」詩に「今朝閑坐石亭中、爐火銷残尊又空（今朝 閑坐す石亭の中、爐火 銷残し尊も又た空なり）」とある。
○満枝　枝に満ちる。唐・呉融の「渓辺」詩に「渓辺花満枝、百鳥帯香飛（渓辺 花 枝に満ち、百鳥 香を帯びて飛ぶ）」とある。また、晏幾道「虞美人（疎梅月下歌金縷）」詞の「満枝」〔注〕（『風絮』別冊北宋編（二）一〇七頁）参照。

〔通釈〕

《菩薩鬘》一首

宜興での作

北風は原野を振るわせ、雲は建物と同じ高さに広がり、
寒々とした川は凍る谷にさらさらと流れる。
落ちていく夕陽は、帰って行く鴻を見送り、
夕暮の山のもやは、幾重にも重なる。

北斗七星の柄が荒涼とした坂に近く垂れ、
真北の方角、故郷の山は近くにある。
帰郷すると強く言う必要があるだろうか。
この石のあずまやには春の気配が枝に満ちている。

（松尾肇子）

63―02

木蘭花一首

江雲畳畳遮鴛浦
　江雲　畳畳として鴛浦を遮り
江水無情流薄暮
　江水　無情　薄暮に流る
帰帆初張葦辺風，客夢不禁篷背雨
　帰帆　初めて張る　葦辺の風、客夢　禁ぜず　篷背《ほうはい》の雨
渚花不解留人住
　渚花　解《よ》く人を留め住《お》かず

只作深愁無尽処
只だ深愁を作《な》すのみにして尽くる処　無し
白沙煙樹有無中，雁落滄洲何処所
白沙　煙樹　有無の中、雁は落つ　滄洲　何処《いずれ》の所ぞ

〔龍氏校〕

帰帆初張（去声）葦辺風　〔「張」は〕去声なり。

〔韻字〕

浦、暮、雨、住、処、所。

〔詞牌〕

「木蘭花」は、『詞律』巻七所収。『詞譜』巻十二は「玉楼春」として所収。もと唐の教坊曲の名。諸体があるが、本詞は双調五十六字、前後段各四句三仄韻。本訳注稿（十二）の39―16晏幾道「木蘭花」詞〔詞牌〕（『風絮』十一号一七五頁）等参照。

〔注〕

○江雲　川の上にかかる雲。白居易の「舟中雨夜」詩に「江雲闇悠悠、江風冷修修。夜雨滴船背、風浪打船頭（江雲 闇《くら》くして悠悠たり、江風 冷たくして修修たり。夜雨 船背に滴り、風浪 船頭を打つ）」とある。また、晁補之「梁州令畳韻（田野閑来慣）」詞の「行雲渭樹」〔注〕（『風絮』別冊北宋編（二）四一九頁）参照。

○畳畳　重なりあう様子。唐・僧鸞の「苦熱行」詩に「彤雲畳畳聳奇峰、焔焔光熱凝翠（彤雲《とううん》 畳畳として奇峰に聳え、

焔焔《えんえん》たる流光 凝翠を熱す）」とあり、本詞より後になるが、南宋・陸游の「小雨」詩に「川雲畳畳密如鱗、山雨霏霏細似塵（川雲 畳畳として密なること鱗の如く、山雨 霏霏として細きこと塵に似る）」とある。

○遮　さえぎる、見えなくする。北宋・晁補之の「楊柳枝（素色清薫出俗華）」詞に「軒前愛日掃雲遮（軒前の愛日 雲の遮るを掃く）」とある。

○鴛浦　つがいの鴛鴦が住む浦。「鴛鴦浦」を節略したものか。あるいは、鴛鴦の片割れが住む浦か。「鴛」は鴛鴦の雄で美しい。「鴛浦」では他に用例を見いだせない。魏夫人「菩薩蛮（紅楼斜倚連渓曲）」詞の「鴛鴦浦」〔注〕（『風絮』創刊号一二四頁）および晏幾道「生査子（長恨渉江遙）」詞の「双鴛浦」〔注〕（『風絮』十号一八三頁）参照。

○江水　川の水。北宋・秦観の「虞美人（高城望断塵如霧）」詞に「争奈無情江水、不西流（争奈せん無情の江水、西流せず）」とある。また、范成大「南柯子（悵望梅花駅）」詞の「江水」〔注〕（『風絮』五号三三二頁）参照。

○無情　つれない、人間界のあれこれを顧みない。前注の秦観詞を参照。また、北宋・賀鋳の「下船水（芳草青門路）」詞に「莫怨無情流水、明月扁舟何処（怨む莫かれ無情の流水、明月 扁舟 何処ぞ）」とある。賀鋳「陌上郎（西津海鶻舟）」詞の「無情」〔注〕（『風絮』三号一七〇頁）、欧陽炯「江城子（晩日金陵岸草平）」詞の「水無情」〔注〕（『風絮』別冊唐五代編一七四頁）参照。

○薄暮　夕暮時の薄闇。杜甫の「薄暮」詩に「江水長流地、山雲薄暮時（江水 長流の地、山雲 薄暮の時）」とある。また、本誌別冊北宋（二）掲載44―19賀鋳「点絳唇（一幅霜綃）」詞に「薄暮蘭橈、漾下蘋花渚（薄暮 蘭橈《らんじょう》、漾《ただよ》いて下る蘋花の渚）」とある。

○帰帆　帰る船の帆。賀鋳「望江南（九曲池頭三月三）」詞の「帰帆」〔注〕（『風絮』五号三〇五頁）参照。

○初張　ようやくふくらむ。龍楡生氏は去声であると注する。平声であれば「張る」、去声であれば「ふくらむ」

の意となる。唐・銭珝の「江行無題一百首」其二十三に「帆翅初張処、雲鵬怒翼同（帆翅《はんし》初めて張る処、雲鵬 翼を怒らすに同じ）」とある。但しこれは平声の「張（はる）」である。

○葦辺風　あしの茂る水辺を吹く風。三字のまとまりとしては用例を見いだし難いが、「葦辺」は、唐・斉己の「湘中感懐」詩に「漁翁那会我、傲兀葦辺行（漁翁 那《なん》ぞ我を会せん、傲兀《ごうごつ》として葦辺 行く）」とあり、「葦風」は、北宋・張耒の「将至漢川夜泊（将に漢川に至らんとして夜泊す）」詩に「葦風驚客夢、江月伴人眠（葦風 客夢を驚かせ、江月 人の眠るに伴う）」とある。

○客夢　旅路で見る夢。唐・王昌齢の「送高三之桂林（高三の桂林に之くを送る）」詩に「留君夜飲対瀟湘、従此帰舟客夢長（君を留め夜 飲み 瀟湘に対す、此より帰舟 客夢 長し）」とある。また、前注の張耒の詩句を参照。

○不禁　耐えられない。ここでは、雨音で目が覚めることをいう。五代・韋荘の「語松竹（松竹に語る）」詩に「多病不禁秋寂寞、雨松風竹莫騒騒（多病 禁せず秋 寂寞、雨松 風竹 騒騒たること莫かれ）」とある。

○篷背雨　（粗末な船の）苫葺き屋根に降る雨。「江水」の注に引いた白居易の詩句にも船中で夜雨を聞くことを詠じる。また、北宋・蘇泂の「百家泊」詩に「篷背瀟湘雨、渓南欸乃声（篷背 瀟湘の雨、渓南 欸乃《あいだい》の声）」とある。李珣「漁歌子（荻花秋）」詞の「篷作舎」〔注〕（『風絮』十一号一四七頁）参照。

○渚花　なぎさに咲く花。唐・羅鄴の「偶題離亭」詩に「誰似雨篷篷底客、渚花汀鳥自相親（誰か似ん雨篷 篷底の客、渚花 汀鳥 自《おのずか》ら相い親しむ）」とある。

○不解　～できない。北宋・夏竦の「仙姫怨」詩に「紅桃不解留人住、白鶴何曾覓信帰（紅桃 解《よ》く人を留め住《お》かず、白鶴 何ぞ曾て信を覓《もと》めて帰る）」とある。また、陳師道「菩薩蛮（行雲過尽星河爛）」詞の「不解」〔注〕（『風絮』別冊北宋編（一）三八四頁）参照。

○留人住　人を引き留める。唐・李徳裕の「登崖州城作（崖州城に登りて作る）」詩に「青山似欲留人住、百匝千遭遶郡城（青山 人を留め住《お》かんと欲するに似て、百匝千遭《そう》 郡城を遶る）」とある。また、前注の夏竦の詩句及び晏幾道「清平楽（留人不住）」詞の「留人不住」〔注〕（『風絮』十一号一七一頁）参照。

○深愁　深い愁い。唐・張祜の「憶雲陽宅（雲陽の宅を憶う）」詩に「一別雲陽宅、深愁度歳華（一たび別かる雲陽の宅、深く愁う歳華を度《わた》るを）」とある。

○無尽処　尽きる時が無い。北宋・徐積の「送管久中（管久中を送る）」詩に「別恨離愁無尽処、青山緑水有窮時（別恨離愁 尽くる処 無く、青山緑水 窮まる時 有らん）」とある。

○白沙　白い砂。王建「宮中調笑（楊柳）」詞の「白沙渡口」〔注〕（『風絮』別冊唐五代編七頁）参照。

○煙樹　もやにけぶる樹木。柳永「安公子（遠岸収残雨）」詞の「煙樹」〔注〕（『風絮』十一号一六六頁）参照。

○有無中　有るか無きかにぼんやりとしている。欧陽脩「朝中措（平山欄檻倚晴空）」詞の「山色有無中」（『風絮』別冊北宋編（二）三十八頁）参照。

○雁落　雁が降りる。この雁に自分を重ねているのであろう。北宋・梅尭臣の「依韻和僧説上人見訪（韻に依りて僧説上人の訪わるるに和す）」詩に「是時正窮臘、雁落渓陰暮（是の時 正に窮臘、雁は落つ渓陰の暮）」とある。

○滄洲　水辺の土地。後の例だが、南宋・蕭立之の「送宝堂呉帥帰天台二首（宝堂呉帥の天台に帰るを送る二首）」其二に「渺渺層雲双目短、幾時帰雁落滄洲（渺渺たる層雲 双目 短し、幾時か帰雁 滄洲に落つ）」とある。また、陸游「訴衷情（当年万里覓封侯）」詞の「身老滄洲」〔注〕（『風絮』三号二〇〇頁）参照。

○何処所　どこ。ここでは、見えないことをいう。唐・崔湜の「冀北春望」詩に「問郷何処所、目送白雲還（郷を問う 何処の所ぞ、目には送る白雲の還るを）」とある。

〔通釈〕

《木蘭花》一首

川の上にかかる雲は重なりあって、鴛鴦の住む浦をさえぎり、
川の水はつれなくも、夕暮時の薄闇に流れていく。
帰る船の帆は、葦の茂る水辺を吹く風を受けてようやくふくらみ、旅の船で夢見ても、苫葺き屋根に降る雨音に耐えられない。

なぎさに咲く花は、人を引き留めることはできず、
深い愁いを引き起こすばかりで尽きる時が無い。
白い砂、もやに煙る樹木、有るか無きかにぼんやりとする中を、雁はどこの水辺に降りていくのだろうか。

（松尾肇子）

【伝記】

蘇庠（一〇六五―一一四七）、字は養直、澧州《れいしゅう》（湖南省澧県）の人。伯固（堅）（注1）の子。眼病を患ったことから、眚翁《せいおう》（注2）と自号した。住まいを丹陽（江蘇省鎮江市）の後湖に移し、後湖病民と更に号した。（『宋詩紀事』巻四十一）

紹興年間（一一三一―一一六二）、徐師川（俯）（注3）と共に召し出され、師川は応じたが、養直は辞退した。師川は朝廷に行くのに、途中養直を訪れ、居続けで酒を飲んで大いに楽しんだ。二人は平素碁を対局したが、徐師川の方が蘇庠よりも強かった。その日、養直は石を一つ手に持ち、笑って師川を見ながら「今日は私にこの一目を先に置

かせるべきですね」と言った。（注4）そこで師川は恥ずかしそうにした。（『鶴林玉露』巻五）

『楽府雅詞』には蘇庠の詞二十三首を収録する。劉毓盤《りゅういくばん》は『後湖詞』一巻を編輯し、二十六首を収めた。易大厂《えきだいかん》校印の『北宋三家詞』に、「後湖詞一巻」があるが、これも旧輯本に基づいたものである。

〔訳者注〕

（1）伯固（堅）　蘇堅は泉州（福建省）の人。伯固は字、後湖居士と号した。生卒年不詳。北宋の哲宗の時に鉛山（江西省）の知事、徽宗の時に建昌軍（江西省南城県）の通判となった。詩人として知られ、蘇軾との唱和詩も多い。蘇庠はその長男。

（2）眚翁　「眚」は、目がかすむ病をいう。『説文解字』目部には「眚、目病生翳也（眚は、目病みて翳を生ずるなり）」とある。

（3）徐俯　洪州分寧（江西省修水県）の人。師川は字、東湖居士と号した。一〇七五～一一四一。黄庭堅の甥で、江西詩派の一人に数えられる。建炎年間に推挙されて諫議大夫、中書舎人となり、紹興二年（一一三二）進士出身を賜り参知政事に到ったが、宰相の趙鼎と意見が合わず左遷された。病気を理由に故郷に帰り、徳興（江西省）で死去した。

（4）原文は「今日須還老父下此一著」。召しに応じる徐師川を、辞退した蘇庠が揶揄したと解したが、勝ちそうになった蘇庠が、召しに応じる徐師川に花を持たせ、「今日は私がこの一目を置くのを控えるべきですね」と言ったとも解せる。

（松尾肇子）

○葉夢得七首　汲古閣宋六十家詞本『石林詞』より収録す

71―01　賀新郎一首

睡起流鶯語

睡起す　流鶯の語るに

掩蒼苔、房櫳向晩，乱紅無数

蒼苔を掩い、房櫳《ぼうろう》　晩《くれ》に向《なんな》んとし、　紅乱　無数

吹尽残花無人見，惟有垂楊自舞

残花を吹尽し　人の見ること無く、　惟だ垂楊の自《おのずか》ら舞うのみ有り

漸暖靄初回軽暑

漸く暖靄　初めて軽暑を回《かえ》す

宝扇重尋明月影，暗塵侵、上有乗鸞女

宝扇　重ねて明月の影を尋ぬるも、　暗塵　侵し、上に乗鸞の女　有り

驚旧恨，遽如許

旧恨に驚くこと、遽《にわ》かに許《かく》の如し

江南夢断横江渚

江南の夢　断ゆ　横江の渚

浪粘天、葡萄漲緑，半空煙雨

浪　天に粘じ、葡萄のごとき緑　漲りて、半空　煙雨たり

無限楼前滄波意，誰採蘋花寄取

限り無し　楼前　滄波の意、誰か蘋花を採りて寄せ取らん

但悵望蘭舟容与
　但だ悵望す　蘭舟の容与するを
万里雲帆何時到，送孤鴻、目断千山阻
　万里の雲帆　何時にか到らん、孤鴻を送り、千山の阻を目断す
誰為我，唱金縷
　誰か我が為に、金縷を唱わん

〔韻字〕
語、数、舞、暑、女、許、渚、雨、取、与、阻、縷。

〔詞牌〕
「賀新郎」は、『詞律』巻二十、『詞譜』巻三十六所収。本詞は、全一百十六字、前後段各十句六仄韻の正体である。本訳注稿（七）の83―02劉過「賀新郎」詞〔詞牌〕（『風絮』七号二五〇頁）を参照。

〔注〕
○睡起　目が覚める。ここでは、午睡から覚めること。唐・李頻の「送徐処士帰江南（徐処士を送り江南に帰る）」詩に「遊帰花落満、睡起鳥啼新（遊帰すれば花 落つること満にして、睡起すれば鳥 啼くこと新たなり）」とある。
○流鶯語　飛び渡る鶯が美しくさえずる。「流鶯」は、木々の間を流れるように飛び渡る鶯とする説と、鳴き声が滑らかで抑揚がある鶯とする説がある。五代・張泌の「春晩謡」に「凌乱楊花撲繡簾、晩窓時有流鶯語（楊花を凌乱して繡簾を撲ち、晩窓 時に有り流鶯の語）」とある。また、晏幾道「更漏子（柳糸長）」詞の「流鶯」〔注〕（『風絮』十二

号三〇八頁）参照。

○蒼苔　青々としたコケ。「蒼蘚」ともいう。杜甫の「酔時歌」に「先生早賦帰去来、石田茅屋荒蒼苔（先生 早に賦せ帰去来を、石田 茅屋 蒼苔に荒れん）」とある。

○乱紅無数　赤い花びらが無数に散り乱れる。北宋末南宋初・陳淵の「泊舟延平二絶（延平に泊舟す二絶）」其一に「酔臥暖風呼不醒、乱紅無数点人衣（酔いて臥すに暖風 呼ぶも醒めず、乱紅 無数 人衣に点ず）」とある。

○暖靄　湿気を含んだ春の暖かい空気。後の例になるが、南宋・陸游の「春興」詩に「暖靄催桑眼、晴光長草心（暖靄 桑眼を催し、晴光 草心を長ず）」とある。

○初回軽暑　今年初めて初夏の暖かさを連れて戻ってきた。「軽暑」は、初夏。「初回軽暑」では葉夢得以前の用例は見出せないが、南宋期には他に陳允平の「瑞龍吟（双渓墅）」詞の「才収尽、蛮煙瘴雨、初回軽暑（才《わずか》に収尽するも、蛮煙瘴雨、初めて軽暑を回す）」、趙以夫の「賀新郎（葵扇秋来賤）」詞の「阿誰知、初回軽暑（阿誰《たれ》か知らん、初めて軽暑を回すを）」という二例がある。

○宝扇　美しい絵が描かれた団扇。北宋・周邦彦の「浣渓沙」詞冒頭に「宝扇軽円浅画繒（宝扇 軽円にして画繒《かそう》浅し）」とあり、北宋・晁説之の「代馮元礼次韻辞張次応画山水扇（馮元礼に代わりて次韻し張次応の山水扇を画くに辞す）」詩に「女鸞宝扇漫称工、誰識嵐漪縹香踪（女鸞の宝扇 漫に工を称し、誰か識らん嵐漪《らんい》の香踪を縹するを）」とある。

○尋明月影　明月の姿を探し求める。ここでは、円い団扇の形状を「明月」に喩えている。後述「乗鸞女」〔注〕の江淹の用例参照。「月影」は月の意。唐・龐蘊の「詩偈」其一七八に「千里尋月影、終是枉工夫（千里に月影を尋ねるも、終に是れ枉《いたず》らの工夫なり）」とある。

○乗鸞女　鸞に乗った弄玉。「鸞」は、鳳凰の類。「女」は、ここでは伝説上の秦の穆公の娘、弄玉のこと。前漢・

劉向の『列仙伝』「蕭史」に拠れば、弄玉は夫の蕭史と共に簫を吹くことに長じており、鳳凰に随って飛び去ったという。後にこの故事は扇面の画材として多く用いられた。南朝梁・江淹の「雑体詩三十首」其三に「紈扇如団月、出自機中素。画作秦王女、乗鸞向煙霧（紈扇《がんせん》は団月の如く、機中の素より出づ。画《えが》き作《な》す秦王の女、鸞に乗り煙霧に向かうを）」とあり、蘇軾の「和張耒高麗松扇（張耒の高麗松扇に和す）」詩に「猶勝漢宮悲婕妤、網虫不見乗鸞子（猶お勝《た》う漢宮 婕妤を悲しみ、網虫 乗鸞子を見ざるに）」とある。

○旧恨　かつての恨み。弄玉は夫と共に飛び去っているが、画扇においてしばしば共に歌われる前漢・成帝の元寵姫、班婕妤の故事も踏まえ、ここではかつて自分のもとを去って行った人に対する想いと解釈した。北宋・柳永の「臨江仙（画舸）」詞に「羅襪凌波成旧恨、有誰更賦驚鴻（羅襪《らべつ》波を凌いで旧恨と成る、誰か更に驚鴻を賦す有らん）」とある。

○江南夢　江南の地で見た夢。ここでは、かつて愛しい人とこの地で過ごした楽しい思い出をいうのであろう。唐・韋荘の「含山店夢覚作（含山の店に夢覚むる作）」詩に「灯前一覚江南夢、惆悵起来山月斜（灯前 一覚 江南の夢、惆悵す起き来たりて山月 斜めなるを）」とある。

○横江渚　横江浦のみぎわ。現在の安徽省和県附近にあった長江の渡し場のこと。『資治通鑑』巻六十一に「繇遣将樊能、于麋屯横江（繇《よう》将の樊能と于麋屯《うびとん》を横江に遣わす）」とあり、その胡三省注に「横江度在今和州、正対江南之采石、即今之楊木渡口（横江の度《わたし》は今の和州に在り、正に江南の采石に対す、即ち今の楊木渡口なり）」とある。また、李白に「横江詞」六首があり、やはりこの場所について詠っている。

○浪粘天　波しぶきが天に貼り付くほど高く上がっている。北宋・王安石の「舟還江南阻風有懐伯兄（舟にて江南に還るに風に阻まれ伯兄を懐うこと有り）」詩に「白浪粘天無限断、玄雲垂野少晴明（白浪 天に粘じて限断 無く、玄雲 野に垂れて晴明 少なし）」とある。

○葡萄漲緑　葡萄のような緑色をした河の水がみなぎっている。表現は異なるが、河の水の緑色と葡萄を結び付けた例としては、李白の「襄陽歌」中の「遙看漢水鴨頭緑、恰似蒲萄初醱醅（遙かに看る漢水 鴨頭の緑、恰も似たり葡萄の初めて醱醅するに）」が有名である。
○半空　空のなかほど、中空。隋・薛道衡の「梅夏応教詩（梅夏 応教の詩）」に「浮雲半空上、清吹隔池来（浮雲 半空の上、清く吹き池を隔てて来たる）」とある。
○滄波意　蒼々とした波を眺める思い。「滄」は「蒼」に通じる。ここでは、高殿に立って巻き上がる蒼い波を眺めながら、かつて愛した人に思いをはせていると解釈した。葉夢得はまた「再賦」詩でも「欲識滄波無限意、此間惟許当家知（滄波の無限の意を識らんと欲すも、此間 惟だ当家の知ることを許すのみ）」という表現を用いている。
○誰採蘋花寄取　浮き草の白い花を摘んで私に渡してくれる人は誰もいない。「蘋花」は、浅瀬に生える浮き草の一種で、白い小花を咲かせる。北宋・張先の「卜算子慢」詞冒頭に「渓山別意、煙樹去程、日落採蘋春晩（渓山 別意、煙樹 去りし程《みち》、日落ち蘋を採りて春 晩し）」とある。
○容与　のんびりと静かに自得するさま。ここでは、小舟がゆったりと静かに漂うさまをいう。戦国楚・屈原『楚辞』九歌「湘夫人」に「搴汀洲兮杜若、将以遺兮遠者。時不可兮驟得、聊逍遥兮容与（汀洲の杜若を搴《と》り、将に以て遠き者に遺《おく》らんとす。時は驟《しばしば》得べからず、聊く逍遥して容与せん）」とある。なお、この「与」字は去声に読むという。後掲【龍氏注】参照。
○雲帆　元来は船の白い帆をいうが、ここでは転じて船のこと。李白の「送別」詩に「雲帆望遠不相見、日暮長江空自流（雲帆 遠きを望んで相い見えず、日暮れ長江 空しく自《おのずか》ら流れる）」とある。
○目断千山阻　視界の届く限り、数え切れぬほどの険しい山々を眺めやる。「目断」は、目の届く限り遠くまで眺めやること。「千山阻」は、多くの険しい山々。北宋・柳永の「少年遊（佳人巧笑値千金）」詞に「如今万水千山阻、魂杳杳、信沈沈（如今 万水 千山の阻しきに、魂 杳杳たり、信 沈沈たり）」とある。

○唱金縷　金縷の曲を歌う。晏幾道「虞美人（疎梅）」詞の「歌金縷」〔注〕（『風絮』別冊北宋篇（二）一〇六頁）参照。

〔通釈〕

《賀新郎》一首

飛び渡りながら美しく滑らかに鳴く鶯の声で目が覚めた。

青々としたコケに覆われた連子窓から見る景色は既に夕刻に向かい、無数の赤い花びらが散り乱れている。すがれた花はすっかり吹き散らされて見る人も無く、ただ、しだれ柳だけが自ら舞っている（かのように風に揺れている）。

ようやく湿気を含んだ春の暖かい空気が今年初めての初夏の暖かさを連れて戻ってきた。

明月のように円くて美しい画扇がないかと幾度も探していると、堆積した塵に曖昧模糊とした画扇上には、鸞に乗った弄玉がいた。

去って行ったあの人へのかつての想いが、にわかにかくも激しく湧き上がってくるのに驚く。

江南の地で見たあの美しい夢は、横江浦のみぎわで断ち切った。

波しぶきは天に貼り付くほど高く上がり、葡萄色をした緑の河水がみなぎって、中空には濛々とけぶるような雨が降っている。

高殿に立ち蒼々とした波を眺めて思いは果てしなく、私に浮き草の白い花を摘んで渡してくれる人は（今はもう）

誰もいない。

ただひたすら、ゆらゆらと静かに漂うあの美しい小舟を見て心を痛める。

果てしなく長い距離を行く船はいったいいつ着くのだろう。独りぼっちの雁を見送って、視界の届く限り、遠くに見える数え切れぬほどの険しい山々を眺めやる。

いったい誰が、私のために「金縷の曲」を歌ってくれるだろうか（あの人はもういないのだ）。


【龍氏注】

○南宋・劉昌詩の『蘆浦筆記』巻十に次のようにある。

　葉石林の「賀新郎」詞に、「誰採蘋花寄与。但悵望蘭舟容与（誰か蘋花を採りて寄せ与えん。但だ悵望す蘭舟の容与するを）」とある。下の句の「与」字は去声である。『漢書』「礼楽志」に「練時日、澹容与（時日を練《えら》び、澹《しず》かに容与す）」とあり、[注1]その顔師古の注に「閑舒也（閑舒なり）」とある。現在の歌い手は音義を区別せず、「与」字が重なっているために「与」をむやみに改めて「寄取」とし、誤りであると思わないのは、笑止の至りである。慶元〔六年〕庚申の年（一二〇〇）に、石林の孫の筠[注2]が臨江〔重慶市忠県〕の長官となったが、かつておもむろにこの話に触れて、本詞を賦した時、葉夢得はまだ十八歳であったと言った。また、儀真〔江蘇省揚州市儀徴〕の妓女のために作ったのだと伝える人もいる。[注3]ことばの意味を詳しく味わってみれば、いずれも関連していないから、あるいは彼がこれを書いて彼女に贈っただけであろう。

〔訳者注〕

（1）「郊祀歌十九章」の歌詞の一部を抜粋したもので、全文は以下の通り（引用部分に傍線を施した）。

練時日、侯有望、巽膋蕭、延四方。九重開、霊之斿、垂恵恩、鴻祜休。霊之車、結玄雲、駕飛龍、羽旄紛。霊之下、若風馬、左倉龍、右白虎。霊之来、神哉沛、先以雨、般裔裔。霊之至、慶陰陰、相放怫、震澹心。霊已坐、五音飭、虞至旦、承霊億。牲繭栗、粢盛香、尊桂酒、賓八郷。霊安留、吟青黄、遍観此、眺瑤堂。衆嫭並、綽奇麗、顔如荼、兆逐靡。被華文、廁霧縠、曳阿錫、佩珠玉。侠嘉夜、仂蘭芳、澹容与、献嘉觴。

（2）未詳。

（3）原文は「而伝者乃云為儀真妓女作」で、「儀真の妓女の作であると伝える人もいる」と読むことも可能である。もしも女性が歌っている詞であるととるならば、前段は午睡から醒めた女性（妓女）が画扇の中に弄玉（と蕭史の仲睦まじき姿）を見たことから、去って行った男に思いを馳せている場面である、と解釈することもできる。

（橘千早）

71—04

八声甘州一首

寿陽楼八公山作　　寿陽楼、八公山の作

故都迷岸草，望長淮依然繞孤城
故都　岸草に迷うも、長淮を望めば　依然として　孤城を繞る
想烏衣年少，芝蘭秀発，戈戟雲横
想う　烏衣の年少、芝蘭　秀発にして、戈戟《かげき》の雲のごとく横たわるを
坐看驕兵南渡，沸浪駭犇鯨

坐して看るに　驕兵　南渡せんとするも、沸浪　犇鯨《ほんげい》を駭《おどろ》かす
転眄東流水，一顧功成
東流する水を転《めぐ》り眄《み》れば、一顧にして　功　成る

千歳八公山下，尚断崖草木，遙擁崢嶸
千歳　八公山の下、尚お断崖の草木、遙かに崢嶸《そうこう》を擁す
漫雲濤呑吐，無処問豪英
漫たる雲濤　呑吐するも、豪英を問う処　無し
信労生空成今古，笑我来何事愴遺情
信ず　労生　空しく今古と成るを、笑え　我の来たりて何事か愴として情を遺さんと
東山老，可堪歳晩，独聴桓箏
東山の老、堪うべけんや　歳　晩《おそ》くして、独り桓箏を聴くに

〔韻字〕

城、横、鯨、成、嶸、英、情、箏。

〔詞牌〕

「八声甘州」は、『詞律』巻一、『詞譜』巻二十五所収。双調九十七字、前段九句四平韻、後段十句四平韻。『詞律』は劉過の九十五字体を正体として、蕭列九十五字体と柳永九十七字体を別体として挙げ、『詞譜』は柳永九十七字

体を正体とする。本詞は柳永のものとほぼ等しいが、前段第一句と第二句がそれぞれ五言句と八言句（柳永体は八言句と五言句）であることが異なる。本訳注稿（十二）の36—19柳永「八声甘州」詞〔詞牌〕（『風絮』十二号二八二頁）を参照。

〔注〕

○寿陽楼　寿春（安徽省寿県）にあった楼閣を指す。前漢・淮南王劉安は、かつてこの地に都を置いた。また、太元八年（三八三年）に東晋・謝玄らによる江南軍が前秦・苻堅の大軍を破った「淝水の戦い」の舞台でもあり、本詞はこの故事を元にしている。

○八公山　寿春の東北、淮河南岸に位置する山。前漢・淮南王劉安が賓客八人とこの山に登り、仙術を学んだことからその名が付いたとされる。また、『晋書』載記第十四に「謝石等以既敗梁成、水陸継進。堅与苻融登城而望王師、見部陣斉整、将士精鋭、又北望八公山上草木、皆類人形、顧謂融曰、此亦勍敵也、何謂少乎。憮然有懼色（謝石等 既に梁成を敗《やぶ》るを以て、水陸 継いで進む。堅 苻融と城に登りて王師を望み、部陣の斉整にして、将士の精鋭たるを見、又た北のかた八公山上の草木、皆な人形に類するを望み、顧みて融に謂いて曰く、此れ亦た勍敵《けいてき》なり、何ぞ少なしと謂わんや、と。憮然として懼色有り）」とあるように、寿陽城から八公山を望んだ苻堅は、草木を晋兵と誤認して恐れたという。

○迷岸草　岸辺の草が生い茂っているために、道がよく分からない。北宋・周邦彦の「隔浦蓮近拍（新篁揺動翠葆）」詞に「濃靄迷岸草、蛙声鬧、驟雨鳴池沼（濃靄 岸草に迷い、蛙声 鬧《さわ》ぎ、驟雨 池沼を鳴らす）」とある。

○烏衣年少　東晋の宰相であった謝安の甥、謝玄を指す。謝玄は謝安から将軍に任命され、この戦いの指揮を任されていた。「烏衣」は、烏衣港のこと。晋が南渡した後、淮南のこの地に王・謝の二大名門豪族が居住したため、彼らの子弟を「烏衣諸郎」「烏衣子弟」ともいう。

○芝蘭秀発　青年が溌剌とし、才知が際立っていること。「芝蘭」は元来香草の意だが、南朝宋・劉義慶の『世説新語』言語に、身内の若者たちが立派でなくとも構わないと言った謝安に対し、甥の謝玄が「譬如芝蘭玉樹、欲使其生於階庭耳（譬《たと》うれば芝蘭玉樹の如し、其れをして階庭に生ぜしめんと欲するのみ）」と答えたという記述があり、ここから優秀な若者を喩えるようになった。また、「秀発」は人の表情が溌剌として、才能が突出していること。北宋・許景衡の「別毛徳修（毛徳修に別る）」詩に「芝蘭已秀発、父子作知己（芝蘭 已に秀発にして、父子 知己と作《な》る）」とある。

○戈戟雲横　戈や戟が雲のようにたくさん並べてある様子。同一の用例は管見の限り見出せないが、北宋・張耒の「送卒公叔奉詔赴陝西（卒公叔の詔を奉じて陝西に赴くを送る）」詩に「老儒宿学不敢較、左右戈戟縦横排（老儒の宿学 敢えて較《くら》べず、左右の戈戟 縦横に排《なら》ぶ）」とあり、北宋・宋肇の「白帝城」詩に「古来戦塁如雲横、万里瞿塘断人行（古来戦塁 雲のごとく横たわり、万里 瞿塘 人の行くを断つ）」とある。

○坐看　見る間に。時間の短いことを表す。唐・崔融の「従軍行」に「坐看戦壁為平土、近侍軍営作破羌（坐して看るに戦壁 平土と為り、近侍 軍営 破羌を作す）」とある。

○驕兵　兵力の多さを頼みにして敵を侮る兵。ここでは前秦の苻堅軍を指す。後の例になるが、南宋・金朋説の「苻堅伐晋（苻堅 晋を伐たんとす）」詩に「驕兵百万塡淝水、狼狽帰来国已休（驕兵百万 淝水に塡《み》つるも、狼狽し帰り来たるに国已に休《や》む）」とある。

○南渡　前秦軍が南へ向かって移動したことを指す。苻堅と苻融の主力軍は潁水を下り、北方から建康を目指した。

○駭犇鯨　勢いよく泳ぐ鯨を驚かす。ここでは苻堅に鯨に喩えている。「犇」は「奔」に同じ。南朝斉・謝朓の「和王著作八公山（王著作が八公山に和す）」詩に「長蛇固能剪、奔鯨自此曝（長蛇を固《まこと》に能く剪《き》り、奔鯨は此より曝《さら》す）」とあり、その『文選』巻三十の李善注に「八公山、謝玄敗苻堅之処也。長蛇、喩融。奔鯨、喩堅也（八公山は、謝玄の苻堅を敗《やぶ》るの処なり。長蛇は、融を喩え、奔鯨は、堅を喩うるなり）」とある。また、李白の「留別金陵諸公（金陵の諸公に留別す）」詩に「鍾山危波瀾、傾側駭奔鯨（鍾山 波瀾より危うく、傾側し奔鯨を駭かす）」とある。

○転眄　振り返ってちらりと見る。杜甫の「暁発公安（暁に公安を発す）」詩に「出門転眄已陳迹、薬餌扶吾随所之（門を出でて転《めぐ》り眄《み》れば已に陳迹、薬餌 吾を扶けて之く所に随う）」とある。

○東流水　淝水の水が東の方向へ流れる。なお、淝水は二つに分流し、西北へ向かって流れる方は寿陽を出て淮河に合流し、東南へ向かって流れる方は巣湖に注ぐ。淝水の戦いに登場する淝水は後者である。

○一顧　そちらへ目をやる。唐・劉長卿の「題虎丘寺（虎丘寺に題す）」詩に「裴回北楼上、江海窮一顧（裴回す北楼の上、江海 一顧を窮む）」とある。

○雲濤　波のようにむくむくと湧き上がる雲。唐・孟浩然の「宿天台桐柏観（天台の桐柏観に宿す）」詩に「日夕望三山、雲濤空浩浩（日夕に三山を望めば、雲濤 空 浩浩たり）」とある。

○呑吐　呑んだり吐いたりするという意から、集まったり散ったりを繰り返すさま。唐・王建の「題台州隠静寺（台州隠静寺に題す）」詩に「崆峒黯淡碧琉璃、白雲呑吐紅蓮閣（崆峒《こうどう》 黯淡たり 碧き瑠璃、白雲 呑吐す紅蓮の閣）」とある。

○豪英　英雄豪傑。李白の「鄴中贈王大勧入高鳳石門山幽居（鄴中にて王大勧の高鳳石門山の幽居に入るに贈る）」詩に「投軀寄天下、長嘯尋豪英（軀《く》を投じて天下に寄せ、長嘯して豪英を尋ぬ）」とある。

○労生　心身共に辛く疲れた生活のこと。『荘子』「大宗師」の「夫大塊載我以形、労我以生、佚我以老、息我以死（夫れ大塊は我を載せるに形を以てし、我を労するに生を以てし、我を佚するに老を以てし、我を息《そく》するに死を以てす）」を典拠とする。蘇軾の「酔蓬萊」詞冒頭に「笑労生一夢、羇旅三年、又還重九（労生 一夢を笑わん、羇旅 三年、又た還《ま》た重九）」とある。

○成今古　消え去る、過去のこととなる。唐・張継の「秋日道中」詩に「径行俯仰成今古、却憶当年賦遠遊（径行し俯仰するに今古と成るも、却って憶う当年 遠遊を賦せしを）」とある。

○愴遺情　失意の底でも世の中への未練の気持ちを残す。「遺情」は、思いを留めること。南朝宋・丘巨源の「聴隣妓（隣妓を聴く）」詩に「遺情悲近世、中山安在哉（情を遺して近世を悲しむ、中山安《いず》くに在る）」とある。また、南宋・呉芾の「憶昔（昔を憶う）」詩に「乱後成陳迹、重来愴故情（乱の後 陳迹と成るも、重ねて来たりて故情を愴む）」という表現があるが、「愴遺情」は珍しく、管見の限りでは葉夢得以外に用例が見られない。なお、彼はもう一例、「満庭芳（麦隴如雲）」詞に「微吟罷、重回皓首、江海渺遺情（微吟 罷み、重ねて皓首を回らせば、江海 渺として情を遺す）」という表現を用いている。

○東山老　謝安を指す。『晋書』「謝安伝」に拠れば、彼は隠居後に請われて再び出仕するも、終生、東山に隠棲せんとする「東山の志」を忘れなかった。なお、この故事については、蘇軾「八声甘州（有情風万里巻潮来）」詞の「東還海道」および「雅志」〔注〕（『風絮』別冊北宋篇（二）一七一頁）を参照。ここで葉夢得は、老いた自分と謝安の境遇とを重ね合わせている。

○聴桓箏　桓伊の箏を聴く。東晋・桓伊は淝水の戦いでも戦功のあった軍人で、音楽に秀でており、江左第一と称された。『晋書』「桓伊伝」に拠れば、謝安は晩年、女婿の讒言により孝武帝との関係が悪化していた。ある時、孝武帝が桓伊を宴に招いて得意の笛を所望したが、彼は笛ではなく箏を奏でる許しを得て、箏を弾きつつ曹植の「怨詩」を歌った。義憤に燃えて激高したその歌声に、傍らに控えていた謝安は涙で襟を濡らし、帝もまたひどく恥じ入ったという。蘇軾の「陪欧陽公燕西湖（欧陽公に陪して西湖に燕す）」詩に「不辞歌詩勧公飲、坐無桓伊能撫箏（歌詩にて公に飲まんと勧むるを辞せず、坐すも桓伊の能く箏を撫でる無し）」とある。

〔通釈〕

《八声甘州》一首

寿陽楼、八公山の作

古の国都は、生い茂る岸辺の草によって行く道が分からなくなっているけれども、淮河を眺めやれば、依然としてこの孤立した街を巡って流れている。

（淝水の戦いの時の）若き謝玄は、潑剌として才気際立ち、大量の戈や戟はまるで雲の如くに並んでいたことだろうと想像する。

見る間に、数を頼みの驕った前秦軍は南へ向かって移動したが、沸き立つ波のごとき東晋軍は、勢いよく泳ぐ鯨のような苻堅を驚かせ（敗走させ）た。

東へと流れる淝水に目を転じると、見る見るうちに謝玄は敵を打ち破って輝かしい戦功を立てたのだった。

千年もの長い間、八公山の麓には今なお切り立った崖に生えた草や木が、はるかに高くそびえる山々を抱きかかえるように立っている。

空一面に湧き上がる雲は集まったり散ったりするけれども、（今の時代は謝玄のような）英雄豪傑を尋ねる先はどこにもない。

私のこの辛く疲れた生活がむなしく消え去るのは必定だ。どうしてわざわざ失意の底でも世の中へ未練の気持ちを残すのだ、と私を笑いたまえ。

東山へ隠遁することが叶わなかった謝公と同じく、私もこのように年老いて、（君主が臣下の忠義を疑うことを諫めた）桓伊の箏の演奏を聴くのは耐えられない。

（橘千早）

○朱敦儒十四首　彊邨叢書本『樵歌』より収録す

76—01

水龍吟一首

放船千里淩波去，略為呉山留顧

船を放《や》ること千里　波を淩《しの》いで去り、略《たま》ま呉山の為めに顧を留む

雲屯水府，濤随神女，九江東注

雲は水府に屯《たむろ》し、濤は神女に随い、九江　東に注ぐ

北客翩然，壮心偏感，年華将暮

北客　翩然として、壮心　偏に感ずるも、年華　将に暮れんとす

念伊嵩旧隠，巣由故友，南柯夢，遽如許

念う　伊嵩の旧隠、巣由の故友を、南柯の夢、遽《にわ》かなること許《か》くの如し

回首妖氛未掃，問人間英雄何処

首を回せば妖氛《ようふん》　未だ掃われず、問う　人間　英雄　何れの処にかある

奇謀報国，可憐無用，塵昏白羽

奇謀もて国に報ぜんとするも、憐むべし　用いらるる無く、塵　白羽に昏きを

鉄鎖横江，錦帆衝浪，孫郎良苦

鉄鎖　江に横たえ、錦帆　浪を衝《つ》けども、孫郎　良に苦しむ
但愁敲桂櫂，悲吟梁父，涙流如雨
　但だ愁いて桂櫂を敲き、悲しんで梁父を吟ずれば、涙の流るること雨の如し

〔韻字〕

顧、注、暮、許、処、羽、苦、雨。

〔詞牌〕

「水龍吟」は、『詞律』巻十六、『詞譜』巻三十所収。百字体から百六字体まで諸体があり、『詞譜』は二十五体、『詞律』は三体をおのおの収める。本詞は双調百二字。百二字体にも複数の詞体があり、本詞は前段の第一句を七字に、第二句を六字に作る体例である。『詞譜』は前段十一句四仄韻、後段十一句五仄韻とするが、龍氏の句読に従えば前段十二句四仄韻、後段十一句四仄韻になる。両者の相違は、「南柯夢」を『詞譜』が「読」と見なすのに対し龍氏は句に取ること、また、後段第一句末字の押韻の有無による。本詞の「掃」字は、龍氏に従えば押韻していない。『詞律』は前段十二句四仄韻、後段十一句五仄韻に解する。また龍氏は句に見なすが、第一句末「去」字も押韻していると思しい。蘇軾「水龍吟（小舟横截春江）」詞の〔詞牌〕（『風絮』別冊北宋編（一）二四九頁）参照。

〔注〕

○放船　舟をやる、舟をこぐ。杜甫の「移居夔州作（夔州に移居せんとして作る）」詩に「春知催柳別、江与放船清（春は柳を催して別れしむるを知り、江は船を放るに与して清し）」とある。

○淩波　波の上を走る。北宋・蘇轍の「次韻題画巻四首（画巻に題すに次韻す四首）」詩「西塞風雨」に「雨細風斜欲暝時、

淩波一葉去安帰（雨細く風斜めに暝時にならんと欲し、波を淩ぐ一葉去りて安《いず》くに帰らん）」とある。

○略　たまたま。王鍈『詩詞曲語辞例釈』（第二次増訂本）に「略、〝暫〟・〝偶〟的意思、時間副詞（略は〝暫〟・〝偶〟の意味、時間副詞）」とあり、「偶」の例として本詞を引く（二〇〇頁）。

○呉山　呉地方の山々。晏幾道「蝶恋花（酔別西楼醒不記）」詞の「呉山」〔注〕（『風絮』六号三八一頁）を参照。

○留顧　じっと返り見やる。唐・劉昚虚の「積雪為小山（雪を積んで小山を為る）」詩に「不随遅日尽、留顧歳華間（随わず遅日尽きるに、顧を留む歳華の間）」とある。

○雲屯　雲が集まる。旅途の長江に雲が広がる様子をいうのだろう。范曄『後漢書』「袁紹劉表伝」の賛に「魚儷漢舳、雲屯冀馬（魚は漢舳に儷《なら》び、雲は冀馬に屯《あつま》る）」とある。

○水府　龍神の住む所。西晋・木華の「海賦」に「爾其水府之内、極深之庭、則有崇島巨鼇、峌嵲孤亭（爾して其の水府の内、極深の庭に、則ち崇島巨鼇有りて、峌嵲《てつげつ》として孤り亭つ）」とあり、唐・劉禹錫の「和牛相公題姑蘇所寄太湖石兼寄李蘇州（牛相公の姑蘇の寄する所の太湖石に題するに和し兼ねて李蘇州に寄す）」詩に「初辞水府出、猶帯龍宮腥（初め水府を辞して出で、猶お龍宮の腥《なまぐさ》しきを帯ぶ）」とある。

○濤随神女　女神の身のこなしに和して長江が波立つ。杜甫の「夔州歌十絶句」其六に「晴浴狎鷗分処処、雨随神女下朝朝（晴れて浴する狎鷗《おうおう》は処処に分かれ、雨を随うる神女は下ること朝朝）」とある。

○九江　九つの川。『尚書』禹貢に「江・漢朝宗于海、九江孔殷（江・漢海に朝宗して、九江孔《おお》いに殷《さだ》まる）」とある。『尚書』の「九江」については諸説がある。鄭玄は『漢書』「地理志」の「九江」と見做し「在今廬江潯陽県南、皆東合為大江（今の廬江潯陽県の南に在り、皆な東して合して大江と為る）」と解す。鄭注は本詞の「東注」と符合することから、いま鄭注に従う。

○東注　東方に流れ入る。唐・斉己の「送徐秀才遊呉国（徐秀才の呉国に遊ぶを送る）」詩に「西江東注急、孤棹若流星（西江は東に注ぐこと急なり、孤棹は流星の若し）」とある。また、晁補之「迷神引（黯黯青山紅日暮）」詞の「大江東注」〔注〕（『風絮』別冊北宋編（二）四三七頁）参照。

○北客　北からの旅人。ここでは朱敦儒自身を指す。蘇軾の「蘇州十首」詩其一に「北客随南賈、呉檣間蜀船（北客は南賈に随い、呉檣は蜀船を間《まじ》う）」とある。

○翩然　身の軽いさま。唐・韓愈の「雑詩」詩に「翩然下大荒、被髪騎騏驎（翩然として大荒に下り、髪を被り騏驎に騎る）」とある。賀鋳「行路難〈小梅花〉（縛虎手）」詞「翩然」〔注〕（『風絮』別冊北宋編（二）三〇九頁）を参照。

○壮心　壮大な志。三国魏・曹操の「歩出夏門行」亀雖寿に「烈士暮年、壮心不已（烈士 暮年にして、壮心 已まず）」とある。

○年華将暮　みずからの歳月は今や終ろうとしている。「年華」はここでは歳月、年齢の意。北周・庾信の「竹杖賦」に「並皆年華未暮、容貌先秋（並に皆な年華 未だ暮れざるに、容貌 先に秋なるものなり）」とある。また、劉禹錫「楊柳枝（軽盈裊娜占年華）」詞其三「占年華」〔注〕（『風絮』六号三三五頁）参照。なお、敦儒は詠作当時（建炎元年。委細は後掲〔附記〕を参照）、四十七歳と推測できる。

○伊嵩　伊水と嵩山。ともに敦儒が中年までを過ごした洛陽のすぐ南に位置する。『太平寰宇記』巻三「河南府」に「伊水、在県東南十八里（伊水は、県の東南十八里に在り）」とある。嵩山は嵩高山などの異名をもち、東の太室山と西の少室山との両山系からなる。南朝宋・戴延之「西征記」に「其山東謂太室、西謂少室。相去十七里、嵩其総名也。謂之室者、以其下各有石室焉（其の山の東は太室と謂い、西は少室と謂う。相い去ること十七里、嵩は其の総名なり。之を室と謂うは、其の下に各おの石室 有るを以てなり）」とある。敦儒の別号「伊川老人」「少室山人」は、これら地名に由来する。

○巣由故友　巣父と許由のごとき朋友たち。巣父と許由は隠士。晋・皇甫謐『高士伝』巻上に「巣父者、堯時隠士也。

山居、不営世利、年老以樹為巣而寝其上。故時人号曰巣父（巣父は、堯の時の隠士なり。山居して、世利を営まず、年老いて樹を以て巣と為して其の上に寝る。故に時人号して巣父と曰う）」とあり、また「許由、字武仲、陽城槐里人也。為人拠義履方、邪席不坐、邪膳不食、後隠於沛沢之中（許由、字は武仲、陽城の槐里の人なり。人と為り義に拠り方を履み、邪席は坐らず、邪膳は食わず、後ち沛沢の中に隠す）」とある。鄧子勉校注『樵歌』（上海古籍出版社、一九九八年）は、敦儒と交遊のあった陳恬（字叔易）等を「故友」と言ったと解している（三十一頁）。

○南柯夢　南柯の夢。唐・李公佐の「南柯記」の故事による。洛陽での隠遁生活と靖康の変（一一二六～二七年）によって南渡する現在との落差を南柯の夢に比したと思われる。

○遽如許　早いものでいつの間にかこうなってしまった。南宋・方岳の「歳晩」詩に「六十看看遽如許、世間白髪何曾公（六十看看として遽かなること許くの如し、世間白髪に何曾ぞ公あらん）」とある。

○妖氛　不祥の気。ここでは南進した金。李白の「塞下曲六首」其六に「横行負勇気、一戦静妖氛（横行するに勇気を負い、一戦して妖氛を静めん）」とある。

○英雄　ここでは諸葛亮のごとき英雄を指そう。また、蘇軾の「八陣磧」詩に「英雄不相下、禍難久連結（英雄相い下さず、禍難久しく連結す）」とある。陸游「鷓鴣天（家住蒼煙落照間）」詞「英雄」〔注〕（『風絮』二号一九六頁）を参照。

○奇謀　すぐれた策略。北宋・范仲淹の「依韻答青州富資政見寄（依韻して青州の富資政の寄せらるるに答う）」詩に「偉望能令中国重、奇謀曾圧北方強（偉望能く中国をして重んぜしめ、奇謀曾て北方を圧して強し）」とある。

○報国　国に奉公する。白居易の「和微之詩二十三首」「和我年三首」詩其三に「報国竟何如、謀身猶不了（国に報ずること竟に何如、身を謀ること猶お了らず）」とある。

○塵昏　塵が積もって黒くなる。唐・温庭筠の「和友人悼亡（友人の悼亡に和す）」詩に「宝鏡塵昏鸞影在、細箏弦断雁行稀（宝鏡 塵昏く鸞影 在り、細箏 弦断ち雁行 稀なり）」とある。

○白羽　白羽扇。諸葛亮が軍の指揮に用いた。晋・裴啓『語林』に「諸葛武侯与宣王在渭浜将戦、武侯乗素輿、葛巾・白羽扇指揮三軍、三軍皆随其進止（諸葛武侯と宣王と渭浜に在って将に戦わんとするに、武侯 素輿に乗り、葛巾・白羽扇もて三軍を指揮し、三軍 皆な其の進止に随う）」とあり、蘇軾の「犍為王氏書楼（犍為の王氏の書楼）」詩に「書生古亦有戦陣、葛巾羽扇揮三軍（書生 古にも亦た戦陣 有り、葛巾 羽扇もて三軍を揮す）」とある。

○鉄鎖横江　鉄の鎖が長江に張りめぐらされているさま。ここでは、虚構の赤壁の戦いにおいて孫権が実施した水上封鎖と解しておく。唐・劉禹錫の「西塞山懐古」詩に「西晋楼船下益州、金陵王気漠然収、千尋鉄鎖沈江底、一片降幡出石頭（西晋の楼船 益州より下り、金陵の王気 漠然として収まる、千尋の鉄鎖 江底に沈み、一片の降幡 石頭より出づ）」とある。但し劉詩の典拠は『晋書』「王濬伝」に見える三国呉侵攻の史事。

○錦帆　にしきの帆を持った船。ここでは甘寧軍の船を指す。甘寧は呉の猛将、虚構の赤壁の戦いでは大いに活躍した。『演義』には「更以西川錦作帆幔、左右皆披錦繍、時人皆呼錦帆賊（更に西川の錦を以て帆幔と作し、左右 皆な錦繍を披り、時人 皆な錦帆賊と呼ぶ）」とあり、甘寧一味を「錦帆賊」と呼ぶ（葉逢春本巻四「孫権跨江破黄祖」）。これは『三国志』「甘寧伝」の裴松之注に「呉書曰…住止常以繒錦維舟（呉書 曰く…住止するに常に繒錦を以て舟を維ぐ）」というのが典拠。

○衝浪　船が水上を疾走するさま。「衝風破浪」の略。唐・劉希夷の「江南曲八首」其二に「錦帆衝浪湿、羅袖払行衣（錦帆 浪を衝いて湿り、羅袖 行衣を払う）」とある。

○孫郎　孫殿。ここでは呉主の孫権を指す。「郎」は一般男子に対する尊称。唐・王維の「故人張諲工詩善易卜兼能丹青草隷、頃以詩見贈聊獲酬之（故人張諲 詩に工みにして善く易卜して兼ねて丹青草隷を能くす、頃《ちかご》ろ詩を以て贈られ聊か獲て之に酬ゆ)」詩に「屛風誤点惑孫郎、団扇草書軽内史（屛風の誤点 孫郎を惑わし、団扇の草書 内史を軽んず）」とある。この王維の詩は、『三国志』「趙達伝」裴松之注に引く『呉録』の「曹不興善画、権使画屛風、誤落筆点素、因就以作蠅。既進御、権以為生蠅、挙手弾之（曹不興 画を善くし、権 屛風に画かしむるに、誤りて筆を落し素を点じ、因て就《な》して以て蠅と作す。既に進御し、権 以為《おもえら》く生蠅なり、手を挙げ之を弾つ）」に典拠する。黄庭堅「念奴嬌（断虹霽雨）」詞の「孫郎」〔注〕（『風絮』別冊北宋編（一）三〇一頁）参照。

○桂櫂　カツラの木で作ったかい。ここでは、船端をたたいて唄のリズムを取っている。蘇軾の「前赤壁賦」に「扣舷而歌之。歌曰、桂櫂兮蘭槳（舷を扣いて歌う。歌いて曰く、桂の櫂 蘭の槳、と）」とある。

○梁父　梁父吟または梁甫吟。楽府楚調の曲名。泰山のふもとの梁父山に死者を葬る際、歌われる挽歌。『三国志』「諸葛亮伝」に「玄卒。亮躬耕隴畝、好為梁父吟（玄 卒す。亮 隴畝を躬耕して、好んで梁父吟を為す）」とあり、『楽府詩集』巻四十一「楚調曲」上に諸葛亮等の「梁父吟」が収載されている。その郭茂倩の按文に「按梁甫、山名、在泰山下。梁甫吟、蓋言人死葬此山。亦葬歌也。又有泰山梁甫吟、与此頗同（按ずるに梁甫は山名、泰山の下に在り。梁甫吟、蓋し人 死して此の山に葬るを言う。亦た葬歌なり。又た泰山梁甫吟 有り、此れと頗る同じ）」とある。

○涙流如雨　雨のように涙が落ちてくる。北宋・李之儀の「踏莎行（一別芳容）」詞に「多情猶自夢中来、向人粉涙流如雨（多情 猶自《な》お夢中に来たるがごとく、人に向かいて粉涙 流るること雨の如し）」とある。

〔通釈〕

《水龍吟》一首

船を千里の彼方に、波の上を進むにまかせて走り、たまたま呉山の方をじっと返り見やった。

長江の雲は龍神の住む所に集まり、女神の身のこなしに和して長江が波立ち、九つの川は東方に流れ入る。

北からの旅人は身軽な様子の中に、壮大な志を特別に持っているが、彼の歳月は今や終わろうとしている。伊水と嵩山とむかし世を避けて暮らした土地や、巣父と許由のごとき隠士の友人たちを想う、南柯の夢のように人生ははかなく、早いものでいつの間にかこうなってしまった。

ふり返って北を見やれば不祥の気は今なお除かれず、問いたい、世間のどこに英雄がいるというのか。秀抜な計略をもってお国に奉公したいけれど、任用されないのが残念で、白羽扇に塵が積もって黒っぽくなってしまった。鉄のくさりを長江に張りめぐらし、にしきの帆を持った軍船が水上を疾走したものの、孫殿は大いに苦しんだという。わずかに悲嘆のうちに船端をたたいてリズムを取りながら梁父吟を歌うだけで、雨のように涙が落ちてくる。

（池田昌広）

76―10

好事近二首（其一）

漁父詞

揺首出紅塵，醒酔更無時節
首を揺らし紅塵を出で、醒酔　更に時節　無し
活計緑蓑青笠，慣披霜衝雪

活計は緑蓑青笠、霜を披《き》て雪を衝《つ》くに慣る

晩来風定釣糸閑，上下是新月

晩来　風　定まり　釣糸　閑にして、上下は是れ新月

千里水天一色，看孤鴻明滅

千里　水天一色、孤鴻の明滅するを看る

〔韻字〕

節、雪、月、滅。

〔詞牌〕

「好事近」は『詞律』巻四、『詞譜』巻五所収。「釣船笛」ともいう。双調四十五字。前後段各四句、両段とも二句ごとに仄声の入声で押韻する。韓元吉「好事近（凝碧旧地頭）」詞〔詞牌〕（『風絮』十一号二二三頁）参照。

〔注〕

○漁父詞　詞序、「漁師のうた」の意。漁師は、俗世間を避けて悠々自適の生活を送る隠者のイメージを持って詩文に詠まれる。陸游「鵲橋仙」詞其一の「無名漁父」〔注〕（『風絮』四号一八三頁）参照。

○揺首　頭をふる。「揺頭擺尾」に同義。もと、魚が頭をふり尾をふって勢いよく泳ぐさまをいう語で、転じて自由自在にして束縛のないさまを表す。南宋・晦翁悟明『宗門聯灯会要』巻二十三「洛浦元安章」に「臨済門下有一赤梢鯉魚、揺頭擺尾、向南方去（臨済門下に一赤梢鯉の魚有り、頭を揺らし尾を擺《ふ》り、南方に去る）」とある。この臨済門

下の「赤梢鯉」は、「他後、活龍に変る可き機」（日本・無著道忠『五家正宗賛助桀』）という。
○紅塵　世俗の塵埃。陸游「鵲橋仙」詞其一の「到紅塵深処」〔注〕（『風絮』四号一八〇頁）参照。
○醒酔　醒めることと酔っぱらうこと。欧陽脩「採桑子　其六（清明上巳西湖好）」詞の「醒酔」注（『風絮』北宋編（二）二六頁）を参照。
○時節　とき。「無時節」は「ときを問わず」の意。白居易の「東園翫菊」詩に「見酒無時節、未飲已欣然（酒を見ては時節無く、未だ飲まずして已に欣然たり）」とある。賀鋳「小梅花（思前別）」詞「時節」〔注〕（『風絮』北宋編（二）三九五頁）を参照。
○活計　生計、暮らしを立ててゆく手段。白居易の「履道居三首」詩其一に「莫嫌地窄林亭小、莫厭貧家活計微（嫌う莫かれ地窄く林亭小さきを、厭う莫かれ貧家活計微なるを）」とある。
○緑蓑　まだ緑色をのこしたミノ。張志和「漁歌子（西塞山前白鷺飛）」詞の「緑蓑衣」〔注〕（『風絮』七号一四四頁）参照。
○青笠　青くまだ新しい笠。張志和「漁歌子（西塞山前白鷺飛）」詞の「青箬笠」〔注〕（『風絮』七号一四四頁）参照。
○披霜　霜をかぶる。唐・李咸用の「独鵠吟」詩に「披霜唳月驚嬋娟、逍遥忘却還青田（霜を披《き》て月に唳《な》き嬋娟を驚かせ、逍遥として忘却し青田に還る）」とある。
○衝雪　雪の中を進む。杜甫の「暮秋将帰秦、留別湖南幕府親友（暮秋に将に秦に帰らんとして、湖南の幕府の親友に留別す）」詩に「北帰衝雨雪、誰憫敝貂裘（北帰するに雨雪を衝く、誰か憫れまん貂裘敝《やぶ》るるを）」とあり、唐・林寛の「少年行」詩に「報仇衝雪去、乗酔臂鷹廻（仇を報ぜんとして雪を衝いて去り、酔に乗じて鷹を臂して廻る）」とある。
○晩来　日暮れ。唐・王維の「山居秋暝」に「空山新雨後、天気晩来秋（空山新雨の後、天気晩来秋なり）」とある。李煜「烏夜啼（林花謝了春紅）」詞の「晩来」〔注〕（『風絮』十一号一五六頁）を参照。

○風定　風がやむ。杜甫の「茅屋為秋風所破歌（茅屋秋風の破る所と為る歌）」詩に「俄頃風定雲墨色、秋天漠漠向昏黒（俄頃に風 定まり雲は墨色、秋天 漠漠として昏黒に向かう）」とある。

○新月　旧暦で毎月初めに出る湾曲した形の細い月。馮延巳「鵲踏枝　其一（誰道閑情拋擲久）」詞の「新月」〔注〕（『風絮』別冊唐五代編二九五頁）を参照。

○水天一色　天空と水面との色が混成して一体となること。唐・王勃「滕王閣」序に「秋水共長天一色（秋水は長天と共に一色）」とある。

○明滅　見えたり見えなくなったり。唐・李建勳「白雁」詩に「薄暮浴清波、斜陽共明滅（薄暮に清波を浴び、斜陽に共に明滅す）」とある。朱敦儒「念奴嬌（晩涼可愛）」詞の「明滅」〔注〕（『風絮』十二号三二四頁）を参照。

〔通釈〕

《好事近》二首　その一

頭をふって泳ぐ魚のように自由自在な今、俗世間を離れ、醒めるのも酔うのもいよいよ時を問わなくなった。新しい蓑と笠とをまとって魚をとるのが暮らしの手段、霜をかぶり雪の中を進むのにも慣れた。日は暮れて風がやみ、釣り糸は静かに垂れたまま、天空と水面とには昇ったばかりの月が見える。千里のかなた、天空と水面とは一色になって、一羽の雁が見えたり見えなくなったりしている。

（池田昌広）

76—11

好事近二首（其二）

短櫂釣船軽，江上晩煙籠碧
　短櫂の釣船は軽く、江上の晩煙は碧を籠《こ》む
塞雁海鷗分路，占江天秋色
　塞雁と海鷗と路を分ち、江天の秋色を占む

錦鱗撥剌満籃魚，取酒価相敵
　錦鱗は撥剌たり籃に満つる魚、酒を取るに価は相い敵す
風順片帆帰去，有何人留得
　風　順にして　片帆　帰去し、何人か留め得ること有らん

〔韻字〕
碧、色、敵、得。
〔詞牌〕
前詞参照。
〔注〕
○短櫂　船をこぐための短小のかい。「短棹」に同じ。五代・閻選の「定風波（江水沈沈帆影過）」詞に「扁舟短櫂帰蘭浦、人去、蕭蕭竹徑青莎透（扁舟短櫂　蘭浦に帰り、人去り、蕭蕭たる竹徑　青莎　透る）」とある。
○釣船　釣り舟。唐・杜牧の「漢江」詩に「南去北来人自老、夕陽長送釣船帰（南去北来　人　自《おのずか》ら老い、夕陽　長く送る

釣船の帰るを）」とある。
○晩煙　暮れ時のもや。五代・李煜の「謝新恩（冉冉秋光留不住）」詞に「紫菊気、飄庭戸、晩煙籠細雨（紫菊の気、庭戸に飄たり、晩煙 細雨を籠む）」とある。
○籠碧　緑色の江水をすっぽり覆う。「籠」は「上から覆う・包む」の意。唐・王勃の「江亭夜月送別（江亭の夜月に送別す）」詩に「乱煙籠碧砌、飛月向南端（乱煙は碧砌を籠み、飛月は南端に向かう）」とある。また、陳克「菩薩蛮其一（赤欄橋尽香街直）」詞の「籠街」〔注〕（『風絮』五号三〇九頁）参照。
○塞雁　北方辺境の雁。雁は秋の訪れと共に南に去り春になって北に帰る。南北を自由に往来する雁は、束縛され不自由な人間と対照的な存在としばしば描かれる。万俟詠「憶少年（隴雲溶洩）」詞「塞雁」〔注〕（『風絮』三号一八一頁）参照。
○海鷗　カモメ。漁師が捕えようとした途端、カモメが近づかなくなったという『列子』黄帝篇の話柄はよく知られる。これから超俗の象徴とされ、隠者の隠喩としても用いられる。南朝宋・謝霊運の「於南山往北山経湖中瞻眺（南山より北山に往き湖中の瞻眺を経たり）」詩に「海鷗戯春岸、天鶏弄和風（海鷗は春岸に戯れ、天鶏は和風を弄す）」とある。また、張炎「高陽台（接葉巣鶯）」詞「鷗」〔注〕（『風絮』創刊号一五一頁）参照。
○分路　道を分かれて進む。南宋・陸游の「秋思」詩に「桑竹成陰不見門、牛羊分路各帰村（桑竹 陰を成して門 見えず、牛羊 路を分ち各おの村に帰る）」とある。
○占　独り占めにする。劉禹錫「楊柳枝（軽盈嫋娜占年華）」詞の「占年華」〔注〕（『風絮』六号三三五頁）参照。
○江天　江河とその上に広がる天空。柳永「八声甘州（対蕭蕭）」詞の「江天」〔注〕（『風絮』十二号二八二頁）参照。
○秋色　秋の景色。晏殊「訴衷情（芙蓉金菊闘馨香）」詞の「秋色」〔注〕（『風絮』五号二七〇頁）参照。

○錦鱗　魚の美称。北宋・范仲淹の「岳陽楼記」に「沙鷗翔集、錦鱗游泳（沙鷗は翔集し、錦鱗は游泳す）」とある。

○撥剌　ピチピチ。魚がはねる音。畳韻の語。杜甫の「漫成一首」詩に「沙頭宿鷺聯拳静、船尾跳魚撥剌鳴（沙頭の宿鷺は聯拳として静かに、船尾の跳魚は撥剌として鳴る）」とある。

○籃　かご。竹などで編んで作った取っ手の付いた容器。白居易の「放魚」詩に「暁日提竹籃、家僮買春蔬（暁日に竹籃を提《ひっさ》げ、家僮 春蔬を買う）」とある。

○取酒　酒を買う。李白の「擬古十二首」其三詩に「提壺莫辞貪、取酒会四鄰（壺を提げて貪るを辞すること莫れ、酒を取りて四鄰に会す）」とあり、『宋書』隠逸伝の「陶淵明伝」に「臨去、留二万銭与潜。潜悉送酒家、稍就取酒（去るに臨んで、二万銭を留めて潜に与う。潜 悉《ことごと》く酒家に送り、稍や就きて酒を取る）」とある。

○相敵　相応である、ふさわしい。「敵」は釣り合うさま。唐・貫休の「覧皎然渠南郷集（皎然の渠南郷集を覧る）」詩に「学力不相敵、清還彷彿同（学力 相い敵せず、清きこと還た彷彿として同じ）」とある。

○片帆　ただ一艘の舟。孫光憲「浣渓沙（蓼岸風多橘柚香）」詞の「片帆」〔注〕（『風絮』別冊唐五代編二四八頁）参照。

○帰去　帰って行くこと。陸游「鵲橋仙（一竿風月）」詞「帰去」〔注〕（『風絮』四号一八二頁）参照。

○留得　引き留めることができる。「得」は可能を表す。孫光憲「謁金門（留不得）」詞の「留不得」〔注〕（『風絮』別冊唐五代編二六四頁）参照。

〔通釈〕

《好事近》二首　その二

小さなかいの釣舟は軽やかに、川の上に立ちこめた暮れ時のもやは、緑の川水をすっぽり覆っている。

北方の雁とカモメとが道を分かれて進み、川と空とに広がる秋の景色を独り占めしている。

魚はピチピチとかごにいっぱいに、酒を買うのに値は相応である。
颪は追い風になって一艘の舟が帰って行くのに、誰がそれを引き留めることができようか。

(池田昌広)

○姜夔二十三首　彊邨叢書『白石道人歌曲』より収録す

84—07

踏莎行一首

自汚東来、丁未元日至金陵、江上感夢而作
汴《べん》より東来し、丁未元日　金陵に至り、江上　夢に感じて作る

燕燕軽盈、鶯鶯嬌軟
燕燕は軽盈、鶯鶯は嬌軟

分明又向華胥見
分明に又た華胥に向《お》いて見《まみ》ゆ

夜長争得薄情知、春初早被相思染
夜は長く　争《いかで》か薄情の知るを得ん、春の初めに早くも相思に染めらる

別後書辞、別時針線
別後の書辞、別時の針線

離魂暗逐郎行遠
　離魂　暗《ひそ》かに郎を逐いて行くこと遠し
淮南皓月冷千山、冥冥帰去無人管
　淮南の皓月　千山　冷ややかに、冥冥として帰り去るも　人の管する無し

〔韻字〕
軟、見、染、線、遠、管。

〔詞牌〕
「踏莎行」は、『詞律』巻八、『詞譜』巻十三所収。双調五十八字、前後段各五句、三仄韻。30―12晏殊「踏莎行」詞〔詞牌〕（『風絮』八号一八二頁）参照。

〔注〕
○沔　今の武漢市漢陽。姜夔が幼い頃から過ごした地である。
○丁未　淳熙十四年（一一八七）。姜夔は三十二歳。この前年、蕭徳藻の知遇を得、年末に沔を立ち都に向かった。その次第は「探春慢（衰草愁煙）」詞の序文に詳しい（『唐宋名家詞選』収録）。本詞はこの旅立ちから数日の後に作られたもの。
○金陵　南京（江蘇省）の古名。欧陽炯の「江城子（晩草金陵岸草平）」詞の「金陵」〔注〕（『風絮』別冊唐五代編一七四頁）参照。
○燕燕　女性の名。ここでは次の鶯鶯と共に別れてきた女性を指す。蘇軾の「張子野年八十五、尚聞買妾、述古令

作詩（張子野年八十五にして、尚お妾を買うを聞き、述古詩を作らしむ）」詩に「詩人老去鶯鶯在、公子帰来燕燕忙（詩人老い去って鶯鶯在り、公子帰り来たりて燕燕忙し）」とあり、春の風景としての飛び交う鳥と恋しい女性とを重ねている。夏承燾は『姜白石詞編年箋校』「行実考、合肥詞事」で、合肥に十年あまりなじみの二人の女性がいたと推論している。ツバメの意味では、姜夔「淡黄柳（空城暁角）」詞の「燕燕」〔注〕（『風絮』四号二〇三頁）参照。

○軽盈　軽やかでなよやか。身のこなしをいう。劉禹錫「楊柳枝（軽盈裊娜占年華）」詞の「軽盈」〔注〕（『風絮』六号三三四頁）を参照。

○鶯鶯　女性の名。唐・元稹の「鶯鶯伝」では崔鶯鶯が主人公の名である。夏承燾は前掲書において、燕燕と鶯鶯とは妓楼にいた姉妹かと推測している。他に一人の女性の姿態と声とを描くものとする解釈もある。

○嬌軟　やわらかに美しい。声をいう。李元膺「洞仙歌（雪雲散尽）」詞の「嬌軟」〔注〕（『風絮』十一号二〇九頁）参照。

○分明　はっきりと。潘閬「憶余杭（長憶銭塘）」詞の「分明」〔注〕（『風絮』創刊号九十七頁）参照。

○華胥　夢の中。『列子』「黄帝篇」に「昼寝而夢、游于華胥氏之国（昼寝ねて夢み、華胥氏の国に游ぶ）」とあるのに基づく。北宋末南宋初・趙鼎「鷓鴣天（客路那知歳序移）」詞に「分明一覚華胥夢（分明として一たび覚む華胥の夢）」とある。

○被相思染　恋の思いに染められる。北宋・欧陽脩の「漁家傲（為愛蓮房都一柄）」詞に「因花又染相思病（花に因りて又た相思の病に染めらる）」とあり、北宋・黄庭堅の「少年心」詞の冒頭に「対景惹起愁悶。染相思、病成方寸（景に対して愁悶を惹起す。相思に染められ、病方寸に成る）」とある。

○書辞　手紙。北宋・周邦彦の「四園竹（浮雲護月）」詞に「奈向灯前堕涙、腸断蕭娘、旧日書辞。猶在紙（奈《いか》んせん灯前に涙を堕とすを、腸断す蕭娘、旧日の書辞。猶お紙に在り）」とある。

○針線　針と糸。縫ったり刺繍したりした衣服。ここでは別れに際して送られた衣服を指す。柳永「定風波（自春来）」

詞の「針線」〔注〕（『風絮』十二号二七八頁）および蘇軾「青玉案（三年枕上呉中路）」詞の「針線」〔注〕（『風絮』別冊北宋編（二）一八二頁）を参照。

○離魂　体から抜け出した心。唐・陳玄祐の「離魂記」では、倩娘の魂が体から抜け出して別れた恋人を追う。五代・韋荘の「春日」詩に「旅夢乱随胡蝶散、離魂漸逐杜鵑飛（旅夢は乱れて胡蝶に随いて散じ、離魂は漸く杜鵑を逐いて飛ぶ）」とある。

○逐郎行遠　あなたの所まで遠く追いかけていく。「郎」は恋人である男性に呼びかける言葉。劉禹錫「竹枝（山桃紅花満上頭）」詞の「郎意」〔注〕（『風絮』二号一三九頁）、および馮延巳「点絳脣（蔭緑囲紅）」詞の「向郎辺去」〔注〕（『風絮』別冊唐五代編三八八頁）参照。北宋・周邦彦の「酔桃源（冬衣初染遠山青）」詞に「若教随馬逐郎行、不辞多少程（若し馬に随い郎を逐いて行かしめば、多少の程を辞せず）」とあるが、本詞および周邦彦詞の「郎行」は「あなたのところ」の意味の俗語とする説もある。

○淮南　淮水の南。女性がいる合肥（安徽省）を指す。

○皓月　白い月、明月。五代・魏承班の「訴衷情（銀漢雲晴玉漏長）」詞に「皓月瀉寒光、割人腸（皓月 寒光を瀉ぎ、人の腸を割く）」とある。秦観「水龍吟（小楼連遠横空）」詞の「皓月」〔注〕（『風絮』別冊北宋編（二）二一四頁）参照。

○千山　重なる山々。唐・許渾の「寄題華厳韋秀才院（華厳に題し韋秀才院に寄す）」詩に「今来故国遙相憶、月照千山半夜鐘（今 来たりて故国 遙かに相い憶い、月は照らす千山 半夜の鐘）」とある。また、柳永「安公子（遠岸収残雨）」詞「万水千山」〔注〕（『風絮』十一号一六七頁）参照。

○冥冥　ひっそりと。また、目に見えないほど高い様子。杜甫の「寄韓諫議（韓諫議に寄す）」詩に「鴻飛冥冥日月白、青楓葉赤天雨霜（鴻 飛ぶこと冥冥として日月 白く、青楓 葉 赤くして天霜 雨《ふ》る）」とある。

〔通釈〕

《踏莎行》一首

沔から東に来て、丁未の年の元日に金陵に到着し、江のほとりで夢に感じて作った

燕燕は燕のように軽やかに舞い、鶯鶯は鶯のようにやわらかに歌った

夢の中ではっきりと君と会った

「夜は長く、薄情者のあなたにどうして分かるでしょうか、新年の初めからもう恋の思いに染められています

別れてからお送りした手紙、別れる時にお贈りした衣服

別れを悲しむ魂はひそかにあなたの所まで遠く追いかけて行きます」

（君のいる）淮南に白い月が（ふたりを隔てて）重なる山々を冷ややかに照らしている、君の魂はひっそりと帰って行ったのだろうか、誰にかまわれることもなく

【龍氏注】

○近人・王国維の『人間詞話』巻下に次のようにある。

白石〔姜夔〕の詞で、私が最も愛するのはただ二語だけ、「淮南の皓月　千山　冷ややかに、冥冥として帰り去るも人の管する無し」である。

（松尾肇子）

○劉辰翁　十一首　『彊邨叢書』本『須渓集』より収録す

89—01

霜天暁角　一首

和中斎九日　　中斎の九日に和す

騎台千騎
　騎台　千騎

有菊知何世
　菊　有るも　何れの世なるかを知らん

想見登高無処，淮以北，是平地
　想見す　登高するに　処　無く、淮以北は、是れ平地なるを

老来無復味
　老来　復た味　無し

老来無復涙
　老来　復た涙　無し

多謝白衣迢遰，吾病矣，不能酔
　白衣の迢遰たるを多謝すれども、吾は病み、酔う能わず

〔韻字〕

騎、世、地、味、涙、酔。

〔詞牌〕

「霜天暁角」は、『詞律』巻三、『詞譜』巻四所収。双調四十三字、前後段、各三仄韻。本作は正格とされる形態で、本訳注稿の80—05范成大「霜天暁角」詞（『風絮』七号二三〇頁）は変格に属する。

〔注〕

○中斎　南宋末・元初の鄧剡（南宋紹定五年一二三二—元大徳七年一三〇三）の号。鄧剡、字は光薦また中甫、廬陵（江西省吉安）の人。景定三年（一二六二）の進士。元の侵攻によって南宋の末帝の趙昺が広東の厓山《がいざん》に逃避するのに従った。元軍に敗れ帝が入水して崩ずるや、彼も海に身を投じたが、元軍に助け出され死を得ず、北に送致された。途中、病のために金陵に留められ、後に放免されて帰郷した。劉辰翁と同郷の友人で、「祭劉須渓文」を書き彼の死を悼んだ。なお劉辰翁の唱和のもとになった鄧剡の詞は伝わらない。

○九日　九月九日の重陽の節句。この日には高い所に登り、菊の花びらを浮かべた酒を飲み延年長寿を祈る等した。唐・歐陽詹の「九日広陵登高懐邵二先輩（九日 広陵にて高きに登り邵二先輩を懐う）」詩に「簪萸泛菊俯平阡、飲過三杯却惆然（萸を簪にし菊を泛《うか》べ平阡を俯し、飲みて三杯を過ぐれば却て惆然たり）」とある。また、晏殊「訴衷情」詞の「重陽」〔注〕（『風絮』五号二六九頁）、黄庭堅「南郷子」詞の「重陽日」〔注〕（『風絮』別冊北宋編（一）三六〇頁）参照。

○騎台　後に南朝宋の武帝となる劉裕が九月九日に宴を催した戯馬台。戯馬台は、『文選』巻二十に南朝宋の謝瞻と謝霊運の「九日従宋公戯馬台集送孔令（九日 宋公の戯馬台の集いに従い孔令を送る）」詩に見え、かつて戦国楚の項羽が馬を走らせて楽しんだ所とされ、彭城（江蘇省徐州）にあった。北宋・陳師道の「次韻李節推九日登南山（李節推の九日 南山に登るに次韻す）」詩に「平林広野騎台荒、山寺鳴鐘報夕陽（平林 広野 騎台 荒れ、山寺の鳴鐘 夕陽を報ず）」とあり、北宋末南宋初・任淵の注に「按騎台即戯馬台（按ずるに騎台は即ち戯馬台）」とある。

○千騎　たくさんの騎馬武者。柳永「望海潮」詞の「千騎」〔注〕（『風絮』別冊北宋編（一）一四〇頁）参照。

○想見　ありさまを推量する。南宋・汪莘の「乳燕飛（暁趁西湖約）」詞に「想見登山臨水処、酔把茱萸槃礴（想見す登山臨水の処、酔いて茱萸を把り槃礴《はんはく》たるを）」とある。

○登高　重陽の節句に高い所に登る。南宋・戴復古の「九日櫧洲舟中（九日 櫧《しょ》洲の舟中）」詩に「今日登高無処所、一樽携上枕江楼（今日 高きに登るに処所《ところ》無く、一樽 携え上り江楼に枕《よ》る）」とある。また、柳永「八声甘州」詞の「登高臨遠」〔注〕（『風絮』十二号二八五頁）参照。

○淮以北　淮水以北の地域。淮水は中国の南北を分ける河川であり、南宋時代には金との国境になっていた。「淮以北」は散文的な表現である。南宋・陸游の「跋張監丞雲荘詩集」に「敵覆神州七十年、東南士大夫視長淮以北猶傖荒也（敵の神州を覆すること七十年、東南の士大夫、長淮以北を視ること猶お傖荒のごときなり）」とある。

○老来無復味　年老いてからは二度と味がしない。南宋・劉克荘『後村詩話』巻二に引く南宋・朱敦儒の詩句に「人間万事老無味、天下四時秋最悲（人間 万事 老いて味 無く、天下 四時 秋は最も悲し）」とあり、北宋・程俱の「偶書二首」其一に「我身如甘柘、既圧無復味。一為老所圧、乃與枯柘類（我が身は甘柘の如く、既に圧せられて復た味 無し。一に老いの圧する所と為り、乃ち枯柘と類す）」とあり、自注に「経云、譬如甘柘（甘蔗）、既被圧已滓無復味。壮年盛色亦復如是、既被老圧、無三種味（経に云う、譬うれば甘柘の如く、既に圧せられて已に滓となり復た味 無し。壮年の盛色も亦た復た是くの如く、既に老に圧せられ、三種の味 無し）」とある。なお自注に引用する「経」は『大般涅槃経』巻十二の文である。

○老来無復涙　年老いてからは二度と涙を流さない。南宋・陸游の「箜篌謡二首寄季長少卿（箜篌謡二首　季長少卿に寄す）」詩其二に「欲泣老無涙、欲夢不可常（泣かんと欲すれども老いて涙無く、夢みんと欲すれども常なるべからず）」とある。呉企明校注『須渓詞』（上海古籍出版社、一九九八年、四八頁）は、この句によって本詞はおおよそ鄧剡が元の捕虜となったが病気で釈放されて江西に帰還して以後、須渓が廬陵に閑居していた時の作とする。
○多謝　厚く感謝する。劉禹錫「憶江南」詞の「多謝」〔注〕（『風絮』別冊唐五代編一六〇頁）を参照。
○白衣　白い衣を着た小役人。白衣の小役人が州の長官の命を受けて重陽の日に東晋の陶淵明に酒を届けたという南朝宋・檀道鸞『続晋陽秋』に見える故事に基づき、重陽節に酒をもたらす人をいう。李白の「九日登山」詩に「因招白衣人、笑酌黄花菊（因りて白衣の人を招き、笑いて黄花の菊を酌む）」とある。
○迢逓　距離の遠いさま。温庭筠「更漏子」詞の「迢逓」〔注〕（『風絮』別冊唐五代編三十一頁）参照。

〔通釈〕

《霜天暁角》一首
　　鄧中斎の「九日」の作に唱和する

騎台にかつて千騎の武者が集まった。
今そこには菊がいつの世か知らずに咲く。
重陽の節句に高い所に登ろうにもその場所がなく、淮水以北は、平地であろうと思う。
年老いてからは二度と味を感じなくなった。
年老いてからは二度と涙を流さなくなった。

白衣の使いが遠くから酒を届けてくれたのは厚く感謝するが、私は病んでしまって、酔えない。

【龍氏注】

○『歴代詩余』巻一一八に引く『遂昌雑録』に次のようにある。

鄧光薦は、号を中斎といい、信国公（文天祥）の客分であった。宋が滅亡する際、忠義の行動をとって名を著わした。彼の作った「鷓鴣詞」にはこのようにいう。「行不得也哥哥（注1）。瘦妻 弱子 羸牸《るいぼ》に馱す。天長く地闊《ひろ》く 網羅 多し。南音 漸く少なく北語 多し。肉は飛び起たず奈何んすべけん。行不得也哥哥」。

（芳村弘道）

〔訳者注〕

（1）「行不得也哥哥」は、中国南方の鳥の鷓鴣の鳴き声で、音では「シン・プ・ダ・イエ・グ・グ」と聞こえ、意味では「行ってはいけない兄さん」と解される。元の侵攻によって故郷を去り南の福建に妻子を伴い避難せざるを得ない鄧剡の苦衷を表す。

89—02

山花子一首

春暮

東風解手即天涯

東風　解手すれば即ち天涯

曲曲青山不可遮

曲曲たる青山　遮るべからず
如此蒼茫君莫怪，是帰家
此くの如く蒼茫たること　君怪しむ莫かれ、是れ家に帰ればなり

閶闔相迎悲最苦，英雄知道鬢先華
閶闔《しょうこう》　相い迎うれば悲しみ最も苦しく、英雄　知道《し》る　鬢の先ず華するを
更欲徘徊春尚肯，已無花
更に徘徊せんと欲し　春　尚お肯んずるも、已に花　無し

〔詞牌〕
「山花子」は『詞譜』巻七所収。双調四十八字、前段は四句、三平韻、後段は四句、両平韻。「浣渓沙」の形式に前後段の末それぞれに三字増した別体になっている。それゆえ『詞律』巻三は「攤破浣溪沙」として掲載し、別名に「山花子」を挙げる。『詞譜』は教坊曲の名とする。

〔韻字〕
涯、遮、家、華、花。

〔注〕
○春暮　春の終わり、三月。「暮春」「晩春」に同じ。唐・韓偓の「日高」詩に「春暮日高簾半巻、落花和雨満中庭（春暮 日 高くして簾 半ば巻かれ、落花 雨に和して中庭に満つ）」とある。

○東風　春風。張炎「高陽台」詞の「東風」〔注〕（『風絮』創刊号一四九頁）参照。

○解手　手を分かつ、別れる。「分手」に同じ。北宋・秦観の「次韻子由題斗野亭（子由の斗野亭に題すに次韻す）」詩に「不堪春解手、更為晩停舟（堪えず春の解手するに、更に為《ため》に晩に停舟す）」とある。

○天涯　天の果て。南宋・范成大の「送周直夫教授帰永嘉（周直夫教授の永嘉に帰るを送る）」詩に「知心海内向来少、解手天涯良独難（知心 海内 向来 少なく、解手 天涯 良に独り難し）」とある。

○曲曲　屈曲をくり返すさま。南宋・朱翌の「洞霄宮」詩に「委委曲曲山九鎖、巍巍堂堂天一柱（委委 曲曲として山は九鎖し、巍巍 堂堂たり天の一柱）」とある。

○青山　青い山。南宋・辛棄疾の「菩薩蛮（鬱孤台下清江水）」詞に「青山遮不住、畢竟江流去（青山 遮り住《とど》めず、畢竟江 流れ去る）」とある。

○蒼茫　あわただしい様子。「匆忙」に同じ。杜甫の「北征」詩に「杜子将北征、蒼茫問家室（杜子 将に北征せんとし、蒼茫として家室に問う）」とある。

○莫怪　いぶかしく思わないでくれという意。白居易の「何処堪避暑（何れの処か避暑に堪う）」詩に「此語君莫怪、静思吾亦愁（此の語 君 怪しむ莫れ、静思すれば吾も亦た愁う）」とある。

○閶闔　宮門、また都の城門。唐・令狐楚の「春遊曲三首」其三に「閶闔春風起、蓬萊雪水消（閶闔 春風 起こり、蓬萊 雪水 消ゆ）」とある。

○知道　はっきりと知る。唐・胡曾の「詠史詩（石城）」に「何人知道寥天月、曾向朱門送莫愁（何人か知道《し》る 寥天の月の、曾て朱門に向《お》いて莫愁を送りしを）」とある。

○華　白髪が交じる。南宋・趙蕃の「次韻何叔信書斎梅花（何叔信の書斎の梅花に次韻す）」詩に「端殊苦心士、志失鬢先華（端殊 苦心の士、志 失いて鬢 先ず華す）」とある。韓元吉「好事近」詞の「華髪」〔注〕（『風絮』十一号二二四頁）参照。
○徘徊　ぶらつく、行きつ戻りつする。劉過「沁園春」詞の「徘徊」〔注〕（『風絮』七号二四六頁）参照。
○春尚肯　春はまだ承知する。南宋・王柏の「和叔崇清明後（叔崇の清明の後に和す）四絶」其一に「把酒留春尚肯留、幾多生意聚詩眸（酒を把りて春を留め尚お留まるを肯んず。幾多の生意 詩眸に聚まる）」とある。

〔通釈〕

《山花子》一首

晩春

春は別れ行き、たちまち天の果てへと離れ去る。

くねくねと曲がる青い山なみも足止めできない。

こんなに慌ただしく去り行くのを、君よ、不審に思わないようになさい、故郷の家に帰るのだから。

宮門で春を迎えて悲しさに最も心を苦しめ、（また一つ年齢を重ね）英雄は真っ先に鬢に白毛が交じるのを知る。

晩春にもっとぶらぶらとしようと思い、春はまだその気持ちを受け入れてくれるが、既に花はなくなった。


（芳村弘道）

○王沂孫八首　四印斎本『花外集』より収録す

92—02

無悶一首

雪意

雪意

陰積龍荒，寒度雁門，西北高楼独倚

陰《いん》　龍荒に積み、寒　雁門を度り、西北の高楼に独り倚る

悵短景無多，乱山如此

悵《いた》む　短景の多く無く、乱山の此《か》くの如きを

欲喚飛瓊起舞，怕攪砕紛紛銀河水

飛瓊を喚び起舞せしめんと欲するも、怕る　紛紛たる銀河の水を攪砕するを

凍雲一片，蔵花護玉，未教軽墜

凍雲　一片、花を蔵し　玉を護り、未だ軽墜せしめず

清致

清致

悄無似

悄《しょう》たること似る無し

有照水一枝，已攙春意

水に照らす一枝　有りて、已に春意　攙《まじ》う

誤幾度憑欄，莫愁凝睇

誤りて幾度か欄に憑り、莫愁　睇を凝らす

応是梨花夢好，未肯放東風来人世
応に是れ　梨花の夢　好《よろし》きか、未だ肯て東風をして人世に来たらしめず
待翠管吹破蒼茫，看取玉壺天地
翠管　蒼茫を吹破するを待ちて、玉壺の天地を看取せん

〔韻字〕

倚、此、水、墜、致、似、意、睇、世、地。

〔詞牌〕

「無悶」は、『詞律』巻十六、『詞譜』巻二十七所収。双調九十九字。前段四句四仄韻、後段六句六仄韻。『詞律』では王沂孫のこの作を正体として挙げている。『詞譜』では王沂孫の作の詞牌を「無悶」ではなく「催雪」とし、「無悶」の条目は程垓の作を正体とする。

〔注〕

○陰積　雲が厚く積もる。唐・馬戴の「浙江夜宿（浙江に夜宿す）」詩に「積陰開片月、爽気集高秋（積陰 片月を開き、爽気 高秋に集まる）」とある。
○龍荒　漠北。北方にある匈奴の地。賀鋳「石州引」詞の「竜荒」〔注〕（『風絮』三号一七四頁）参照。
○雁門　雁門関。西にある要塞。陸游「夜遊宮」詞の「雁門西」〔注〕（『風絮』三号一九一頁）参照。
○高楼　高い楼閣。范成大「南柯子」詞の「高楼」〔注〕（『風絮』五号三三〇頁）参照。
○独倚　一人でよりかかる。温庭筠「夢江南」詞の「独倚」〔注〕（『風絮』九号二一二頁）参照。

○短景　昼が短いこと。特に冬期の日差しを指す。杜甫の「閣夜」詩に「歳暮陰陽催短景、天涯霜雪霽寒宵（歳暮の陰陽 短景を催し、天涯の霜雪 寒宵に霽《は》る）」とある。

○乱山　高低入り乱れてそびえ立つ山々。蘇軾「南郷子」詞の「乱山」〔注〕（『風絮』二号一六八頁）参照。

○飛瓊　仙女の名前。白く舞い散るものを比喩する。南朝宋・劉義恭の「夜雪詩」に「屯雲閉星月、飛瓊集庭樹（屯雲 星月を閉じ、飛瓊 庭樹に集まる）」とある。

○起舞　舞い始める。蘇軾「水調歌頭」詞の「起舞弄清影」〔注〕（『風絮』十一号一九〇頁）参照。

○攙砕　かき砕くこと。南宋・陳起の「対菊有懐東園（菊に対して東園を懐う有り）」詩に「砧杵誰家試夾衣、西風攙砕蘆花影（砧杵 誰が家か夾衣を試みる、西風 蘆花の影を攙砕す）」とある。

○紛紛　数多く入り交じって乱れるさま。范仲淹「御街行」詞の「紛紛」〔注〕（『風絮』七号一五三頁）参照。

○銀河　天の川。唐・曹唐の「織女懐牽牛（織女 牽牛を懐う）」詩に「桂樹三春煙漠漠、銀河一水夜悠悠（桂樹 三春 煙漠漠として、銀河 一水 夜 悠悠たり）」とある。范仲淹「御街行」詞の「銀河」〔注〕（『風絮』七号一五五頁）参照。

○凍雲　凍り切った雲。柳永「夜半楽」詞の「凍雲」〔注〕（『風絮』別冊北宋編（一）一二九頁）参照。

○清致　清らかな趣。北宋末南宋初・王之望の「懐李相之（李相之を懐う）」詩に「尊酒懐清致、関山隔俊游（尊酒 清致を懐い、関山 俊游を隔つ）」とある。

○無似　比べるものがない。唐・徐凝の「八月十五夜」詩に「一年無似如今夜、十二峰前看不眠（一年 似る無し今夜の如く、十二峰前 看て眠れず）」とある。

○照水一枝　水に映っている梅の枝。北宋・周邦彦の「玉燭新（渓源新臘後）」詞に「終不似、照水一枝清瘦（終に似ず、水に照らす一枝の清瘦なるに）」とある。

○春意　春の兆候。宋祁「玉楼春」詞の「春意」〔注〕（『風絮』八号一九三頁）参照。

○憑欄　欄干によりかかる。晏殊「踏莎行」詞其一の「凭欄」〔注〕（『風絮』八号一八三頁）参照。

○莫愁　古楽府に登場する女性の名前。唐・李商隠に「莫愁」詩があり、詩中に「雪中梅下与誰期、梅雪相兼一万枝（雪中 梅下 誰と期せん、梅雪 相い兼ねて一万枝）」とある。

○凝睇　目を凝らしてよく見ること。柳永「訴衷情近」詞の「凝睇」〔注〕（『風絮』五号二八三頁）参照。

○応是　おそらくそうであろう。張舜民「売花声」詞の「応是」〔注〕（『風絮』七号二二二頁）参照。

○梨花夢　夢の中で見た雪のような梨の花。ここでは雪または梅を指すか。北宋末南宋初・張邦基の『墨荘漫録』巻六に引く唐・王建の「夢看梨花雲歌（夢に梨花の雲を看る歌）」に「薄薄落落霧不分、夢中喚作梨花雲（薄薄落落として霧 分たず、夢中に喚んで梨花の雲と作す）」とある。また、南宋・曾慥の『高齋詩話』に引く唐・王昌齢の「梅詩」に「落落漠漠路不分、夢中喚作梨花雲（落落漠漠として路 分たず、夢中に喚んで梨花の雲と作す）」とある。

○東風　春の風。張炎「高陽台」詞の「東風」〔注〕（『風絮』一号一四九頁）参照。

○人世　人間が生きているこの世界。南朝宋・沈約の「東武吟行」に「天徳深且曠、人世賤而浮（天徳は深く且つ曠く、人世は賤しくして浮なり）」とある。

○翠管　管楽器。北宋・晏殊の「連理枝（緑樹鶯声老）」詞に「玉酒頻傾、朱弦翠管、移宮易調（玉酒 頻に傾け、朱弦 翠管、宮を移し調を易う）」とある。

○蒼茫　靄などで景色がぼんやりしてはっきり見えないさま。南朝宋・沈約の「八詠詩」「夕行聞夜鶴（夕に行きて夜鶴を聞く）」詩に「海上多雲霧、蒼茫失洲嶼（海上に雲霧 多く、蒼茫として洲嶼を失す）」とある。

○看取　見る。唐・元稹の「送裴侍御（裴侍御を送る）」詩に「欲知別後思君処、看取湘江秋月明（別後 君を思う処を知らんと欲すれば、看取せよ湘江秋月の明らかなるを）」とある。欧陽脩「朝中措」詞の「看取」〔注〕（『風絮』別冊北宋編（二）四十頁）を参照。

○玉壺天地　仙境。唐・元稹の「幽棲」詩に「壺中天地乾坤外、夢裡身名旦暮間（壺中の天地 乾坤の外、夢裡の身名 旦暮の間）」とある。

〔通釈〕

　　　雪意

《無悶》一首

雲が北方の空に厚く積もり、寒さは雁門関を渡り、一人で西北の高殿によりかかる。

冬の短い日もほとんど射さず、かくも乱れそびえている山々を眺めては心をいためる。

飛瓊を呼んで舞わせたいと思うものの、天の川の流れをかき乱してしまうのではないかと恐れる。

凍り切った雲のひとひらはまだ花をかくし、玉を守って、軽々しく降らせない。


清らかな趣がある。

これ以上ないほど静寂。

水に映っている一枝の梅は既に春の気配がある。

莫愁は間違って何回も欄干に寄りかかり、花が咲いたかと目を凝らした。

梨花の夢があまりにもよいからか、天はまだ春風を人の世に吹かせようとしない。

翠管がこの雲を吹き破るのを待ち、仙境のような世界を見たい。

【龍氏注】

○清・周済『宋四家詞選』に次のようにある。

峭抜であることは間違いないが、少々粗《あら》さがある。これは碧山〔王沂孫〕が清剛と言われるゆえんである。白石〔姜夔〕のいい所は、少しも粗さを感じさせない所である。

（陳笠慧）

日本詞曲学会会則

第一条　本会は日本詞曲学会と称する。

第二条　本会は中国の詞・曲等の歌謡文学やその関連分野の研究と普及および会員相互の親睦を図ることを目的とする。

第三条　本会の住所は以下に置く。
世田谷区砧五―二―一
日本大学商学部　保苅研究室内

第四条　本会は前条の目的を達成するために、次の事業を行う。
一　毎年一回学術大会を開催する。
二　毎年一回学会誌『風絮』を刊行する。
三　その他の必要と認められる事業を行う。

第五条　本会は本会の主旨に賛同する会員からなり、会員は大会発表および学会誌投稿の資格を有する。

第六条　本会の経費は会費・寄付金およびその他の収入をもってこれにあてる。通常会員の年会費は年額二五〇〇円とする。役員の年会費は年額二〇〇〇〇円とする。

第七条　本会の会計年度は毎年四月一日から三月三十一日とする。

第八条　本会には次の役員を置く。各役員の構成、職掌、任期等については内規により別途定める。
一　代表　一名
二　幹事　若干名
三　監事　若干名

日本詞曲学会役員に関する内規

一　本会には次の役員を置く。
（一）代表（一名）
本会を代表し会務を統べる。幹事の互選により選出する。

（二）幹事（若干名）

会計・広報・学会誌等の会務を執行する。

（三）監事（若干名）

学会の活動および会計を監査する。

二 役員は任期三年とし、再任を妨げない。

日本詞曲学会会員の入退会に関する内規

一 会員の入退会は本人の申請に基づき、幹事会の承認を経て許可される。

二 会員が会費を連続二年間未納の場合は、退会扱いとする。

役員構成

代表 保苅佳昭

幹事 明木茂夫、小田美和子、萩原正樹、藤原祐子、保苅佳昭、松尾肇子、村越貴代美

監事 池田智幸、芳村弘道

『風絮』執筆要領

1、使用言語

使用言語は原則として日本語とします。その他の言語での投稿を希望される場合は事前に編集部（下記参照）までお問い合わせ下さい。

2、原稿の投稿

原稿は、完全原稿でお願いします。

原稿は、テキストファイル、またはワード・一太郎等の形式のファイルで提出をお願いします。なお図表、写真、特殊なフォントなどを使用される場合は個別に御相談下さい。

3、投稿の締切

原則として毎年十月末日とします。

4、査読

投稿された原稿は、編集部より委嘱された複数の査読委員によって査読を行います。査読の結果、原稿に改変を求めたり、掲載をお断りすることが

あります。

5、原稿の投稿先

『風絮』編集部　hagiwara@lt.ritsumei.ac.jp　萩原正樹までお願いします。投稿に関する質問なども、上記までお問い合わせ下さい。

6、WEB上での公開

特別の申し出がない限り、執筆者は『風絮』掲載論文の全文または一部を日本詞曲学会のウェブサイトで公開することに同意されたものとさせて頂きます。

執筆者紹介（掲載順）

池田　昌広　京都産業大学外国語学部准教授
汪　超　武漢大学文学院副教授
藤田　優子　京都府立大学大学院学術研究員
村越　貴代美　慶應義塾大学経済学部教授
橘　千早　中央大学法学部非常勤講師
芳村　弘道　立命館大学文学部教授
松尾　肇子　東海学園大学人文学部教授
藤原　祐子　岡山大学全学教育・学生支援機構基幹教育センター准教授
萩原　正樹　立命館大学文学部教授
三野　豊浩　愛知大学文学部教授
陳　竺慧　早稲田大学文学学術院非常勤講師

［編集後記］

○本号も論文五本と学会参加報告、「提要」及び「唐宋名家詞選」の訳注稿と、充実した内容となった。また前号に引き続き若手研究者の力作を掲載することができた。中国からは、汪超会員が論文を寄せて下さった。汪超氏は現在武漢大学文学院副教授で、中国で最も優れた若手詞学研究者のお一人である。力作を投稿して下さった執筆者各位に厚く御礼申し上げる。なお巻頭に掲げた水口藩加藤家文書の写真については、甲賀市教育委員会より掲載許可を頂いた。関係者各位に御礼申し上げます。

○中国詞学学会の学術研討会は二年に一度開催されるが、本誌第十三号掲載の前回報告に引き続き、橘千早会員から二〇一八年大会の参加報告を寄せて頂いた。このように同じ執筆者によって、開催年の異なる同じ学会の報告がなされるのは珍しいことではないかと思う。同じ筆者であることにより、この二年間の学術動向や若手の台頭など、詞学研究の現場の細かな変化をよく捉えられていて大変興味深い。橘氏も記しておられるように、二年後の二〇二〇年の大会には日本からも多くの研究者が参加されることを願っている。

○昨年三月の「北宋編（一）」に続き、二〇一八年三月には『龍楡生編選『唐宋名家詞選』北宋編（二）』を刊行した。本書の刊行により、従来本誌に連載してきた訳注と合わせて、『唐宋名家詞選』所収の北宋までの詞にはすべて訳注を施したこととなる。本号より再開した「龍楡生編選『唐宋名家詞選』訳注稿（十三）」からは、「南宋編」の完成を目指して訳注を進めていく。会員各位の御支持と御指教を心からお願い申し上げる次第である。なお三年間にわたって刊行した別冊の「唐五代編」「北宋編（一）」「北宋編（二）」は、すべて一般財団法人橋本循記念会の研究助成による研究プロジェクト「『唐宋名家詞選』唐五代北宋篇研究」の研究成果である。助成下さった一般財団法人橋本循記念会に厚く御礼申し上げる。

（編集部）

選択と定型化
—蘇軾は柳永詞に如何に相対したか—

橘　千早

問題の所在

曲子詞が一体いつ頃生まれたのかは、未だ様々な議論の絶えない難問の一つである①。しかし、少なくともその存在が士大夫層にまで広く受け入れられるようになったのは、北宋初期のことであったと考えられる。そして当時、宋詞全盛期への道を切り開いた立役者として柳永と蘇軾の両名を挙げることもまた、概ね首肯されるのではないだろうか。

133 種の詞牌に全 216 首の作品が現存する柳永は、教坊の楽工の求めに応じて様々な楽曲の詞を作り、その流行は「凡そ井水の飲む処有らば､即ち能く柳詞を歌う②」ほどであったと伝えられている。彼の詞集『楽章集③』は、各作品を 19 の調名ごとに分類していることを最大の特徴とする。それゆえ、同一詞牌であっても、調名が異なれば全く異なる形式を取ることも多く、たとえば《洞仙歌》には中呂調・仙呂調・般渉調の 3 作品が存在する。また、用いた詞牌が 133 種と際立って多いことも特筆に値するが、一方で現存作品を見る限り、一つの詞牌で長年にわたり複数の作品を制作した痕跡はあまり見られない④。同一詞牌かつ同一形式、という条件をつければ、複数作品の数量は更に減るだろう。

こうした特徴から、柳永の果たした役割は、すなわち「詞という様式の拡大化、一般化」であったと言えるのではないだろうか。彼は、楽工の独占物であった楽曲に対して積極的に作詞活動を行い⑤、さらに新曲ができる度に歌詞をつけた⑥とされる。その規模がかつてないほど大きく、加えて彼が音楽の妙手で歌詞の出来栄えが衆に擢んでていたために、

人々の詞に対する捉え方は次第に変化していったと考えられる。つまり、一方では巷間において数多くの詞牌が認知されるようになり、享受者が質量ともに拡大した。他方では、作り手側にとっても、詞という様式が宴席内での限られた余興に止まらず、広く様々な人々の目に触れるようになったことから、自らの思想的・芸術的な表現手段たり得るとの確信を持った士大夫層の参入を招くことになった。宋詞における柳永の影響力は、このような部分で最も発揮されたと言えると思うのである。

一方で、宋詞において蘇軾が果たした役割は、一言で言えば「詞の定型化」であろう。『蘇軾詞編年校注』[7]に拠れば、蘇軾の現存作品は331首で柳永の1.5倍を超えるものの、用いた詞牌は計74種で、柳永の55％程度に過ぎない。裏を返せば、彼は小令中心ではあるとはいえ、《浣渓沙》の45首、《減字木蘭花》の27首を筆頭に、同一詞牌で多数の作品を作っている。加えて、同一詞牌で形式の異なる作品はほとんど存在しない。僻調が59調73首を数えると言われる[8]柳永とは異なり、蘇軾以外に使用例を見出せない詞牌は、《華清引》《双荷葉》《皁羅特髻》などの10種に満たず[9]、圧倒的多数の作品が後世の詞人にとって言わば「模範」となっているのである。

この蘇軾の詞には、早くも晁補之の頃から[10]「豪放」であるために音律に合っていないという批判が存在し、現在に至るまで議論が続いている。だが、彼の詞の四声を詳細に分析してみれば、それらは決して蘇軾固有の特徴として強調されるようなものではなく、彼にはむしろ、標準以上に整った形式を持つ作品が多いことに気づく。たとえば、《水調歌頭》全4作品を確認してみると、蘇軾は平仄のみを帰納した「詞譜」類の記述をはるかに超えて、同一箇所で明らかに同一の四声を用いている。さらに興味深いことに、時代を超えて、賀鋳・姜夔・張炎といった音楽に秀でた作家たちも、故意にか偶然にか、同じ場所で蘇軾と完全に等しい四声配置を用いているのである[11]。たといこの整然とした四声配置が蘇軾独特のこだわりであったとしても、もしも音律に合致していなかったのならば、彼らがこぞって模倣するとは考えにくい。偶然の一致であるならば、尚更奇妙である。つまり、蘇軾は柳永ほど多くの詞牌を

用いなかったけれども、自らが選んだ楽曲については、各方面における その豊富な知識と才能を駆使して、それらに最も相応しいと思われる形式を決定したのではないか。そして、その形式が彼の作品を愛する数多の詞人たちに引き継がれ、結果的に定型化する役割を担った、と考えられるのである。

かくして、各々宋詞の発展段階において重要な影響を及ぼしたと思われる柳永と蘇軾には、共通して用いている詞牌が全部で22種存在する。蘇軾について言えば、全体のほぼ3割に当たり、ある程度の割合を占めているものの、過半数には及んでいない。後述するように、蘇軾は確実に柳永の作品を熟知していたと断言できるのであるが、彼は柳永の時代から作詞が行われてきた比較的長い歴史を持つ楽曲に、果たしてどのような工夫を凝らしたのだろうか。

言うまでもなく、北宋初期は楽曲が確実に存在していた時代である。柳永の生没年は定かではないものの、彼の死後、蘇軾が積極的に詞の制作を始めるまでには20年以上の時間差があったと考えられる[⑫]。当時の楽曲は、どの程度の期間生命力を保ち続け、或いはどの程度変容していったのか。また、いかなる種類の楽曲が消えてゆき、いかなる種類の楽曲が流行し続けたのか。詞という様式を広く知らしめる役割の一端を担った柳永から、詞が当時の文壇に確固たる地位を築く礎を作った蘇軾まで、この期間に発生した詞作の傾向と変化を分析することは、宋詞発展の過程をより具体的に知るための一助となるのではないだろうか。

一、形式が異なる詞牌
—「複数の慢詞」から「固定した小令」へ

最初に、『詞律』に載せられている順番に従い、以下に柳永と蘇軾に共通する詞牌22種の一覧を表示しよう。

『詞律』掲載巻	柳永		詞牌名	蘇軾		同一性
	調名	作品数		字数	作品数	
巻一	歇指調	1	《浪淘沙》	54	1	×
巻一	仙呂調	1	《八声甘州》	97	1	○
巻二	不明[13]	1	《如夢令》	33	5	△
巻二	林鍾商	1	《訴衷情》	44	2	△
巻三	歇指調	1	《卜算子》	44	2	×
巻四	越調	1	《清平楽》	46	1	△
巻五	林鍾商	10	《少年游》	51 他	3	△
巻六	中呂宮	4[14]	《西江月》	50	14	△
巻七	仙呂調	4	《木蘭花令》	56	7	△
巻七	仙呂調	1	《減字木蘭花》	44	27	△
巻八	仙呂調・仙呂調	2	《臨江仙》	60	14	×
巻八	平調 2・般渉調 2・南呂調	5	《瑞鷓鴣》	56	2	×
巻八	歇指調	1	《鵲橋仙》	56	2	×
巻九	双調・林鍾商	2	《定風波》	62	9	×
巻九	林鍾商	1	《殢人嬌》	68	3	△
巻十	不明[15]	1	《千秋歳》	71	2	△
巻十二	中呂調・仙呂調・般渉調	3	《洞仙歌》	84 他	2	×
巻十三	仙呂調	4	《満江紅》	93	5	△
巻十五	林鍾商	1	《酔蓬萊》	97	1	○
巻十八	歇指調	2	《永遇楽》	104	2	△
巻十八	双調	1	《帰朝歓》	104	1	○
巻二十	中呂調	1	《戚氏》	213	1	○

上表が示すとおり、詞牌名は同じであるものの、柳永と蘇軾で形式が完全に異なるのは、《浪淘沙》《卜算子》《臨江仙》《瑞鷓鴣》《鵲橋仙》《定風波》《洞仙歌》の7種である。これらは大まかに3種類のパターンに

分類することができる。

第一は、柳永の歌詞が慢詞、蘇軾の歌詞が小令であり、別曲であったと見なせるものである。まず、柳永の《浪淘沙》(133 字体)と《卜算子》(89 字体)は、『詞律』ではそれぞれ《浪淘沙慢》《卜算子慢》になっており、『楽章集』の記載とは異なった詞牌名に分類されている。名称や字数だけでなく、2 作品は蘇軾の形式とは全く共通する部分がないため、別の楽曲であったと言ってもよいだろう。続いて《鵲橋仙》および《定風波》を見てみると、前者の形式は柳永が 86 字体⑯で蘇軾が 56 字体、後者の形式は柳永が 99 字体(林鍾商)と 105 字体(双調)⑰、蘇軾が 62 字体となっており、やはり完全に異なっている。『詞律』では、《鵲橋仙》の最初に秦観の作品を挙げていて、こちらは蘇軾と等しい 56 字体である。柳永の作品は「又一体」に挙げられ、記載はこの 2 種のみである。『欽定詞譜(以下、詞譜と略称)』には、「八十八字者始自柳永,《楽章集》注云:歇指調」との記載がある。一方の《定風波》は、『詞律』『詞譜』共に欧陽炯の 62 字体を最初に挙げていて、9 首存在する蘇軾の作品も大部分はこの形に等しい。柳永の作品は、『詞律』では 2 首とも全 6 種類の作例の中に含まれているが、『詞譜』には林鍾商・双調のいずれも記載がない。

但し、実は柳永には上述の 133 字体《浪淘沙》とは別に、52 字体の《浪淘沙令》が存在する。《浪淘沙令》は前後段の冒頭句が四言句となっており、この部分のみ、同一箇所が五言句である 54 字体《浪淘沙》と異なっている。したがって、蘇軾の《浪淘沙》詞は柳永の《浪淘沙令》に由来すると言えそうだが、ただ、全ての部分で四声が完全に一致しているとまでは言うことができない。

続く五つ目の《臨江仙》は、柳永の作品では状況がかなり複雑である。同じ仙呂調に 58 字体と 93 字体が存在し、さらに『詞律』では計 13 種を数える「又一体」の一つとして例示されている 74 字体は、『楽章集』では南呂調で《臨江仙引》という別の詞牌名となっている。一方、蘇軾の歌詞は 60 字体で、《浪淘沙》の場合と同様、仙呂調の 58 字体とは前後段の一箇所で四言句が五言句に変化しているだけである。以下に、《臨江仙》前段の後半三句の四声配置を挙げる。柳永のみ第四句が四言句であるが、

平仄だけでなく非常に似通った四声をとる部分が多く、基本的な構造は変わりがない。

馬搖金轡破香塵。壺漿迎路，　歓動帝城春。（柳永《臨江仙（鳴珂砕撼都門暁）》）
憑将清涙灑江陽。故山知好在，孤客自悲涼。（蘇軾《臨江仙（忘却成都来十載）》）
天垂雲重作春陰。坐中人半酔，簾外雪将深。（蘇軾《臨江仙（自古相従休務日）》）
（2113311）（1113）（13311）（柳永）
（1113211）（31122）（14311）（蘇軾）
（1113411）（31133）（13411）⑱（蘇軾）

但し、前後段の冒頭句については、平仄の段階からすでに正反対となっている。

前：鳴珂砕撼都門暁，～｜後：揚州曾是追游地，～（柳永・同）
前：忘却成都来十載，～｜後：坐上別愁君未見，～（蘇軾・同）
前：自古相従休務日，～｜後：聞道分司狂御史，～（蘇軾・同）

○○●●○○●　　○○○●○○●（1132112）（1112113）
●●○○○●●　　●●●○○●●（3411142）（3241133）
●●○○○●●　　○●○○○●●（3211134）（1311132）

この《臨江仙》および名称が一部異なる《浪淘沙令》と《浪淘沙》は、第二のパターンとして分類できる。すなわち、柳永における複数の同名かそれに近い詞牌の中で、最も短い楽曲が蘇軾に引き継がれて、一部では形を変えつつ、この詞牌の「代表曲」として定型化されるというパターンである。

第三のパターンは、柳永が同名異体形式の作品を数多く有するにもかかわらず、蘇軾の作品がその何れにも由来しないというものである。このような詞牌には、《洞仙歌》と《瑞鷓鴣》が該当する。《洞仙歌》は、柳永には中呂調（126字）・仙呂調（123字）・般渉調（121字）⑲の3作品が存在し、後段冒頭句が全て二言句であるところだけは共通するものの、形式はそれぞれ完全に異なっている。一方、蘇軾の作品も小令ではなく比較的長めで、後段の一箇所で三言句二句と五言句一句に分かれる84字体と83字体の2首があるが、やはりこれらも柳永の3作品とは完全に別曲であるように見える。蘇軾の83字体《洞仙歌（氷肌玉骨）》詞には、以下のような序が

附されている。

余七歳時、見眉山老尼。姓朱、忘其名、年九十歳。自言嘗随其師入蜀主孟昶宮中。一日、大熱、蜀主与花蕊夫人夜納涼摩訶池上、作一詞、朱具能記之。今四十年、朱已死久矣。人無知此詞者、但記其首両句。暇日尋味、豈洞仙歌令乎、乃為足之云。

（余 七歳の時、眉山の老尼を見る。姓は朱、其の名を忘れ、年は九十歳なり。自ら「嘗て其の師に随い蜀主孟昶の宮中に入る。一日、大いに熱く、蜀主は花蕊夫人と夜に摩訶池の上に納涼し、一詞を作る」と言い、朱は具に能く之を記す。今 四十年にして、朱は已に死して久し。人の此の詞を知る者 無く、但だ其の首の両句を記すのみ。暇日に尋味すれば、豈に洞仙歌令ならんか。乃ち為に之に足して云う[20]。）

蘇軾は幼い頃に後蜀の宮女であった老女からこの楽曲を聴き、最初の二句のみ覚えていたが、それはおそらく《洞仙歌令》ではなかったかと述べている。蘇軾の《洞仙歌》冒頭二句の平仄は、2 首ともに「○○●●，●○○○●」である。これは、五言句二句（中呂調）・二言句と四言句（仙呂調）・二言句と五言句（般涉調）からなる柳永の何れの形式とも一致しない。このことは、柳永の《洞仙歌》がその後伝わらなかったこと、そして、柳永の制作年代と前後して、彼が作った楽曲の他にも複数の《洞仙歌》が存在していた可能性を示唆している[21]。

最後の《瑞鷓鴣》は、本節の 7 種の詞牌の中で最も複雑で、興味深い状況を示している。柳永には南呂調（88 字体と 86 字体）・般涉調（64 字体 2 首）・平調（55 字体）の 5 作品が存在し、同一調の作品同士は四声まで含めて極めて良く似通っているけれども、調名が異なる 3 曲は、互いに完全に別曲である。一方、蘇軾の 56 字体は、七言絶句形式という点から見れば、柳永の平調 55 字体と非常に近い。けれども、蘇軾の 2 作品がどちらも平起の七言絶句を二首重ねた双調形式を採っているのに対して、柳永の平調 55 字体は仄起の七言絶句であり、両者の平仄は正反対となっている。つまり、これだけ多種多様な楽曲があるにも関わらず、《洞仙歌》と同様、《瑞鷓鴣》の楽曲は、柳永から蘇軾へは一つも受け継がれていないのである。因みに、『詞律』に載せられている柳永

の《瑞鷓鴣》は、南呂調の 88 字体だけである。

こうした状況を総合すると、柳永から蘇軾の制作年代にかけて、詞の世界には一体如何なる変化があったのだろうか。

第一に、柳永の作詞時期にはおそらく未だ「慢詞」という概念が一般化されておらず、短い楽曲も長い楽曲も、教坊曲と同様の三文字を基本とした名称が付けられていたと考えられる。しかしその後、蘇軾が作詞を始める少し前から、慢詞と小令を区別するような傾向が見え始める。蘇軾が塡詞を学んだ張先の詞集『安陸集』に、《卜算子慢》《少年游慢》《定風波令》等、よく知られた詞牌名に敢えて「慢」或いは「令」を冠した詞牌が存在することは、その流れを裏付けると言えるだろう。第二に、北宋初期までの詞牌名は、他曲と区別するための固有名称というよりも、同一の節回しを来源としつつも、各調でかなりの差異があるいわゆる「旋律群」を指していたように思われる。それゆえ、柳永には同一詞牌でありながら、複数の調名や形式を有する作品が存在するのであろう。だが、蘇軾の作詞年代になると、基本的に一つの楽曲に統一され、旋律群ではなく唯一の代表曲名へ、そしてさらに、現在のいわゆる「詞牌」名——それはつまり、固定された一つの形式を意味する——へ、といった淘汰の流れがうかがえるのである。第三に、柳永の作詞時期において、楽曲の歌詞は一般的に比較的長いものが多かったが、この間に総じてコンパクト化が進み、取捨選択と定型化が為されていったと考えられることである。

本節で分析した 7 詞牌の中で、蘇軾の作品の方が長編であるものは一つも存在しない。十一世紀中頃から後半にかけて、一つ一つの楽曲は次第にその名称を定め、形式もまた定まっていったのだろう。長編の楽曲は、あるものは慢詞として別の名称の曲となり、あるものは後世へ受け継がれずに消えていったと考えられる。そのまま同一詞牌名で残された楽曲もあったかもしれないが、少なくともこの 7 詞牌においては、柳永以後に「別体」として盛んに制作された痕跡はない。蘇軾の作品は全て、柳永の字数の最も少ない形式を来源とするか、柳永のものではない形式を来源とするかである。後者はおそらく、巷間で流行していた別

曲であろう。こうした状況と、最初期の曲子詞集である『雲謡集』にも《傾杯楽》《内家嬌》のような100字を超える慢詞が存在することを考えれば、《雨霖鈴》《八声甘州》等、後世の詞人に計り知れない影響を及ぼした傑作を遺した柳永を「慢詞の完成者」と評することは問題ないとしても、慢詞自体については、果たして北宋後期へと続く発展への道を真っ直ぐに進んでいったのか、もう一度丁寧に分析してゆく必要があるように思える。

現在もなお人口に膾炙する優れた詞を多数著した柳永によって、北宋初期により多くの享受者を得るに至ったが、詞（曲子詞）とは元来、あくまで楽曲に付随する、交換可能な存在であったのではないか。宴席などで実際に歌われる場合を想定すれば、楽器の演奏や歌い手のうまさなどと並んで、歌詞の出来映えは一つの要素に過ぎないからである。だが、柳永に触発された蘇軾ら北宋詞人によって、詞の芸術性はその後も上昇を続け、楽曲を離れても鑑賞しうるものとなった。同時に、楽曲の方も冗長さを捨ててコンパクトになり、その分、様々な旋律の個性は消えていったと考えられる。詞牌名は楽曲ではなく、形式を表すものとなったのである。畢竟、音楽がその場限りの芸術であり、同じ形を留めることができない以上、楽曲が残っていた当時でさえも、音楽芸能から目で見て楽しむ文学への移行という趨勢はやはり免れ難かったのではないだろうか。

二、形式が完全に一致する詞牌—柳永へのオマージュ

次に、同一名であり、かつ形式が完全に一致するとおぼしき4詞牌、即ち《八声甘州》《酔蓬莱》《帰朝歓》《戚氏》について、その特徴を具体的に検討し、それが意味するところを考察してみたい。

柳永の仙呂調《八声甘州》は、とかく卑俗で芸術性に欠けると批判を受けがちな[22]彼の作品の中でも最高傑作の一つであるとの評価が高いが、4詞牌中、蘇軾の作品と最も顕著な類似性を見せている。《八声甘州》は、『詞律』では最初に劉過の95字体を挙げ、蕭列の95字体と柳永の同作

品を「又一体」とする。一方、『詞譜』では柳永を「正体」とし、張炎ら6詞人の作品を「又一体」として載せている。何れも、蘇軾の作品は載せていない。このように、柳永の作品は北宋初期の名作であるためか、『詞律』『詞譜』共に収録されているものの、決して唯一絶対の形式というわけではない。にもかかわらず、柳永と蘇軾の作品は単に「似ている」という言葉では片付けられないほど、まさに瓜二つである。繁を厭わず、全歌詞の四声を比較して以下に挙げてみよう。


前段：対瀟瀟暮雨灑江天，一番洗清秋。漸霜風淒緊，関河冷落，残照当楼。（柳永）

有情風万里巻潮来，無情送潮帰。問銭塘江上，西興浦口，幾度斜暉。（蘇軾）

（31132211）（41211）（21112）（1124）（1311）（柳永）

（21132211）（11311）（31112）（1122）（2311）（蘇軾）

是處紅衰翠減，苒苒物華休。惟有長江水，無語東流。

不用思量今古，俯仰昔人非。誰似東坡老，白首忘機。

（231132）（22411）（12112）（1211）

（231112）（22411）（12112）（4211）


後段：不忍登高臨遠，望故郷渺邈，帰思難收。嘆年来蹤跡，何事苦淹留。

記取西湖西畔，正暮山好処，空翠煙霏。算詩人相得，如我与君稀。

（221113）（33124）（1311）（31114）（13211）

（321113）（33123）（1311）（31114）（12211）

想佳人、妝楼長望，誤幾回、天際識帰舟。争知我、倚闌幹処，正恁凝愁。

約他年　東還海道，願謝公　雅志莫相違。西州路，不応回首，為我沾衣。

（2111113）（32113411）（1122113）（3211）

（4111112）（33123411）（1132112）（3211）


両者の四声がかなりの程度で共通しているのは、一目瞭然である。一文字目しか異ならない冒頭の八言句から始まって、全ての四声が等しい句ですら複数存在し、97字中、実に80字（82.5%）が一致している。こうした現象は、たとい同一作者の同一詞牌であったとしても、極めて珍しい。周知の通り、一般的に、平仄ないし四声は近体詩の規則と関連して偶数字が重視されるが、2首の《八声甘州》は偶数字と奇数字とを区別せず、かつ「平仄の二項対立」に止まらず、明らかに仄声の種類までを含めて同一であることが多

い。たとえば、前段第七句において、柳永の「苒苒物華休（22411）」句は前半三文字が「上声—上声—入声」であるが、蘇軾も重畳語を用いずに「俯仰（22）」と上声字を重ね、さらに「昔（4）」の入声字を続けている。因みに、この部分は『詞律』『詞譜』共に「◐●●」であり、葉夢得・呉文英ら後世詞人の作品にはこうした配慮は見られない。また、後段第四句において、柳永の「嘆年来蹤跡（31114）」句は律句ではない特殊な五言句であり、『詞律』『詞譜』では共に「●◑○◑●」と帰納しているが、蘇軾の「算詩人相得（31114）」はやはり柳永の四声と完璧に同調している。これらは彼が柳永の歌詞を熟知し、その四声に合わせて制作しない限り、決してあり得ない一致であろう。

《八声甘州》ほど極端ではないものの、蘇軾の作品は柳永の林鍾商《酔蓬萊》および双調《帰朝歓》とも顕著な同調性を見せている。《酔蓬萊》は、『詞律』では呂渭老の97字体のみを挙げ、『詞譜』では柳永を「正体」として、後段冒頭の分け方が異なる蘇軾の作品を「又一体」として載せている。両作品の後段、後半部分六句を比較してみよう。

此際宸遊，鳳輦何処，度管弦清脆。太液波翻，披香簾捲，月明風細。（柳永）
来歳今朝，為我西顧，酹羽觴江口。会与州人，飲公遺愛，一江醇酎。（蘇軾）
（2311）（3213）（32113）（3411）（1112）（4113）
（1311）（3213）（32112）（3211）（2113）（4113）

また、後段冒頭は柳永が四言句三句、蘇軾が六言句二句で共に12字であり、その後に四言句を続ける形式をとっている。だが、分け方は異なっても、四声の一致する程度はそれほど影響を受けていないようにみえる。

正値昇平，万幾多暇，夜色澄鮮，漏声迢遞。（柳永）
此会応須爛酔，仍把紫菊茱萸，細看重嗅。（蘇軾）
（3311）（3213）（3411）（3113）
（231133）(122411)（3113）

《帰朝歓》は、『詞律』では張先の作品のみを挙げ、『詞譜』では柳永を「正体」として、南宋・王之道の作品を「又一体」に挙げる。『詞譜』はまた、柳永の詞を挙げた後で「此の調は此の詞を以て正体と為す。蘇軾・張先・厳仁・辛棄疾・馬荘父・詹正の諸詞は、倶に此くの如く塡す。王（之道）詞の多く一韻を押するが若きは、乃ち変格なり」と述べている[23]。これらに拠れば、紹聖元年（1094

年）に制作された蘇軾の《帰朝歓》以前に塡詞された張先の《帰朝歓》もまた、柳永と同体である訳であるが、蘇軾の四声がどれほど柳永と共通するかは、張先の作品とも比較してみると明らかである。3作品の後段第三句から第五句までを挙げよう。

愁雲恨雨両牽縈，新春残臘相催逼。歳華都瞬息。（柳永《帰朝歓（別岸扁舟三両隻）》）

霊均去後楚山空，澧陽蘭芷無顔色。君才如夢得。（蘇軾《帰朝歓（我夢扁舟浮震沢）》）

有情無物不双棲，文禽只合常交頸。昼夜歓豈定。（張先《帰朝歓（声転轆轤聞露井）》）

（1 1 3 2 2 1 1）（1 1 1 4 1 1 4）（3 1 1 3 4）——柳永
（1 1 2 3 2 1 1）（2 1 1 2 1 1 4）（1 1 1 3 4）——蘇軾
（2 1 1 4 3 1 1）（1 1 2 4 1 1 2）（3 3 1 2 3）——張先

柳永と蘇軾は共に入声で押韻しているが、張先は上声ないし去声押韻であり、全体的に見ても、偶数句の平仄がぎりぎり一致している程度である。さらにもう一点、蘇軾が柳永の作品を意識していたと考えられる有力な証拠が、柳永が三言句で詞牌名を用いている部分において、彼もまた詞牌名を配することである。

帰去来，玉楼深処，有個人相憶。（121）（4113）（23114）——柳永
竹枝詞，莫傜新唱，誰謂古今隔。（411）（4113）（13214）——蘇軾
日曈曨，嬌柔嬾起，簾壓巻花影。（411）（1122）（14212）——張先

「帰去来」「竹枝詞」では偶数字の平仄が異なってしまうが、おそらく蘇軾はこの部分の規則を犠牲にしても、詞牌名を入れる——即ち柳永の作品に準じる——ことを重視したのではないだろうか。張先の作品に、こうした配慮は感じられない。

最後に、蘇軾の詞作としては最長の213字を数える詞牌《戚氏》を、柳永の作品と比較してみたい。『詞律』の作例は柳永と蘇軾のみで、『詞譜』では柳永の作品を「正体」として、二番目に蘇軾、三番目に元・丘処機の詞を載せる。《戚氏》は全三段の極めて長い詞牌であるためか、《八声甘州》のように全編で完全に等しい四声配置をとっている訳ではない。それ

でも、形式の根幹に関わる偶数字の平仄は、第一段第九句の七言句における一箇所と、第三段第九句・第十句の三言句各一箇所の計三箇所を除けば、全て一致している。比較的一致度が高い第三段の冒頭五句を挙げよう。

帝里風光好，当年少日，暮宴朝歓。況有狂朋怪侶，遇当歌、対酒競<u>留連。</u>（柳永）
尽倒瓊壺酒，献金鼎薬，固大椿年。縹緲飛瓊妙舞，命双成、奏曲酔<u>留連。</u>（蘇軾）
（3 2 1 1 2）（1 1 3 4）（3 3 1 1）（3 2 1 1 3 2）（3 1 1、3 2 3 1 1）
（2 2 1 1 2）（3 1 2 4）（3 3 1 1）（2 2 1 1 3 2）（3 1 1、3 4 3 1 1）

蘇軾は第五句の末尾に柳永と同じ「留連」という語句を用いており、当然、四声も等しい。他にも《帰朝歓》冒頭句の「扁舟」、《酔蓬萊》第四句の「<u>華</u>闕中天」と「<u>華</u>髪蕭蕭」、《戚氏》第九句の「当時」等々、蘇軾はこれら 4 詞牌において、同一箇所でたびたび柳永と同じ語句や文字を使用している。こうした事実からも、彼が作詞の際に柳永の作品を相当意識していたことがうかがえる。

形式が完全に一致する 4 詞牌からは、以下の特徴が帰納できる。

第一：例外なく、慢詞の長編である。これらは共通する 22 詞牌中、《永遇楽》を除いて、字数が多い方から順に 4 作品を並べたものに等しい。

第二：柳永、蘇軾のいずれもこれらを 1 作品ずつしか作っていない。

第三：近体詩の規則と関連する偶数字の平仄のみならず、奇数字においても同一の平仄が用いられ、さらに仄声字の中でも同一の四声を用いる傾向にある。

蘇軾の字数は、《八声甘州》と《酔蓬萊》が 97 字、《帰朝歓》が 104 字、《戚氏》が 213 字である。蘇軾が 90 字以上の慢詞で 4 首以上を作っているのは、《満庭芳》《水龍吟》《満江紅》《水調歌頭》の 4 種だけであり[24]、慢詞制作の比率は素より柳永よりも低い。そうした慢詞を全て 1 作品ずつ残しているという意味を考えてみれば、これらは楽曲に由来するというよりも、柳永の作品自体を規範として制作したものだ、ということではないだろうか。

蘇軾の制作時期に、これら 4 詞牌の楽曲が数十年前と変わらずに残っていたか否かは、既に確かめるすべはない。敦煌曲子詞などの四声分析から、筆者は当時の楽曲の旋律が中国語の四声調値とある程度同調していたと確信しているものの[25]、旋律と四声が完全に連動していたと言い切るのはやはり無

理がある。両者の作品が極めて似ている理由は、畢竟、文字の面から来たものだと言わざるを得ないだろう。これら4詞牌の両宋時期における制作状況を確認すると、《戚氏》は柳永と蘇軾の2首しかなく、《帰朝歓》もまた、宋代を通じて15首しか存在しない。一方で、《酔蓬莱》は104首が現存しており、次節で検討する《永遇楽》の76首に比べても多いが、欧陽脩・秦観・黄庭堅など蘇軾と同時代の詞人を除くと、南宋期には李清照や辛棄疾・姜夔・周密・張炎といった有名詞人の作品はなく、内容もまた大多数が寿詞に偏っている。こうした状況を考え合わせると、蘇軾はこれらを「詞牌ないし楽曲の定型化」というよりも、専ら柳永の作品のオマージュとして制作したのではないか。言い換えれば、熟知していた柳永の慢詞の中で、自身の制作意欲を刺激された作品について、彼と同一の形式・四声を用いて塡詞を行ったと考えられるのである。だが、何れも長めの慢詞であるためか、《八声甘州》以外の楽曲は、すでにあまり流行していなかったか、蘇軾の時代から程なく廃れるなどして、実際に広く歌われることは少なかったように見える。つまり、楽曲を通じてよりも、文字によって流通するような詞牌ではなかったか。それゆえ、作品数が少なかったり、偏った用途で用いられたりしているのだと推測できるのである。

但し、《八声甘州》については、両宋期の制作数が126首を数え、中原健二氏もこの詞牌を慢詞の頻出詞牌第十位に選定している[26]。また、南宋期から元代にかけて、著名な詞人による作品も多く、知名度も高かったためか、金元代以降には《点絳脣》に次いで、元曲の第一折冒頭に用いられる曲牌の一つとなっている。だが、柳永の時代より一貫して仙呂調であることは変わらないのに、詞牌の《八声甘州》と、小令・套曲および雑劇で用いられる曲牌の《八声甘州》は形式に一致する部分がなく、完全に別曲である。《八声甘州》が北宋初期から明代にかけて辿った歴史と形式の変遷については、今後また稿を改めて論じることとしたい。

三、形式が一部異なる詞牌—蘇軾による「定型化」

最後に、形式は同一またはほぼ同じであるものの、上節の如く完全には一致していない作品群、具体的には《訴衷情》《清平楽》《少年游》《西江月》《減字木蘭花》《木蘭花令》《殢人嬌》《満江紅》《永遇楽》の9詞牌について、簡単に検討してみたい[27]。

この中で、たとえば《永遇楽》詞については、最近、田玉琪氏が比較的詳細な分析を行っている。田氏は「《永遇楽》詞調は『楽章集』に初めて見え、柳氏が創調したものである。蘇軾は柳調に依って塡詞しているが、両者を較べると、四カ所で律句の字声が完全に異なっている[28]」と述べて、具体的な句例を挙げると共に、変化している蘇軾の形式の方が後世に広く受け継がれたことに言及している。先に結論を述べてしまえば、本節の作品群は《永遇楽》詞と同様の性質を示すものが大半であるが、一部では逆に、蘇軾の方が柳永よりも一定しない形式を有するものも存在する。9詞牌のうち、典型的な《満江紅》と《少年游》の2詞牌に絞って、両者の特徴を比較してみる。

詞牌《満江紅》は、柳永も蘇軾も比較的制作数が多く、前者が全4首、後者が全5首を数える。《満江紅》は、『詞律』では最初に呂渭老の89字体を挙げ、「又一体」として同氏の91字体・程垓（93字体）・張元幹（93字体）・呉文英（93字体）・柳永（97字体（万恨千愁））の全5首を載せる。『詞譜』では、柳永の93字体（暮雨初収）を「正体」として、張元幹ら13種類もの「又一体」を例示しているが、その中には柳永の97字体と蘇軾の94字体（東武城南）も含まれている。このように「又一体」が相当数に上り、柳永・蘇軾各々の作品同士も同一形式であるとは言えないものの、両者の四声を比較すると、それでもやはり蘇軾の方が些かの統一性を持っていることがわかる。まず、前段冒頭六句を挙げる。全9作品と多いので、四声のみを表示する。

蘇軾の四声配置：

（1 2 1 1）（1 2 2）（1 1 1 4）（1 3 2）（1 1 2 3）（3 1 1 4）「天豈無情」詞

（1 2 1 1）（1 1 3）（1 1 1 4）（3 3 3）（1 1 1 2）（3 1 1 4）「東武城南」詞

（1 3 1 1）（1 1 2）（1 1 1 4）（1 3 3）（1 1 4 3）（2 1 1 4）「江漢西来」詞

（1 2 1 1）（1 2 3）（4 1 1 4）（1 4 3）（3 1 1 2）（3 1 1 4）「憂喜相尋」詞

（1 2 1 1）（1 4 2）（1 1 1 4）（3 1 3）（1 1 4 3）（3 2 1 4）「清潁東流」詞

柳永の四声配置：

（３２１１）（１１３）（１１３４）（１２２）（２１１３）（２１１４）「暮雨初収」詞
（３２１１）（１１２）（１１３４）（３１２）（１１１３）（３１１４）「訪雨尋雲」詞
（３３１１）（１３１）（１１３３）（１３２）（２１１３）（３１１３）「万恨千愁」詞
（４２１１）（１１３）（１１４３）　　　（３１４１３）（２１１３）「匹馬駆駆」詞

冒頭部分に関して言えば、柳永の作品も比較的整った形式をとっている。だが、第一に、蘇軾は押韻字の全てを入声に統一している。一方の柳永は、「暮雨初収」「訪雨尋雲」２作が入声韻、「万恨千愁」「匹馬駆駆」は去声ないし上声字で押韻している。第二に、蘇軾は押韻する句、即ち前段第三句・第六句・第八句・第十一句、後段第二句・第四句・第六句・第八句・第十一句の９箇所における後半三文字を全て「平 1―平 1―入 4」に統一している。柳永の方は、そこまでの一貫性はなく、たとえば上に挙げた前段第三句では「1―●（去３が優勢）―●」であるし、後段第二句なども、それぞれ「144」「134」「113」「112」で、形式は定まっていない。第三に、蘇軾は後段の同一箇所において、２作品で襯字の「君不見～」を用いていることを除けば、全ての字数と形式を統一し、平声字および仄声字を用いる箇所を定型化している。当該部分である後段後半の第七句から末尾第十一句までの四声を挙げてみる。

蘇軾の四声配置：

（４３１１３１３）（３１１２１１４）（２４２）（１３４１１）（１１４）「天豈無情」
（１不３１１１３３）（１１３２１１４）（３１１）（１４２１１）（１１４）「東武城南」
（不４３１１２３）（１１１２１１４）（３２１）（１３４１１）（１１４）「江漢西来」
（１不３１１１３２）（１１１２１１４）（３１１）（２２２１１）（１１４）「憂喜相尋」
（１２３１１２３）（１１２３１１４）（３２１）（１２４１１）（１１４）「清潁東流」

柳永の四声配置：

（１３１１１２３）（１１３２１１４）（１２１）（４４３１１）（１１４）「暮雨初収」
（１２１１１３２）（１１１３２１４）（３不１）（１２２１１）（１１４）「訪雨尋雲」
（不３４１１１２３）（１２２２２１３３）（２３１）（１２３１４）（１１２）「万恨千愁」
（１２２１１１３）（３１１２１１２）（２１４）（１４３１１）（１１２）「匹馬駆駆」

蘇軾は、同一詞牌に同一形式で複数の作品を制作することによって、一つの標準的な形式を提示しているように感じられる。この《満江紅》は、宋代頻出慢詞の第三位であり[29]、慢詞でありながら、柳永の時代から一貫して作られ続け

ている非常に人気の高い詞牌である。興味深いことに、蘇軾が多作したその他の慢詞、すなわち《水調歌頭》《満庭芳》《水龍吟》の何れにしても、後世盛んに制作され、極めて影響力が高い詞牌ばかりである。

このように、本節で検討される9詞牌は、その大部分が蘇軾によって定型化され、後世に受け継がれた可能性が高い。しかし、蘇軾の方がより形式に混乱の見られる詞牌もまた少数ながら存在する。《少年游》を見てみよう。これは、柳永が単一形式としては最も数量の多い10首を制作している詞牌であり、蘇軾もまた3首を残している。《少年游》詞は元来非常に軽微な異体の多いのが特徴的で、『詞律』では毛滂の50字体を筆頭に、49字体から52字体まで、字数のほとんど変わらない11種類の作品を載せているし、『詞譜』も同様に、全部で15種類もの作例を挙げている。

柳永の林鍾商《少年游》は、同一詞牌で異なった形式の作品が多い彼としては珍しく、10首ながら、基本的に後段第二句が五言句となるか、三言句二句となるかの2パターンしかない[30]。その一方で、蘇軾の作品には一回限りの破格が非常に多い。たとえば前段冒頭句において、本来の形式は平起の七言律句であるが、「去年相送」詞では四言句を二つ並べており、「●●○○」で終わるべき末尾も「○○○●」とほぼ逆になっている。また、この作品は後段後半の句切り方も特殊で、「四言句—四言句—五言句」で終わるところを「七言句—三言句—三言句」とする。しかも、この部分の平仄も、冒頭七言句の前半部分を除けば、あまり一致しているとは言いがたい。各々を確認しよう。

蘇軾の前段冒頭部分：（柳永の平仄は蘇軾の第二首・第三首とほぼ等しい）

去年相送，余杭門外（２１１３，１１１３）

玉肌鉛粉傲秋霜　　（４１１２３１１）

銀塘朱檻麴塵波　　（１１１２４１１）

蘇軾の後段後半三句：（柳永は「●●○○，●○○●，○●●○○」でほぼ統一）

恰似嫦娥憐双燕，分明照、画梁斜。

一点香檀，誰能借箸，無復似張良。

獄草煙深，訟庭人悄，無吝宴遊過。

（４２１１１１３）（１１３）（３１１）

（４２１１）（１１４３）（１４２１１）

（4211）（3112）（13311）

単に字数だけの問題ではない。たとえば前段最終句において、「玉肌鉛粉傲秋霜」詞は「且糠粃吹揚（21211）」となっているが、これは「○●●○○」を基本としている柳永の10作品とは違って、明らかな破格である。続く後段冒頭句も、「去年相送」詞および「玉肌鉛粉傲秋霜」詞では各々「対酒捲簾邀明月（3221114）」「到処成双君独隻（3311144）」となっており、全作品が平起の七言律句で統一されている柳永とは対照的で、やはり破格となっている。最も破格が少ない三番目の「銀塘朱檻麴塵波」詞においてさえ、後段の六言句「十分酒、十分歌（412、411）」の一字目は、柳永作品に従えば、平声字を置くべき部分である。

蘇軾の《少年游》詞には、何ゆえ破格が多いのだろうか。彼の場合は、最初の制作年代が熙寧七年（1074年）と際立って早く、二作目と三作目もまた元豊四年（1081年）の作とされているように、比較的初期に作られた作品であることは、理由の一つかもしれない。だが、各種「詞譜」類に見られるように、蘇軾に限らず、この詞牌は他詞人においても様々な形式を取っているのである。

もしかすると、《少年游》のような異体が多い小令こそ、北宋期において実際に流行し、江湖の喝采を博した楽曲であったという可能性が考えられる。誰もが旋律を知っているため、他人の歌詞を見てではなく、文字通り楽曲に合わせて塡詞する――それゆえ、様々な「異体」が生まれたのである。前節で述べた「オマージュ」的詞牌には「又一体」が殆ど存在せず、蘇軾もまた、ただ一つの作品しか作らなかった。一方で、これら9詞牌は、何れも南宋期まで作られ続けた比較的メジャーなものが多い。蘇軾は、同一形式で複数の作品を制作することによって、一つの詞牌に一つの定まった形式を与えているように見えるが、ごく一部の楽曲においては、一世代前の柳永がそうであったように、旋律に合わせて自由に塡詞することもあったのではないだろうか。なお、蘇軾の方に比較的多くの破格が存在する詞牌は、他にも柳永の林鍾商《木蘭花》3首と蘇軾の《木蘭花令》7首がある。ただ、七言八句の《木蘭花（令）》は、同じ字句数で構成されるが形式の異なる《玉楼春》詞と屢々混同さ

れており、状況がおそらくより複雑であったと考えられるので、ここでは述べない。

最後に、本節に分類される詞牌の形式は、押韻箇所を除き平仄が一致するのみで、四声までを意識的に合わせようとした形跡はあまり見られない。総じて、詞に対する蘇軾の制作姿勢は、「詞譜」類に準じる平仄の二項対立で説明できる場合と、四声にまで留意した一種の「特別なこだわり」を感じさせる場合に二分できるように思う。今後は、以前拙論で検討した《水調歌頭》詞および上節4詞牌の如き特別なこだわりを持つ作品について、何ゆえに他作品と異なっているのかをより詳細に検討し、当時の作詞活動における具体的な様相を明らかにしてゆきたいと考えている。

四、小結

柳永と蘇軾は北宋詞壇の二大巨頭であるけれども、言うまでもなく、彼ら二人の詞作だけで北宋前期に発生した全ての事象が説明できる筈はない。それでも、彼らが共通して用いた詞牌の委細を審らかにすることで、詞という様式が巷間に広がり、次第に定型化してゆく変化の一端を理解できるように思う。

蘇軾の作品が柳永の同一詞牌と完全に別曲となっている現象からは、定型化へと収斂してゆく楽曲の姿が浮かび上がってくる。柳永が作詞を行っていた頃、同一の淵源、または旋律を有する楽曲群は調名毎に整理されており、各々で塡詞が為されていた。すなわち、同一詞牌名でも完全に形式が異なる様々な楽曲が併存していたのである。それでも、柳永の作品は、唐代の曲子詞集『雲謡集』や唐末の楽曲を記したとされる「敦煌琵琶譜」25曲の如く、同一調名における複数作品では形式が甚だしく異なることはほとんどないから、個々の楽曲については、北宋初期にはすでに固定した旋律（形式）が存在していたのだろう。数十年後、今度は蘇軾が詞壇に登場する頃になると、複数存在していた同名詞牌で形式の異なる楽曲は、「慢」「引」「令」と新たに名付けられて残るものと、

慢詞を歌詞としていた長編の楽曲を中心に消えてゆくものとに分かれ、「一つの楽曲」＝「一つの詞牌」となった。こうして数を減らした「楽曲」＝「詞牌」に対し、蘇軾は繰り返し同一形式で複数作品を制作することで標準的な形式を定め、定型化した。かくして詞は、柳永によって数多の傑作が生み出されたことで、楽曲に付随する存在から士大夫層の表現手段の場となり、蘇軾によって整理が行われたことで、宋代を代表する文学ジャンルとなっていったと考えられる。

そしてまた、蘇軾が柳永とほぼ完璧に同調する四声を用いて複数の慢詞を制作している状況からは、（曲子）詞という音楽芸能が文字芸術へと移行してゆく逃れがたい過程をも彷彿させる。蘇軾はおそらく、楽曲自体を定型化させる方向での塡詞だけでなく、柳永の幾つかの慢詞に自らの創作意欲を刺激され、彼の歌詞そのものの四声形式を忠実にトレースするような作品を作ったのである。これらは柳永へのオマージュ的作品と言えるだろう。周知の通り、元代以降に楽曲の旋律が失われると、詞人たちは先人の作品を「詞譜」として塡詞を行うようになっていった。だが、蘇軾のこうした制作態度は、本来は音楽が主である筈の曲子詞が、早い段階から音楽芸術のみならず、目で見て味わう文字芸術としての性格も強く持っていたという事実を我々に示しているのではないだろうか。

注

① 詞の発生については、一般的に、中唐期頃から作られ始め、晩唐期に一定の認知を得たとする説が主流である。ただ、筆者は敦煌曲子詞『雲謡集雑曲子』等の分析を通じて、曲子詞とは盛唐時代に宮廷の教坊から生まれた音楽芸能に由来するものと考えており、たとえば中国でも最近、謝桃坊氏が「詞体は、盛唐期、すなわち新しい燕楽が流行して古典的格律の詩体が成熟した時代に生まれたために、燕楽の長短句形式に適応し、格律に合致した歌詞なのである（詞体産生于盛唐時期，在新的燕楽流行和古典格律詩体成熟之時，因而它是配合燕楽的長短句形式的合律的歌詞）」（「唐宋詞的定体問題」『文学遺産』2017 年第

三期、95 頁）等と述べている。この問題はまた、詞の定義に関わる認識、すなわち楽曲を主体とした音楽芸能に付随するものとして捉えるか、ある程度の個性や芸術性を有する韻文文学として捉えるかによっても異なってくるであろう。

② 原文は「凡有井水飲処，即能歌柳詞」。南宋・葉夢得『石林避暑録話』巻下を参照。

③ 本稿で扱う柳永の作品は、全て薛瑞生校注『楽章集校註』中華書局、1994 年（2007 年 10 月重印）を底本とする。そのため、字数が一部『詞律』等の掲載詞と異なる場合がある。

④ むろん、柳永の場合は宴席で一度きり歌われたまま、文字には残されなかった作品も多数存在したのではないかと考えられる。しかし、実際はどうあれ、彼の作品は結局、同一詞牌の複数作品がほとんど残らなかった。それゆえ後世には、彼の作品は各詞牌の形式を定型化させるといった方向ではなく、（蘇軾がそうしたように）個々の佳作を様々な形で自らの作品に換骨奪胎させる方向へと影響を及ぼしたのではないだろうか。

⑤ 柳永が同時代の詞人に比べてより多くの詞牌を用いている事実は、すでに宇野直人氏による指摘があり、同書ではさらに村上哲見氏による先行研究を紹介している。宇野直人『中国古典詩歌の手法と言語』第八章「柳永の詞における詞牌と題材」199 頁を参照。

⑥ 原文は「教坊楽工毎得新腔，必求永為辞」。前掲②を参照。

⑦ 本稿で扱う蘇軾の作品は、全て鄒同慶・王宗堂著『蘇軾詞編年校註』中華書局、2002 年 9 月を底本とする。そのため、字数が一部『詞律』等の掲載詞と異なる場合がある。

⑧ 前掲⑤、200 ～ 201 頁。

⑨ 但し、《華清引》《皁羅特髻》は清代以降に使用例がある。

⑩ 晁補之は、守山閣叢書本『能改斎漫録』巻十六「楽府」、「黄魯直詞謂之著腔詩」において「蘇東坡詞、人謂多不諧音律、自然、居士詞横放傑出、自是曲子中縛不住者」と述べている。

⑪ 詳細は、拙論「蘇軾の詞の形式に対する初歩的な考察――慢詞「哨徧」「水調歌頭」「満庭芳」を手がかりとして」（『風絮』第十四号、2017 年）第二章「水調歌頭四首――蘇軾のこだわり」をご参照いただきたい。

⑫　柳永は景祐元年（1034 年）に進士及第し、皇祐五年（1053 年）頃に死去したと推定されている。一方、蘇軾は杭州通判時代（1072 年）から作詞を始め、黄州に左遷された元豊二年から元豊七年（1079 ～ 1084 年）前後の詞作が最も充実している。

⑬　『古今小説』「衆名姫春風弔柳七」収録の詞牌。宇野直人氏は「柳永所用詞牌一覧」に加えていない。宇野氏前掲書、225 ～ 263 頁。

⑭　4 首のうち、3 首は『全宋詞』および『古今小説』「衆名姫春風弔柳七」収録。

⑮　『古今小説』「衆名姫春風弔柳七」収録の詞牌。注⑬参照。

⑯　版本の違いにより、『詞律』「又一体」では 87 字体、『欽定詞譜』「又一体」では 88 字体とする。

⑰　版本の違いにより、『詞律』では 100 字体（林鍾商）と 104 字体（双調）とする。

⑱　本稿では、平声を 1、上声を 2、去声を 3、入声を 4 とし、四声が一致する場合は灰色の網掛けで表す。以下同じ。

⑲　版本の違いにより、『詞律』「又一体」では 119 字体とする。

⑳　書き下し文は保苅佳昭氏に拠った。『風絮』別冊 北宋編（一）、2017 年、276 ～ 277 頁を参照。

㉑　《洞仙歌》は、今回取り上げた 22 詞牌中唯一、『雲謡集雑曲子』十三曲調の中にも存在する。だが、『雲謡集』の二作品は 76 字体と 74 字体であり、やはり柳永・蘇軾の何れの作品とも異なっている。当時、《洞仙歌》と呼ばれる曲調が相当数存在していたことは、想像に難くない。

㉒　南宋・王灼の『碧雞漫志』では、柳永の詞を「惟だ是れ浅近卑俗にして、自ら一体を成し、書を知らざる者 尤も之を好む（惟是浅近卑俗，自成一体，不知書者尤好之）」と評している。岳珍校正『碧雞漫志校正』（人民文学出版社、2015 年）、28 頁を参照。

㉓　原文は「此調以此詞為正體，蘇軾、張先、嚴仁、辛棄疾、馬莊父、詹正諸詞，俱如此填。若王詞之多押一韻，乃變格也」。

㉔　詳細は前掲⑪の拙論をご参照いただきたい。

㉕　拙論「敦煌曲子詞の四声と旋律の関連性について」（首都大学東京人文科学研究科紀要『人文学報』第 493 号、2014 年）、「歌詞の平仄からみた敦煌音楽の復元試論」（演劇博物館 GCOE 紀要『演劇映像学 2011』第 2 集、2012 年）参照。

㉖　中原健二「宋代士大夫と詞」(宋詞研究会編『風絮』第九号、2013年)3頁を参照。

㉗　なお、この中には《如夢令》および《千秋歳》も含まれるが、上述したように、『古今小説』からの収録であるため、ここでは分析は行わない。

㉘　原文は「《永遇楽》詞調首見《楽章集》，為柳氏創調，蘇軾依柳調塡詞。但両者相比，有四処律句的字声迥異：･･･」。田玉琪「唐宋詞調字声与“又一体”」(『文学遺産』2016年第一期、92～93頁)を参照。

㉙　前掲㉖の中原氏論文、3頁を参照。

㉚　柳永の作品は、他に《少年游(一生贏得是淒涼)》詞のみ、前段第二句が五言句ではなく六言句となっているものの、その平仄は「平平仄仄平平」で、当該句の「平仄仄平平」と基本的な構造は等しい。

＊なお、2018年8月に「2018・中国詞学国際学術研討会」にて本内容の発表を行った際、形式が一致する《八声甘州》詞について、マカオ大学の施議対教授より、こうした一致性は広東語の9声調までを含めたより詳細な範囲での検討が必要なこと、また、たとい四声が一致していても、両作品には「倚闌幹処(柳永)」「不応回首(蘇軾)」の如き句中の文法構造が異なる部分も存在する旨、ご指摘を受けた。音韻学的にもより精度の高い分析、および形式に止まらない句型を含めた一致度の検討については、今後の課題としたい。